Couleur Canari

Jean Failler

Couleur Canari

Éditions de Noyelles,
avec l'autorisation des Éditions du Palémon

31, rue du Val de Marne, Paris

© 2003 – Éditions du Palémon

ISBN : 978-2-298-16007-9

À mon ami, Jean JAFFRENOU

REMERCIEMENTS

Pierre DELIGNY
Marie-Laure DUHAMEL
Isabelle SCHMIDT
Colette VLÉRICK
Françoise WILLIAMSON

1

— Mary, dit le commissaire Fabien, je suis bien embêté…

Mary Lester regarda plus attentivement son ex-patron, intriguée par cette entrée en matière qui ne lui ressemblait pas. Ce n'était pas souvent, en effet, que le commissaire avouait son embarras. D'ordinaire son assurance ne présentait pas de failles.

Sans mot dire, elle promena son regard sur ce bureau qu'elle connaissait si bien. Les lieux étaient tels qu'elle les avait laissés le jour où elle avait quitté la police en claquant la porte[1].

Cela faisait déjà deux ans, et en deux ans rien n'avait changé, du moins en apparence.

Les meubles étaient les mêmes. Sur la table du commissaire – désormais directeur des Polices Urbaines – le même rectangle de buvard vert, toujours neuf, que la femme de ménage changeait chaque matin ; le même bureau de faux acajou, la même bibliothèque où, derrière des claustras grillagées comme un poulailler, luisait la tranche de cuir des Dalloz entretenus à la cire d'abeille.

Curieusement, ces respectables ouvrages de droit étaient protégés comme si on avait eu peur qu'ils

---

1. *Voir* La Régate du Saint-Philibert, *même auteur, même collection.*

s'envolent, ou qu'un malfaiteur particulièrement pervers vînt les dérober.

— Tu as vu, lui avait un jour fait remarquer Fortin, chez le taulier même les bouquins sont au gnouf !

Le taulier ! C'était bien du vocabulaire estampillé Fortin, ça ! Si les flics se mettaient à causer comme les footeux…

Et puis, c'était un peu excessif ! Le commissaire Fabien n'avait jamais été un père Fouettard ! Il était patron comme il faut l'être, avec fermeté mais aussi avec souplesse. La formule « une main de fer dans un gant de velours » devait avoir été inventée pour lui.

Non, rien n'avait changé, pas même le commissaire Fabien. Toujours sec, nerveux, le regard vif, inquisiteur, le pouce et l'index de la main droite toujours teintés de l'indélébile marque brunâtre de la nicotine.

Il n'avait pu se résoudre à s'arrêter de fumer, ce bon commissaire, et il sacrifiait toujours aux Benson à bout de liège.

Ses cheveux étaient un peu blanchis aux tempes et la moustache jadis noire virait au poivre et sel. Madame Fabien l'approvisionnait-elle toujours en petites pilules homéopathiques ? Veillait-elle toujours avec un soin jaloux à son régime alimentaire ?

En tout cas, il ne parlait plus d'inviter Mary au *Moulin de Rosmadec*, ce qui ne lui éviterait pas de se voir rappeler sa créance en temps opportun.

Car le commissaire Fabien lui était toujours redevable d'un repas dans cette prestigieuse hostellerie des bords de l'Aven ; il s'y était imprudemment engagé lorsque Mary l'avait convié à partager un somptueux plateau de fruits de mer au *Café du Port*, lors d'une enquête à l'Île-Tudy[1]. Comme quoi, quelques verres de muscadet, des crabes et de la mayonnaise dégustés au soleil peuvent décoincer un homme (même s'ils sont pris en fraude pour cause de cholestérol !).

Maintenant, il ne s'agissait plus que de tenir cette promesse, ce qui n'allait pas tout seul. Non que le commissaire Fabien eût, toujours selon une formule chère à Fortin, « des oursins dans le porte-monnaie », mais bien parce que madame la commissaire était d'une jalousie maladive. Si elle avait appris que son mari allait dépenser l'argent du ménage avec une « jeunesse » dans un établissement où il ne lui avait jamais proposé de simplement prendre le thé, ça aurait bardé pour le matricule du tout-puissant directeur des Polices Urbaines.

Comme quoi on peut être, dans son métier, un patron incontestable, et plier, à la maison, aux oukases d'une petite bonne femme tyrannique.

Mary baissa la tête, ferma les yeux, et sentit une boule lui serrer la gorge. La nostalgie ! Si elle s'était attendue à ça ! La nostalgie de cette maison, de ce bureau, de ce patron avec qui elle se heurtait pourtant si souvent. Était-ce possible ?

Elle se redressa et regarda le commissaire Fabien. Sans doute attendait-il qu'elle le questionnât sur ce qui l'embarrassait, mais elle s'en gardait bien, ce qui semblait l'agacer au plus haut point.

Elle retint un sourire.

---

1. *Voir* Mort d'une rombière, *même auteur, même collection.*

Comme elle le connaissait bien, ce bonhomme qui avait l'âge d'être son père ! Comme elle s'y entendait pour le faire enrager ! Comme elle l'aimait pourtant...

À quoi pensait-il en ce moment ? Se faisait-il les mêmes réflexions qu'elle ? Pourquoi pas !

— Une affaire délicate, dit-il enfin, préoccupe le ministre.

— Quel ministre ? demanda-t-elle d'un ton détaché.

— Le nôtre... le mien.

Elle ne put résister à demander avec un petit air naïf et surpris :

— Vous avez un ministre, vous ?

Ça y était, elle avait encore trouvé le moyen de l'agacer.

Il la regarda d'un air fâché et précisa :

— Vous savez bien ce que je veux dire ! Je veux parler du ministre de l'Intérieur, celui qui est en charge de notre administration.

— Ah... dit-elle comme si un rideau s'ouvrait devant elle et qu'une évidence apparaissait.

Et elle répéta :

— Le ministre de l'Intérieur ! Je suppose que cette Excellence n'a pas qu'une affaire délicate sur les bras. Je crois même savoir qu'il a du pain sur la planche.

Fabien, la bouche pincée, s'efforçait au calme.

— Assurément. Cependant, l'affaire que j'évoque nous concerne plus particulièrement.

— Vous avez dit « nous » ?

Fabien souffla :

— J'ai dit « nous » !

Il se leva brusquement dans un mouvement d'humeur, renversant son siège, et il fit trois pas vers la fenêtre en levant les bras au plafond :

— Oui j'ai dit « nous » ! Que voulez-vous, Mary, je n'ai toujours pas encaissé votre désertion !

— Désertion ? Comme vous y allez !

Il eut un geste désabusé :

— Bah, ce n'est qu'un mot !

Il se baissa pour relever son fauteuil directorial.

— Ce n'est pas celui qui convient, dit-elle fermement en le regardant droit dans les yeux. J'ai démissionné !

— Soit, concéda-t-il en se rasseyant, vous avez démissionné mais, quand je vous vois dans ce bureau, assise sur cette chaise, j'ai toujours l'impression que vous faites partie de la maison.

Sous la phrase polie, elle lisait dans ses pensées. Et voilà ce que ça donnait : « Espèce de bourrique, tu ne vois donc pas combien tu me manques ? »

— Remettez vos fichiers à jour, monsieur, je l'ai quittée depuis bientôt trois ans.

— Et pourtant quand je vous vois là...

— Vous me voyez là en tant qu'invitée, monsieur Fabien ! Je suis journaliste indépendante désormais et il va falloir que vous vous mettiez ça dans la tête !

— Ouais, fit-il déconfit, en posant son menton sur son poing fermé.

Elle en eut soudain assez de taquiner ce pauvre homme :

— Si vous me disiez ce que vous attendez de moi, patron...

15

Le visage de Fabien s'éclaira. Mary l'avait appelé « patron », comme au bon vieux temps. Cela lui mettait du baume au cœur, bien qu'il ne se fît pas d'illusions sur le retour de son enquêtrice préférée au bercail.

— Où se trouve votre problème ?

— À Nantes.

— À Nantes ! Et que se passe-t-il à Nantes que les flics locaux n'arrivent pas à résoudre ?

— Des crimes.

Elle répéta en prenant un air lugubre :

— Des crimes ?

— Oui, trois crimes en trois semaines.

— Un crime par semaine... Ça ne me paraît pas excessif pour une agglomération de l'importance de Nantes.

Fabien eut un geste d'agacement :

— Ah, ne plaisantez pas avec ça, Mary !

Elle affecta une mine beaucoup trop contrite pour être sincère :

— Vous avez raison, patron, c'est de très mauvais goût. Mais, je vous le redemande, qu'attendez-vous de moi ?

— Mon confrère Graissac... éluda Fabien.

— Graissac ! Il n'est pas encore en retraite ?

— Eh non, dit Fabien d'un air pincé. Il n'a que mon âge ! Nous avons commencé ensemble, nous termine-rons ensemble. Mais nous n'en sommes pas encore là !

Il s'en fallait de quelques années, en effet, eu égard aux nouvelles fonctions du directeur des Polices Urbaines.

Mary apprécia « que mon âge » comme il convenait.

— Il vous adresse ses plus sincères salutations, poursuivit le commissaire, il a gardé un très bon souvenir de votre passage au golf du Bois-Joli[1].

— Et moi donc ! C'était le bon temps, lorsque la police me payait des vacances trois étoiles.

— Vous voyez que tout n'est pas mauvais dans cette maison, dit Fabien d'un ton qui se voulait enjoué.

Puis, se rassombrissant :

— Pour ce qui concerne Graissac, qui est un vieil ami, il redoute d'être confronté à un tueur en série...

— À cause de ces trois meurtres ?

— Oui.

— Il y a donc un lien entre ces crimes ?

— Oui, le mode opératoire.

Il regarda Mary d'un air soupçonneux :

— Mais vous l'avez sûrement lu dans la presse...

Elle éluda.

— Peut-être, on lit tant de choses...

— Dans ce cas, voici pour votre information.

Par-dessus le buvard impeccable de son bureau, il poussa vers Mary un dossier cartonné fermé par une sangle :

— Je ne vous en dis pas plus, tout est là-dedans. J'aimerais bien avoir votre avis.

Elle prit le dossier avec une certaine méfiance :

— Qu'est-ce que je fais exactement ?

— Dans un premier temps, donnez-moi votre avis.

— Et dans un deuxième temps ?

Le commissaire Fabien se mit à rire :

1. *Voir* L'Homme aux doigts bleus, *même auteur, même collection.*

17

— Toujours pressée de brûler les étapes, Mary Lester ! Dites-moi d'abord ce que vous en pensez, et puis on en reparle. D'accord ?

Mary se retrouva dans son logis de la venelle du Pain-Cuit, munie du classeur qu'elle avait accepté à son corps défendant.

Enfin pas si défendant que ça ! Elle n'avait jamais su passer devant une énigme sans avoir envie d'aller voir l'envers des choses.

Mizdu, le gros chat noir hérité de la *gwrac'h*[1], gardait toujours la maison et, lorsqu'il la vit préparer un feu dans la cheminée, il bâilla de satisfaction en dévoilant ses crocs redoutables, aux pointes acérées comme ceux d'un lynx.

Le feu embrasa le journal roulé en boule, puis les débris de la cagette de fruits sacrifiée pour la circonstance, avant de venir lécher les billettes que Mary tenait au sec sous la dalle de l'âtre. Tout à l'heure, quand le fragile bûcher serait embrasé, elle y mettrait une souche de chêne qui brûlerait toute la soirée en dégageant une bonne odeur et une douce chaleur.

Elle ouvrit le dossier sur la table basse où étaient disposées sa tasse, la théière et quelques crêpes que sa voisine avait déposées dans la cuisine.

Cette voisine, quelle bénédiction ! Elle nourrissait Mizdu lorsque des enquêtes appelaient Mary à l'extérieur et, tout en restant d'une extrême discrétion, elle avait toujours de charmantes attentions.

---

1. *La sorcière. Voir* La Bougresse, *même auteur, même collection.*

Il faudrait qu'elle l'invite un de ces jours. La veuve, qui vivait seule, serait ravie, surtout si Mary lui racontait une de ses enquêtes. Curieux de voir l'intérêt passionné que manifestait cette sexagénaire paisible pour les histoires sanglantes !

Puis elle revint à ses crimes : trois morts… Ou plutôt un mort et deux mortes. De quoi réjouir Amandine Trépon ci-devant, clerc principal de notaire, présentement en retraite venelle du Pain-Cuit et fine cuisinière.

Albert Leterrier, trente-cinq ans, employé de l'ANPE, avait ouvert la série. On l'avait découvert affalé sur le volant de sa voiture dans un parking souterrain près de son bureau, où il se garait habituellement. Un peu de liqueur aqueuse et de sang avait coulé sur sa joue et l'autopsie avait révélé qu'un mauvais plaisant lui avait enfoncé une longue aiguille dans l'œil, transperçant le globe oculaire, puis le cerveau. La vitre de la voiture était à moitié baissée, aucune empreinte exploitable n'avait été relevée.

Mary ferma instinctivement les yeux avec une grimace douloureuse. Quelle mort horrible ! Se faire ainsi enfoncer une aiguille dans l'œil !

Elle revint à sa lecture. La liste des horreurs s'allongeait : six jours après la mort d'Albert Leterrier, une assistante sociale avait été découverte sans vie dans le tram. Le contrôleur avait cru qu'elle s'était endormie contre la fenêtre et, lorsqu'il l'avait secouée gentiment pour la réveiller, il avait eu la surprise de la voir s'affaler comme une poupée de son.

On avait tout d'abord pensé à une crise cardiaque, bien que la victime n'en eût pas le profil, mais l'examen *post mortem* avait révélé une piqûre sous l'omoplate gauche, probablement causée par une longue aiguille qui avait transpercé le cœur et qui était restée fichée dans le dossier du siège. Angèle Puy, trente-quatre ans, célibataire, était morte sur le coup.

Quant à Corinne Pagès, la troisième de la série, elle avait fait une chute dans les escaliers du passage Pommeraye en présence de vingt témoins qui s'étaient portés à son aide. Elle avait perdu connaissance et les pompiers appelés en premier secours l'avaient rapidement conduite à l'hôpital où l'interne des urgences avait constaté son décès. Décès causé par une longue épingle à boule, du type « épingle à chapeau », qui était restée fichée dans le cœur.

Trois morts et, apparemment, une même arme : une aiguille longue d'une vingtaine de centimètres, qu'un esprit malfaisant avait transformée en une sorte de stylet d'une efficacité mortelle.

Cette arme peu ordinaire était bien le seul lien entre ces trois crimes.

Souvent, en ce genre d'affaire, les victimes ont un point commun : tel déséquilibré portera sa furie exterminatrice sur des vieilles femmes, un autre sur des homosexuels, un troisième réservera ses « attentions » aux jeunes filles blondes… Lorsqu'ils se feront prendre, ce sera aux psychiatres d'expliquer, avec plus ou moins de bonheur et de vraisemblance, les raisons qui les ont poussés à se lancer dans leur croisade meurtrière.

Pour les victimes ce sera trop tard, quelles qu'aient été les motivations du criminel.

Certains tueurs en série ont des terrains de prédilection pour accomplir leurs forfaits : les caves, les parkings souterrains, les sous-bois.

Dans le cas présent, on trouvait déjà trois lieux totalement différents : un parking souterrain, le tramway, un passage commercial constamment fréquenté.

Les victimes quant à elles n'avaient rien de commun, du moins en apparence. Un employé de l'ANPE, une assistante sociale, une femme inspecteur des impôts.

Leterrier et Angèle Puy étaient relativement jeunes tandis que Corinne Pagès approchait de l'âge de la retraite.

Et s'il s'agissait d'un psychopathe s'attaquant à l'aveuglette à toute personne vulnérable passant à sa portée ?

Mary referma le dossier, songeuse, et but une gorgée de thé. En présence de meurtriers de cet acabit, la police était démunie. Il ne manquerait plus maintenant que les médias s'emparent de cette affaire pour que le sentiment d'inquiétude s'accroisse, que la panique gagne l'agglomération. Or, la panique, monsieur le ministre n'en voulait absolument pas. Il s'était engagé à faire reculer l'insécurité, il avait été élu pour ça et il n'était pas question qu'il en soit autrement, scrongneugneu !

Pas question non plus de laisser les médias raconter n'importe quoi. Priorité des priorités, mettre la main sur le fada qui, d'une main si sûre, expédiait ses contemporains *ad patres* à l'aide d'une épingle à chapeau.

Bientôt, dans la bonne ville de Nantes, on se regarderait avec suspicion, les lettres anonymes inonderaient les rédactions des journaux, le commissariat, et certains ne manqueraient pas de profiter de l'occasion pour nuire à un voisin antipathique, un parent exécré, un mari infidèle.

Graissac avait raison d'être inquiet, l'atmosphère risquait de devenir détestable dans la cité des ducs de Bretagne.

Mary resta à rêvasser devant son feu, regardant sans les voir les courtes flammes orange et bleues courant sur le vieux bois.

Puis elle se leva et introduisit *Così fan tutte* dans le lecteur de CD.

Et le divin Wolfgang Amadeus Mozart l'emporta bien loin du XXIe siècle, dans un monde de douceur et de beauté qui ignorait la vilenie des hommes.

2

Le lendemain, Mary retourna au commissariat et fut immédiatement reçue par le commissaire Fabien.

— Voilà, dit-elle en posant le dossier sur le bureau.

Le commissaire prit le dossier, le contempla un instant et, levant les yeux vers Mary, demanda :

— Eh bien, qu'en pensez-vous ?

— Graissac est bien persuadé qu'il s'agit d'un meurtrier en série ?

— Il le craint, en tout cas. Pourquoi cette question ? Vous en doutez ?

— Oui, dit Mary après réflexion. Rien ne semble relier les victimes, si ce n'est que, dans les trois cas, elles ont été tuées par une arme similaire. Pour ce qui concerne les deux premières, le meurtre semble évident, pour la troisième, ça me paraît moins sûr.

— Vous voulez parler de Corinne Pagès, cette femme inspecteur des impôts qui est tombée dans le passage Pommeraye ?

Elle sourit :

— Je vois que vous connaissez le dossier !

— Oh, fit le commissaire d'un air modeste, j'y ai jeté un coup d'œil.

Un coup d'œil appuyé, alors, pensa Mary. Au point d'avoir en tête le nom et même le prénom des victimes.

— Je parle de Corinne Pagès, en effet. Si on lui a plongé cette aiguille dans le cœur, c'est au vu et au su de tout le monde, et cela me paraît assez énorme. En revanche…

Elle s'arrêta un instant et Fabien l'encouragea :

— En revanche ?

— Elle aurait pu, elle, tenir cette épingle à la main, ou encore l'avoir fichée dans ses vêtements et puis, au cours de sa chute, se l'être plantée elle-même dans la poitrine.

— Accidentellement ?

— Évidemment ! Je vois mal quelqu'un se suicider dans un lieu aussi fréquenté que le passage Pommeraye, surtout de cette manière !

Le commissaire Fabien médita un instant ces paroles et dit :

— Pourquoi pas ?

Mary se méprit et demanda, étonnée :

— Vous croyez au suicide ?

— Mais non ! dit Fabien agacé. Non bien sûr !

Il haussa les épaules :

— Un agent des impôts, se suicider ! Vous avez de ces idées !

— Ils ont bien leurs soucis, comme tout le monde.

Fabien haussa à nouveau les épaules. Les soucis des agents du fisc étaient le cadet de ses soucis.

— Je parlais d'accident. Comme l'aiguille est restée fichée dans le corps, le doute est possible.

— Ça peut s'envisager, concéda le commissaire.

Il y eut un court silence.

— Qu'est-ce que Graissac vous a demandé exactement ?

— La même chose que la dernière fois.

— La dernière fois c'était il y a sept ans ! Il a de la mémoire, votre Graissac. Il ne sait donc pas que j'ai quitté la police ?

— Qui l'ignore dans la corporation ? ironisa Fabien. Vous pensez bien que la première chose que j'ai faite a été de le lui rappeler !

— Cela ne le gêne pas ?

— Pardon ? dit Fabien en fronçant les sourcils.

— Cela ne le gêne pas que je ne fasse plus partie de la famille ?

— Êtes-vous bien sûre de n'en plus faire partie ? glissa le commissaire.

— Que voulez-vous dire ?

— Hé, flic un jour, flic toujours. Vous connaissez le dicton.

— Il ne vaut pas pour moi, affirma-t-elle avec une assurance qu'elle ne ressentait pas. Je suis dans le civil maintenant, patron.

« Patron ». Fabien sourit. Il aimait bien ce mot, surtout dans la jolie bouche de Mary Lester. Il hocha la tête d'un air entendu, en souriant plus largement.

— Bon, revenons à Graissac. N'en doutez pas, il sait que vous ne faites plus partie de la famille, comme vous dites, et pour ne rien vous cacher, ça l'arrangerait plutôt.

— Tiens donc ! Comment verrait-il mon intervention ?

— Discrète, Mary, très discrète, presque occulte !

Elle eut un rire bref :

— C'est une manie chez lui ! Devrai-je encore me déguiser en courant d'air pour l'appeler dans la cabine en bas de son domicile, comme la dernière fois ?

— N'exagérons rien, depuis cette époque l'utilisation du téléphone portable s'est généralisée. Et Graissac, bien que vous le pensiez vieux jeu, n'a pas échappé à la contagion.

— Mais moi, patron, qu'est-ce que j'ai à gagner dans cette affaire ?

— Un scoop, Mary ! N'êtes-vous pas journaliste d'investigation ? Nous vous offrons la possibilité d'enquêter sur un tueur en série en bénéficiant de l'aide de la police.

— Je bénéficie de l'aide de la police et la police bénéficie de mon aide, c'est ça ?

— À peu près.

Il se pencha et dit sur le ton de la confidence :

— Le nouveau ministre de l'Intérieur semble vouloir tenir ses promesses électorales et rétablir la sécurité sur tout le territoire.

— Je vois, et une série de crimes ferait tache sur des statistiques plutôt en recul.

— Voilà, dit le commissaire Fabien avec un petit sourire crispé.

— Quels seraient mes moyens ?

— Ceux que vous aviez en tant que fonctionnaire de police.

— Y compris la solde ?

Fabien émit un bref éclat de rire :

— Je croyais que vous étiez au-dessus de ces basses contingences.

— C'est une affaire de principe, monsieur. Je veux bien donner mon temps pour des gens démunis, pas pour l'État. Je ne voudrais pas être la seule qui travaille à l'œil dans la boutique.

Elle regarda le commissaire d'un air soupçonneux :

— Mais peut-être n'avez-vous pas les coudées franches pour en décider ?

— Y compris la solde, soupira Fabien en écrivant quelques lignes sur une feuille de papier.

— J'espère, dit Mary sarcastique, que mes émoluments ne seront pas défalqués des vôtres.

— Pourquoi me dites-vous ça ? demanda-t-il, les sourcils froncés.

— Parce que j'ai l'impression que ça vous fend le cœur de devoir me payer.

— N'en croyez rien, dit-il sèchement. Pas d'autres dispositions ?

— Si. Pourrai-je, le cas échéant, requérir les services de Jean-Pierre Fortin ?

Le commissaire sourit :

— Je l'attendais, celle-là !

— Alors ?

— Sans aucun problème.

— Vous me le détacheriez à Nantes ?

Il soupira, comme s'il s'agissait d'un caprice de femme.

— Si vous le souhaitez. Je m'arrangerai avec Graissac afin qu'il m'attribue un lieutenant en remplacement de Fortin.

Mais ce n'était pas un caprice. Depuis le temps qu'elle faisait équipe avec Fortin, Mary connaissait mieux que personne les précieux services que le grand lieutenant était en mesure de lui rendre.

Elle plissa les yeux.

— C'est bien régulier, ça ?

— Dites donc, Mary, fit le commissaire avec hauteur, je suis directeur oui ou non ? Graissac est-il directeur lui aussi ? Depuis quand serait-il irrégulier de permuter temporairement des officiers de police dans l'intérêt du service ?

— Je ne sais pas, monsieur, mais il m'avait semblé qu'autrefois, j'allais dire « de mon temps », vous étiez plutôt chatouilleux sur les entorses à la procédure administrative.

— Il n'y a pas entorse ! dit Fabien d'une voix convaincue.

Puis, regardant Mary par en dessous, il ajouta en hypocrite :

— Bien entendu, vous êtes réintégrée avec le grade de capitaine...

Mary mit quelques secondes à assimiler ce que le commissaire venait de dire. Puis elle éclata de rire :

— Vous alors ! On peut dire que vous avez de la suite dans les idées !

Tout compte fait, même si elle faisait la mécontente, elle était ravie de revenir dans la grande maison, ne fût-ce qu'à titre temporaire.

— Je ne peux pas faire autrement, dit Fabien patelin. Quel flic vous obéira si vous n'êtes qu'un civil ?

— Vous avez réponse à tout. Bon, je veux bien, mais le temps de la mission seulement. Ensuite...

— Ensuite, vous déciderez. Ce qu'il faut maintenant, Mary, c'est empêcher un salopard de crever des yeux et des cœurs à l'aide d'épingles à chapeau !

Il respira fort, roula des yeux terribles et dit :

— Il faut le trouver, capitaine Lester !

Mary Lester conduisait sa Twingo sur la voie express qui mène de Quimper à Nantes. La grande ville s'annonçait, précédée de zones commerciales s'étendant à l'infini.

Elle avait récupéré son arme, sa carte de police, une paire de menottes. Tout ce matériel, auquel elle n'était plus habituée, pesait dans son sac posé sur la banquette, près d'elle, sous son duffel-coat.

Au loin, les immeubles d'Atlantis se découpaient comme un jeu de construction sur le ciel bleu. La circulation se faisait dense, les automobiles, les camions se pressaient comme des abeilles à l'entrée d'une ruche.

La ruche était là, immense, peuplée, étalant ses richesses des deux côtés de la Loire qui coulait, impassible, entre des quais où un long bateau de guerre gris, réformé de la défense active, abritait un musée.

Mary lut sur une pancarte accrochée à la passerelle : musée naval le Maillé-Brézé.

Sur l'autre berge, d'énormes grues jaunes rappelaient qu'il n'y avait pas si longtemps, sept mille employés de la métallurgie fabriquaient ici les plus beaux bateaux du monde.

Las ! La fermeture des chantiers Dubigeon, les derniers à rendre les armes, avait marqué la fin d'une époque glorieuse et prospère, celle de la construction navale nantaise.

Maintenant les paquebots de luxe, les ferries géants se construisaient plus bas vers l'Atlantique, à Saint-Nazaire ; les quais de la Fosse ne résonnaient plus du fracas des tôles martelées et les eaux limoneuses du fleuve courant vers la mer ne reflétaient que les phares jaunes et les feux rouges des automobiles. Les lueurs bleu électrique des chalumeaux brasant le fer, lucioles incandescentes étincelant au fond des ateliers, appartenaient désormais au domaine du souvenir.

La circulation était intense, Mary remonta vers la place Graslin et trouva à garer sa Twingo dans un parking souterrain.

Elle sortit son sac de voyage et remonta à l'air libre. L'hôtel où elle avait retenu une chambre était tout proche.

Un fin crachin mouillait la nuit tombante. Les enseignes au néon illuminaient les rues populeuses où d'aucuns flânaient sous la poussière d'eau qui tombait du ciel, tandis que d'autres se hâtaient, les bras chargés de paquets, de regagner leur domicile.

Mary avait choisi son logement dans un établissement de bon standing du centre-ville d'où elle pourrait rayonner sans avoir à prendre sa voiture.

Comme dans toutes les grandes villes, les embouteillages pouvaient bloquer toute la circulation à certaines heures et, s'il y avait bien quelque chose que Mary détestait, c'était se retrouver captive de son véhicule au milieu de milliers de voitures à touche-touche.

Les bus et le superbe tramway lui éviteraient ces avatars.

3

Le commissariat était un peu excentré. Une vaste esplanade plantée de platanes, à usage de parking, le séparait de l'Erdre, rivière paisible qui gagnait la mer en se jetant dans la Loire juste avant l'estuaire.

La bâtisse, toute en longueur et peinte en blanc, paraissait de construction ancienne et, comme tout commissariat qui se respecte, avait des fenêtres grillagées.

Au-dessus d'une porte d'aluminium et de verre, une pancarte « Hôtel de Police », avec en dessous « Entrée du Public », indiquait l'accueil.

Il semblait régner là une activité de tous les instants. Des gens entraient, la mine soucieuse, des papiers à la main. Probablement des contrevenants convoqués pour éclaircir quelque affaire délicate.

Mary poussa la porte et entra dans un hall que quelques plantes vertes tentaient d'enjoliver.

Une jeune femme en uniforme se tenait derrière un comptoir auquel on accédait après avoir gravi cinq marches carrelées de gris. Mary présenta sa carte :

— Capitaine Lester, j'ai rendez-vous avec le commissaire Graissac.

— Bonjour capitaine.

La jeune femme avait un teint pâle, de magnifiques yeux bleus et une impressionnante masse de cheveux blonds et frisés. Elle souriait franchement.

— Si vous voulez bien me suivre…

Elle donna quelques instructions à un agent qui se tenait dans une pièce en retrait de la réception et prit le couloir jusqu'à un escalier qui menait au premier étage. Là, elle toqua de l'index contre une porte et, quand elle entendit « Entrez ! », elle ouvrit la porte et jeta d'une voix suave que Mary ne lui connaissait pas encore :

— Le capitaine Lester, monsieur le commissaire.

Puis elle attendit que Mary entrât et tira la porte derrière elle après l'avoir gratifiée d'un beau sourire.

— Ah, capitaine Lester ! fit le commissaire Graissac en se précipitant au-devant de Mary les mains tendues.

Visiblement, elle était attendue !

Elle sourit en lui tendant la main.

— Laissez tomber le grade, monsieur le directeur, j'en ai perdu l'habitude.

— Ça reviendra, dit Graissac avec bonhomie en l'accompagnant jusqu'à une chaise munie d'accoudoirs placée devant son bureau.

Elle s'assit et Graissac la considéra un instant d'un air satisfait avant de s'installer derrière son bureau.

— C'est une affaire délicate qui vous amène dans nos murs, capitaine. Le commissaire Fabien a dû vous le dire.

— Il me l'a dit en effet.

Son attention se portait sur le bureau du commissaire Graissac. Ici non plus, rien n'avait changé depuis la dernière fois qu'elle y était venue. Graissac, à ce qu'il lui avait semblé, s'était un peu voûté. Ses derniers cheveux s'étaient envolés et le sommet de son crâne luisait sous la lampe. Néanmoins, son souci d'élégance était toujours là. Il arborait un impeccable complet trois-pièces bleu pétrole, une chemise bleu clair et une cravate rouge sombre qui s'harmonisait parfaitement avec la rosette de la Légion d'honneur épinglée à son revers.

— Jouez-vous toujours au golf ? demanda Mary.

Il sourit :

— Oui. De plus en plus mal d'ailleurs, mais je persévère. Et vous ?

— Hélas non !

— Dommage. Paul Sergent disait que vous étiez particulièrement douée.

Paul Sergent était le « pro » du club de golf qui avait dispensé ses premières leçons à Mary Lester[1].

— Je ne sais pas si je suis aussi douée que Paul veut bien le dire, mais pour figurer honorablement dans une partie, il faut un entraînement quotidien et je ne peux pas sacrifier tous mes loisirs à ce noble sport. Comment va le club ?

— Il va, fit le commissaire avec une moue. Notre doyen est mort l'an passé et le colonel n'en est plus le directeur.

— Et cette bonne Victoire Leblond ?

— Elle est partie sévir dans le Sud-Ouest, je crois, où son mari a été nommé. Leur maison est en vente. Pour le reste, Claude Cagesse est toujours capitaine des jeux et les « old members » consomment toujours autant de bière et de whisky.

1. *Voir* L'Homme aux doigts bleus, *même auteur, même collection.*

— Bien, saluez-les de ma part à l'occasion.

— Je n'y manquerai pas, affirma-t-il gravement.

— Et si nous revenions à notre affaire ? proposa Mary.

Le commissaire se rembrunit. L'évocation du golf du Bois-Joli l'avait un instant distrait de ses soucis immédiats mais on y revenait à la vitesse grand V.

— Notre affaire est une affaire bien embêtante.

Il regarda Mary gravement et revint à son dossier qu'il ouvrit.

— J'ai bien peur que cela s'apparente à cette histoire de tueur fou qui flinguait à tout va dans le comté de New York. Vous vous souvenez ? Ce n'est pas si vieux.

— Si je m'en souviens ! Mais, si mes renseignements sont bons, ce tireur fou avait une motivation : le fric. N'avait-il pas demandé une rançon à la ville de New York ?

— Si, il l'avait fait. Mais après avoir descendu une bonne douzaine d'innocents.

— C'est cette demande de rançon qui a entraîné sa perte, je crois, dit Mary.

— Tout à fait.

— Ici, pas de revendication de ce genre ?

Graissac secoua la tête négativement, comme s'il le regrettait.

— Pas la moindre !

— Jusqu'à présent, il s'agirait donc de crimes gratuits ?

— On peut le craindre. Et ces crimes sans motifs ne sont pas les plus faciles à résoudre.

— Je le sais bien, dit Mary, mais ça m'étonnerait tout de même qu'on ait assassiné trois personnes sans le moindre motif. Où en est l'enquête ?

Graissac soupira et poussa une chemise cartonnée devant Mary :

— Tout est là-dedans.

Décidément, il avait la même façon de procéder que son ami Fabien.

— Merci, dit-elle en prenant la chemise. Qui est en charge de l'affaire ?

— Leroux, un capitaine qui commence à avoir de la bouteille, et le lieutenant Damien.

Graissac se pencha en avant pour lui dire, sur le ton de la confidence :

— Je dois vous prévenir que Leroux est un excellent flic mais qu'il a la tête près du bonnet.

— Vous voulez dire qu'il a un caractère ombrageux ?

— C'est le moins qu'on puisse dire. Il a toujours le sentiment que le monde entier lui en veut et s'il savait que je mets une autre équipe sur « son » enquête, il n'apprécierait pas, mais alors pas du tout !

— Je vois. Peut-être est-il aussi un peu misogyne ?

— Je le crains, dit Graissac avec un air de s'excuser.

— D'où cette démarche de me faire opérer en parallèle.

— Je préfère. Deux fers au feu, c'est mieux qu'un.

— Bon, dit Mary. Eh bien ! Merci de m'avoir prévenue, monsieur.

Graissac se leva :

— Enfin, officiellement, il n'aura affaire qu'à Fortin.

Mary se leva à son tour :

— Ce ne sera pas facile à gérer…

— Non, mais comment voulez-vous que j'explique à un écorché vif comme Leroux qu'une espèce de privé, une femme de surcroît, vient enquêter par-dessus son épaule ?

— Merci pour vos qualificatifs, dit-elle en riant.

— Je ne voulais pas être blessant, dit Graissac contrit, je… Enfin… Comment vous considérer ?

— Comme une femme, certainement, et, pour la durée de la mission, comme un flic.

— Pour la durée de la mission ?

— En effet… Le temps de la mission, je suis le capitaine Lester !

— Et après ? demanda Graissac.

— Après ? On verra. Comme dans les petites annonces, le temps de la mission « et plus si affinités ».

Graissac grimaça :

— Je crains fort qu'en ce qui concerne les affinités, vous n'en ayez guère avec Leroux. En attendant, excusez-moi d'avoir parlé de la sorte. Évidemment, je n'ai rien contre les femmes dans la police.

Il la regarda :

— Vous le savez bien !

Elle le rassura :

— Mais oui, monsieur le commissaire. Vous n'avez fait qu'emprunter à Leroux les paroles qu'il aurait lui-même prononcées en cette circonstance.

— C'est ça, fit Graissac soulagé. Vous savez ce que c'est…

— Je sais, dit Mary.

Qui se garda d'ajouter que, lorsqu'on faisait équipe avec Fortin, on était habitué aux formules directes, pour ne pas dire pittoresques.

Elle se tut un moment, réfléchissant, puis demanda :

— Et ce lieutenant Damien ?

— C'est un jeune officier. Il n'est là que depuis un an.

Graissac pinça les lèvres :

— Il a été très bien noté à l'école de police et, depuis qu'il est chez nous, il ne s'est pas fait remarquer, ni en bien, ni en mal. Il semble bien s'arranger avec Leroux, ce qui n'a pas toujours été le cas de ses équipiers précédents. Quand le lieutenant Fortin doit-il arriver ?

— Aujourd'hui, probablement. Il lui restait un dossier à boucler, sinon nous serions venus dans la même voiture.

— Il vaut peut-être mieux qu'on ne vous voie pas ensemble dans la maison.

Mary sourit : toujours ce souci de discrétion.

— Qu'est-ce qui vous amuse ?

— Je me demandais si vous n'aviez pas été agent secret dans une autre vie.

Graissac eu un rire sans joie :

— Vous me prenez pour James Bond ?

Mary sourit à son tour, imaginant le quasi-sexagénaire sans cheveux dans les exercices érotiques qui avaient tant fait pour la gloire de 007.

— Quand même pas, mais vous semblez être en permanence préoccupé par le désir de passer inaperçu.

— Au cours de ma longue carrière, j'ai constaté, mademoiselle Lester, qu'il était inutile de donner l'éveil au malfaiteur qu'on traque. Une voiture de police est bien plus efficace lorsqu'elle arrive sur les lieux d'un délit sans faire hurler sa sirène. Et un enquêteur qui opère incognito en vaut deux.

Mary était tout à fait d'accord avec Graissac sur ce point.

— Donc, je ferai équipe avec moi-même, dit-elle.

— Disons que vous serez l'électron libre… Je vais adjoindre Fortin à Leroux et Damien en le présentant comme un renfort, la direction de l'enquête restant officiellement l'apanage de Leroux ; Fortin fera la liaison.

Mary eut une moue :

— En laissant Leroux dans l'ignorance ?

— Tant que ce sera possible, oui. Fortin vous informera de tous les éléments nouveaux qu'ils pourraient découvrir. Pour votre part, vous rechercherez du côté des victimes si des indices n'auraient pas échappé à Leroux et, par le biais de Fortin, vous orienterez l'enquête. Ainsi toutes les susceptibilités devraient être ménagées.

Il ouvrit la porte et ajouta :

— J'espère qu'ainsi cette méchante affaire sera vite résolue.

— Vite résolue… Vite résolue… C'est vite dit ! maugréait Mary Lester devant le dossier que Graissac lui avait remis.

Elle était dans sa chambre d'hôtel et, en attendant Fortin, elle avait ouvert le dossier sur la table basse censée recevoir les bagages.

— Il n'y a rien là-dedans ! grommela-t-elle.

En effet, le dossier ne contenait que les photocopies des pièces que lui avait confiées Fabien à Quimper.

Son portable sonna, c'était Fortin.

— Ah, te voilà ? Ce n'est pas trop tôt !

Il demanda :

— Qu'est-ce qui t'arrive, Mary, tu es de mauvais poil ?

— Il m'arrive… il m'arrive… Viens, je t'expliquerai.

— C'est-à-dire que… hasarda-t-il.

— C'est-à-dire quoi ? fit-elle impatiente. Tu es là ou tu n'es pas là ?

— Oh là là ! fit le grand lieutenant. On dirait que ce n'est pas mon jour !

Elle se radoucit, consciente d'avoir été trop loin.

— Qu'est-ce qui t'arrive, Jipi ?

— Presque rien, le patron m'annonce que je suis détaché ici, donc je me fais engueuler par ma femme.

— Pourquoi ? C'est pour ton boulot, non ?

— C'est pour mon boulot, comme tu dis, cependant dès qu'elle sait que tu es dans le paysage… tu sais comment elle est !

Elle savait, oui. Madeleine Fortin manifestait une jalousie maladive à l'encontre de Mary Lester. Lorsque Mary était encore dans la police et faisait équipe avec Jean-Pierre Fortin, ils passaient évidemment beaucoup de temps ensemble. Cependant, il n'y avait jamais eu entre eux qu'une franche camaraderie exempte de toute ambiguïté.

Mais allez donc expliquer ça à l'épouse du plus beau mec du commissariat !

— Tu n'avais pas besoin de lui dire que j'étais dans le circuit !

— Si tu crois que je lui en ai parlé !

Elle fit mine de s'indigner :

— Tu as menti à Madeleine ?

— Non, je n'ai pas menti, je n'ai rien dit.

Elle le taquina :

— Ça s'appelle mentir par omission !

— Oh, ça va ! fit Fortin tendu. Tu ne sais pas ce qu'elle m'a fait ?

— Non.

— Elle a exigé que je loge chez sa sœur pendant tout mon séjour à Nantes !

— Elle a une sœur à Nantes ?

— Ouais, Monique, qui est mariée à Lucien Palais, contrôleur à la SNCF et syndicaliste militant.

— Super ! Ça te fera des frais en moins.

— Je ne suis pas sûr, dit-il, le syndicaliste va me faire payer ma piaule, espère un peu !

— Mais alors, quel est l'avantage ?

— L'avantage c'est qu'ainsi Madeleine sera assurée que je n'amène pas de fille dans mon lit. Pff ! Comme si c'était mon genre !

Mary sourit.

— Bon, à part ça, tout va très bien ?

— Non, dit Fortin, en plus ils habitent à dache et il y a un connard qui vient d'emplâtrer ma caisse !

— Grave ?

— Assez pour que je ne puisse plus rouler ! Me voilà sans bagnole pour une semaine !

— Où habite ta belle-sœur ?

— À Trentemoult !

— Ça ne m'en dit pas plus.

— C'est de l'autre côté de la Loire. Je ne te dis pas le bordel pour y arriver ! Il y a une de ces circulations !

— Tu es chez ta belle-sœur en ce moment ? demanda Mary.

— Oui, ma bagnole vient de partir sur une dépanneuse et je suis là comme un con !

— Tu vas dîner avec eux ?

— Bien obligé !

— Quel enthousiasme !

— Oh, tu peux rigoler, dit-il rancunier, je sens le chou-fleur bouilli d'ici et le beauf va me pomper avec ses points retraite, ses avancées sociales et ses mouvements de grève.

— Beau programme ! dit Mary.

— Tout ça c'est de ta faute !

Elle s'exclama :

— De ma faute ?

— Et comment ! C'est bien toi qui as réclamé au patron que je sois détaché sur Nantes, non ? J'étais bien peinard à Quimper, je n'ai rien demandé, moi !

— Tu aurais préféré que je demande Lecoq ?

Lecoq était un lieutenant nouvellement affecté au commissariat de Quimper. Contrairement aux autres enquêteurs, il affectait une élégance voyante, portant

41

chaque jour un costume différent, avec une pochette assortie à sa cravate.

La première fois qu'on l'avait vu apparaître au commissariat en cet arroi, le silence s'était fait chez les « en tenue » de service au poste et le chef de quart avait demandé naïvement :

— Tu es de noce ?

Lecoq avait haussé dédaigneusement les épaules en escaladant d'un pas plein de grâce l'escalier qui menait à son bureau.

Quant à Fortin, habitué de longue date aux jeans délavés et au blouson de cuir râpé porté sur un tee-shirt, il avait rigolé :

— À voir un keuf sapé comme un julot, les geignards vont se demander si l'usine n'a pas viré clandé[1] ! Blague à part, tu t'es gouré d'adresse, petit gars, tu aurais dû demander la Mondaine.

Pour toute réponse, Lecoq avait haussé ses maigres épaules renforcées par des épaulettes judicieusement disposées.

Par la suite on avait appris que le jeune flic devait cette aisance vestimentaire à un frère de son père, gérant d'un magasin à l'enseigne de *La Belle Jardinière*, qui le pourvoyait avec largesse d'un de ses invendus, chaque année, en guise d'étrennes.

Et le port de ces costumes était la condition incontournable pour que Lecoq soit couché en bonne position sur le testament du vieux célibataire. Le tonton

1. *Traduit du vocabulaire Fortin, cela signifie : « À voir un flic habillé comme un proxénète, les plaignants vont se demander si le commissariat n'est pas devenu une maison close. »*

était intransigeant sur cette disposition et il veillait lui-même sur la vêture de son neveu avec une attention sourcilleuse.

Bien que le pauvre lieutenant fût parfois affublé d'inénarrables « laissés pour compte », il faisait contre mauvaise fortune bon cœur en pensant à ses grandes espérances, opposant aux railleries un mépris hautain qui lui avait valu les surnoms peu flatteurs de « petit coq » ou de « barbeau ».

— Ce que tu es con ! répondit Fortin désarmé.

Mary insista :

— C'est pas une réponse, ça !

— C'est ma réponse, affirma Fortin avec force. Et si tu la veux en clair, Mary Lester, car tu me sembles singulièrement bouchée aujourd'hui, oui, je suis heureux, content et comblé de faire équipe avec la plus grande policière de la venelle du Pain-Cuit. Là, tu es satisfaite ?

Elle éclata de rire.

— Jipi…

— Ouais ?

— Merci d'exister !

— Quoi ?

Elle l'imaginait, le front plissé devant son téléphone portable.

— Si tu n'existais pas, il faudrait t'inventer !

— Ouais, ben j'existe !

— J'aime te l'entendre dire ! J'aime entendre le son de ta voix…

— Je suis content que tu sois contente, dit Fortin sarcastique, mais j'aurais été encore plus content si je n'avais pas dû prendre pension chez Monique.

43

Elle le gourmanda :

— Ce que tu es casanier ! On ne choisit pas toujours, mon vieux !

— Bon, qu'est-ce qu'on fait ? Moi, je dois me présenter chez Graissac demain à neuf heures.

— Parfait, viens à mon hôtel ensuite. Je t'y attendrai.

4

Mary Lester traversa la place Graslin et descendit la rue Crébillon. Elle avait attendu Fortin jusqu'à midi moins le quart et il était arrivé furieux car il semblait que le capitaine Leroux, en plus d'être jaloux de ses prérogatives, faisait également preuve d'un autoritarisme excessif mâtiné d'un formalisme tatillon.

— Tu te rends compte, s'était exclamé Fortin indigné, il m'a regardé comme si je sortais d'un zoo et m'a dit : « Ici, lieutenant, une carrure de déménageur ne suffit pas. Il faut aussi en avoir là-dedans. »

En disant ça, Fortin se tapotait le front du doigt, imitant le capitaine Leroux.

— Je suis sûre que c'est un petit.

— Comment ça, un petit ?

— Un petit en taille.

— Ouais, avait dit Fortin après réflexion. C'est pas un nabot, mais presque.

Il avait réfléchi et ajouté :

— Remarque, il se rattrape en largeur sur ce qu'il perd en hauteur.

Tout était relatif. Pour Fortin, tout homme qui n'atteignait pas le mètre soixante-dix était passible de ce qualificatif.

— Méfie-toi des petits, lui avait dit Mary. Souviens-toi, Napoléon, Hitler, Franco, c'étaient des petits.

Fortin, qui n'avait sûrement jamais envisagé la situation sous cet angle, avait écarquillé les yeux sous le coup de la surprise.

— Et Rouletabille, il est comment ?

Le grand lieutenant avait froncé les sourcils.

— Rouletabille ?

Mary avait eu envie de lui dire qu'il abusait des jeux de physionomie, mais il ne fallait pas trop troubler cette âme simple.

— Ouais, l'arpète de ton Leroux.

— Il s'appelle Damien.

— Ah bon. Dans les romans de Gaston Leroux, c'est Rouletabille.

— Pff ! avait soufflé Fortin découragé, je ne comprends rien à ce que tu racontes. D'ailleurs, Leroux ne se prénomme pas Gaston, mais Maurice.

— Alors ça change tout, avait dit Mary en souriant. Et ce Damien ?

— C'est un jeune, avait dit Fortin en renonçant à comprendre, il n'a pas trente balais. Il a l'air sympa. Mais avec son singe, il ne peut pas en placer une. Tout ce qu'il sait dire c'est « oui chef », « bien chef », « tout de suite chef ». Tu vois le topo, avec ça on est gréés fin !

— Et au sujet de l'affaire qui nous intéresse ?

— Alors là, ma grande, Leroux m'a mis au parfum tout de suite : « Je ne sais pas pourquoi vous êtes ici, lieutenant, qu'il m'a dit, mais ici on a l'habitude de résoudre nos affaires sans aller chercher du renfort à Quimper-Corentin. » Tu te rends compte ?

— Alors, qu'est-ce que tu as fait ? demanda Mary qui riait intérieurement.

— Je lui ai dit, fit Fortin avec le plus grand sérieux : « Capitaine Leroux, il semble que vous ne sachiez pas grand-chose… »

« Comment ? qu'il a fait en changeant de couleur. Je ne permets pas à un petit lieutenant de banlieue de me parler sur ce ton ! Vous aurez de mes nouvelles ! »

« J'ai rigolé : j'aimerais mieux avoir des nouvelles du criminel aux épingles, puisque je suis là pour ça. Et je suis sûr que c'est la première fois que vous levez le nez pour regarder un petit lieutenant. »

« Quoi ? qu'il a fait en s'étranglant à moitié, on fait de l'esprit ? »

« Sauf votre respect, j'ai ajouté, vous n'en savez pas plus sur les crimes qui ensanglantent votre belle ville qu'au premier jour de l'enquête alors que vous êtes sur l'affaire depuis plus d'un mois… »

« J'ai cru qu'il allait exploser. Le pauvre Damien ne savait plus où se mettre. Je ne me suis pas dégonflé, j'ai continué : "Et vous ne savez pas non plus qui m'a fait venir ici. Car je n'ai rien demandé, moi, j'étais bien peinard à Quimper-Corentin, comme vous dites. Alors on va approfondir la question et ça ne va pas être long : Venez avec moi !" »

« Ma vieille, il s'est rebiffé ! Il a aboyé : "Je n'ai pas d'ordres à recevoir de vous !" Tu aurais vu sa gueule ! On aurait dit un clébard à qui on vient d'arracher son os. »

« Certes non, je lui ai dit, mais vous avez peut-être des ordres à recevoir du taulier ? À moins que vous ne soyez branché direct sur le portable de l'Élysée ? »

Il ne voulait pas venir, le salopard, j'ai dû le prendre par la peau du cou pour l'emmener chez Graissac.

— Tu as conduit Leroux chez le commissaire comme ça !

Elle s'imaginait le petit capitaine à demi soulevé par cette grosse brute de Fortin, obligé de lui filer le train.

— Comment faire autrement ? Il ne voulait pas venir.

Mary s'était mise à rire de si bon cœur que les larmes lui coulaient au long des joues.

— Ah, ce que j'aurais voulu voir ça ! Et qu'a dit Graissac ?

— Il a été surpris, et puis il a mis les choses au clair. Il m'a engueulé un peu pour la forme, en me disant que c'étaient là des manières qui n'avaient pas cours dans son commissariat. Je voyais qu'il avait bien envie de se marrer mais comme Leroux, lui, ne rigolait pas, il s'est retenu. Ensuite il a fait un discours moralisateur sur la coopération nécessaire pour faire aboutir la justice, la bonne entente, et que chacun y mette du sien et bla-bla-bla, tu sais ce que c'est !

— Je sais, avait dit Mary en essuyant ses larmes. Bon, si je comprends bien tu t'es fait un ami à Nantes, aujourd'hui.

— Tu parles si je m'en tape ! avait dit Fortin avec mépris.

Mary l'avait repris :

— Mais non, on ne s'en tape pas, Jipi. Il nous faut les informations du commissariat.

— Oh, pour ça, ne t'en fais pas. J'ai été prendre un jus avec Damien en sortant de chez Graissac. Paraît que j'ai impressionné toute la boîte. Ce Leroux fait chier tout le monde ici depuis dix ans et, jusqu'à présent, il n'a jamais trouvé personne pour lui river son clou. Comme il a eu un pot insensé dans quelques affaires délicates, il se prend pour un cador. Donc, pour en revenir à ta question, ne t'en fais pas pour les infos, j'ai le petit Damien dans la fouille et il m'allongera tous les renseignements que je veux.

— Parfait.

Mary était tout à fait satisfaite de voir que Fortin prenait de l'assurance, peut-être trop d'ailleurs, mais en d'autres temps il se serait laissé tondre la laine sur le dos par des types comme Leroux qui abusaient de leur position hiérarchique.

En pensant à ce que pourrait être une prochaine et obligatoire confrontation entre elle et ce capitaine, elle n'avait pu retenir un gloussement.

— Pourquoi tu ris ?

— Pour rien. Qu'est-ce que tu fais maintenant ?

— Je vais voir où en est ma caisse.

— Tu veux la Twingo ?

— Ça m'arrangerait bien.

Elle lui avait donné la clé de sa voiture et le numéro au parking de la médiathèque.

— Tu es sûre que tu n'en as pas besoin ?

— Pour le moment non, mais par la suite s'il faut que je me déplace, je t'appelle. Je ne déteste pas avoir un chauffeur.

— OK, avait-il dit sobrement en partant.

En quittant la rue Santeuil pour entrer dans le passage Pommeraye, le flâneur qui visite Nantes quitte du même coup le xxie siècle pour entrer de plain-pied dans le Second Empire.

Ce n'était pas la première fois que Mary Lester venait à Nantes mais jamais elle ne s'était baladée dans le centre-ville sans s'offrir le plaisir de traverser le célèbre passage. Car, même si on n'y achète rien, on y fait provision de rêves. Ce haut lieu du commerce de luxe s'ouvre en sa partie haute, rue Santeuil, par une arche de tuffeau sculpté, une sorte d'énorme porte cochère. À droite et à gauche, sous l'immense verrière, des boutiques au charme discret, un peu désuet, contrastant avec les enseignes colorées aux vives lumières des commerces établis dans les rues voisines. La galerie centrale est éclairée par un toit de verre posé sur des arcades sculptées dans le goût solennel du classicisme le plus orthodoxe. Ce toit repose, comme dans un temple grec, sur des colonnes doriques. Le grand escalier large comme une rue qui, depuis le cœur de la galerie centrale, plonge vers le second niveau mène à la rue de la Fosse. Ornée de statues candélabres, cette galerie fait penser à un théâtre, à un temple sacrifiant à Hermès, le Mercure des Romains, dieu des voleurs, des voyageurs, et bien sûr du commerce.

C'est au bas de cet escalier que Corinne Pagès avait trouvé la mort.

Mary descendit lentement les marches de vieux bois, creusées en leur milieu par des milliers de pas. En cette fin de matinée, il n'y avait pas foule mais tous les commerces étaient ouverts. Elle s'arrêta au pied de l'escalier. Une jeune femme, employée dans une boutique voisine, guidait par gestes une collègue qui disposait des vêtements dans une vitrine. Mary l'interpella :

— Vous travaillez là ?

— Oui, dit la jeune fille en souriant.

Elle semblait avoir une vingtaine d'années et fière d'être attachée à un aussi joli magasin de mode.

— Vous étiez là lorsqu'une dame est tombée dans l'escalier voici un mois ?

La jeune vendeuse sembla déroutée. Elle s'était probablement attendue à des questions sur telle ou telle tenue mise à l'exposition en vitrine. Or, ces vêtements ne semblaient pas intéresser son interlocutrice.

— Pourquoi ? demanda-t-elle.

— Parce que je souhaite rencontrer quelqu'un qui a été témoin de cet accident.

— Je ne sais pas, il faudrait demander à madame Dubois.

— C'est la patronne ?

— Oui. Si vous voulez entrer…

Sur la porte vitrée le nom du magasin était peint en lettres ouvragées : *Couleur Canari*.

La patronne, une quinquagénaire au visage avenant, était occupée à ranger des vêtements en penderie.

51

Elle regarda Mary d'un air interrogatif par-dessus des lunettes de myope.

— Oui ?

— Bonjour madame. Avez-vous été témoin de l'accident qui est arrivé le mois dernier en face de chez vous ?

— L'accident ?

— Oui, une dame a fait une chute dans l'escalier...

— En effet, je me souviens, dit la commerçante, je raccompagnais une cliente à la porte lorsque cette malheureuse a glissé. Elle est littéralement tombée à nos pieds.

Elle regarda Mary plus attentivement :

— Mais pourquoi me demandez-vous ça ? Vous êtes de la police ? J'ai déjà témoigné...

Mary la rassura :

— Non, je suis journaliste à *Paris Flash*...

Elle avait sorti sa carte de presse et vit aussitôt une lueur s'allumer dans les yeux de son interlocutrice : *Paris Flash*, ce n'était pas n'importe quoi ! Peut-être parlerait-on de sa boutique dans la célèbre revue ?

C'était la carte qu'il fallait jouer. Mary regarda les rayons avec intérêt :

— Vous avez de bien jolies choses !

— Merci, dit la dame en ronronnant presque.

— Et le nom de votre boutique est particulièrement original. C'est vous qui l'avez choisi ?

— Oui, je suis là depuis onze ans et... Vous venez de Paris ?

Mary ne voulut pas la détromper.

— Oui, le magazine envisage de faire une série de reportages sur les plus belles boutiques des principales villes de France.

Elle sourit :

— Sur leurs commerces les plus originaux, si vous voyez ce que je veux dire. C'est votre enseigne qui m'a attirée.

— Ah, dit la commerçante, c'est particulier à Nantes. Bien entendu, ça n'aurait pas la même consonance dans une autre ville.

— Pourquoi ? demanda Mary.

— Parce que les canaris c'est le surnom des joueurs de l'équipe de foot.

« Encore le foot ! » pensa Mary. Elle sortait d'en prendre. Déjà à Rennes[1]…

— Ne me dites pas que vous habillez les footballeurs !

— Non, dit la dame en souriant de plus belle, mais leurs femmes sont de très bonnes clientes.

C'était l'explication, bien sûr.

— Pour en revenir aux chutes, dit Mary, on m'a dit qu'il s'en produisait fréquemment dans le grand escalier.

— Souvent ? Il ne faut pas exagérer. Bien sûr, quand il pleut dehors les gens ont des semelles mouillées, alors… Les marches deviennent glissantes, mais c'est partout pareil, non ?

— Probablement, dit Mary. C'était à quelle heure ?

— En fin de journée, vers dix-sept heures trente.

1. *Voir* Forces noires, *même auteur, même collection.*

— Il y a beaucoup de passage à ce moment-là ?

— Ah oui. Dix-sept heures, dix-huit heures, c'est l'heure de pointe. Les enfants sortent de l'école… courent dans l'escalier, bousculent parfois les gens… Vous savez combien les enfants sont turbulents.

Et elle ajouta d'un air résigné :

— Et comme les parents leur donnent toujours raison…

— Vous pensez que la dame qui est tombée aurait pu être bousculée ?

Madame Dubois réfléchit un instant et dit :

— C'est possible. Ou bien elle aura glissé, je vous l'ai dit, lorsqu'il pleut, ces marches peuvent devenir glissantes. Il suffit d'avoir des chaussures à semelle de crêpe et…

Elle regarda Mary par-dessus ses lunettes, vaguement inquiète :

— Ce ne sera pas la peine de raconter ça dans votre article, n'est-ce pas ?

— Rassurez-vous, nous n'avons pas le projet de faire un sujet sur la sécurité mais sur les boutiques, la qualité, le choix des articles présentés, l'esthétique du passage…

Elle regarda au-dehors :

— Cela a tout de même une autre allure que les galeries commerciales des grandes surfaces.

— C'est évident, dit madame Dubois en se rengorgeant, aussi fière que si elle avait construit l'édifice de ses blanches mains.

— Pour en revenir à cette dame, dit Mary, elle s'est fait mal ?

— Sûrement ! Elle était dans les pommes, allongée là, et les gens la contournaient, l'enjambaient, même. Je lui ai glissé un coussin sous la tête et je l'ai couverte d'un plaid.

— Quelqu'un vous a aidée ?

— Oui, une vieille dame qui passait par là lui a tenu la tête. Heureusement car la cliente que je raccompagnais paraissait changée en statue de sel. J'ai cru qu'elle aussi allait se trouver mal. Les agents de sécurité sont arrivés ensuite et ont canalisé les passants en attendant l'arrivée de l'ambulance.

— C'est vous qui avez prévenu les secours ?

— Oui, j'ai appelé les pompiers. Ils sont arrivés très rapidement et ont embarqué cette dame sur une civière. Elle n'avait pas repris connaissance, elle était pâle comme une morte...

Et pour cause, pensa Mary.

— C'était très impressionnant, dit-elle en frissonnant.

Puis elle se reprit et demanda :

— C'est bizarre, vous semblez vous intéresser plus à cet incident qu'à ma boutique.

— Pas du tout, dit Mary, mais je fais aussi parfois des enquêtes d'investigation pour un autre magazine et les faits divers mystérieux me passionnent. Pas vous ? demanda-t-elle en regardant madame Dubois dans les yeux.

— Oh moi, j'ai bien assez à m'occuper de mes affaires sans aller me mêler de celles des autres !

— Tout de même, vous avez su que cette pauvre femme était morte ?

— Je l'ai lu dans le journal, oui.

Madame Dubois était maintenant sur la défensive.

— En fait elle a été assassinée, dit Mary, quelqu'un lui a enfoncé une aiguille dans le cœur.

Madame Dubois grimaça douloureusement.

— Voilà pourquoi elle est tombée ! dit-elle.

— Comment ça ? dit Mary.

— Eh bien, d'après ce que vous me dites, cette femme aurait été assassinée. Il y a bien quelqu'un qui a appuyé sur cette aiguille !

— Continuez, dit Mary.

— Supposons, dit la femme, que je veuille tuer quelqu'un…

Elle se signa et dit en fermant les yeux :

— Que Dieu m'en garde !

Elle regarda de nouveau Mary :

— Je monte l'escalier, en croisant ma victime je fais semblant de trébucher, je me raccroche à elle et je lui enfonce l'aiguille dans le cœur.

— Et alors ?

— La victime s'écroule, et moi je poursuis mon chemin en remontant l'escalier comme si de rien n'était.

— On aurait pu aussi, dit Mary, la suivre, lui enfoncer l'aiguille dans le dos et poursuivre son chemin, ni vu ni connu. Mais dites-moi, madame Dubois, comment avez-vous su que cette dame avait été épinglée, si je puis dire, par-devant ?

5

La commerçante en resta bouche ouverte, interdite :

— Je le sais, je le sais car on l'a dit dans le journal ! Vous n'allez tout de même pas…

— Mais non, je ne vous accuse de rien. D'ailleurs, ce n'est pas mon propos.

— La police… dit madame Dubois.

Puis elle s'arrêta, un peu oppressée :

— La police ne m'a rien dit.

— Elle vous a tout de même demandé votre témoignage, dit Mary.

— Bien sûr. Je leur ai raconté ce que je viens de vous dire. Qu'aurais-je pu rajouter ? Madame Palud était avec moi, elle a bien confirmé ce que je disais.

— Attendez, dit Mary, cette madame Palud est votre cliente, je suppose…

Madame Dubois hocha la tête en signe d'assentiment.

— Madame Palud, donc, est bien restée seule avec la victime pendant que vous alliez d'abord chercher un coussin et une couverture, puis lorsque vous êtes retournée téléphoner.

— Oui, mais je vous ai dit qu'elle était complètement paralysée… choquée, quoi, elle était incapable de bouger. Et après, lorsque les pompiers sont partis, j'ai dû la faire asseoir sur une chaise et lui faire avaler

quelques gouttes de Ricqlès sur un sucre. Elle est restée
là dix bonnes minutes. Ensuite je l'ai accompagnée
jusqu'à sa voiture car je ne savais pas si elle était en
état de conduire.

— Elle a pu rentrer chez elle sans encombre ?

— Oui, elle m'a téléphoné une demi-heure plus tard
pour me remercier.

Elle ajouta :

— Vous savez, je n'ai pas été très longtemps à l'intérieur du magasin, et madame Palud n'était pas seule
car, comme je vous l'ai dit, une vieille femme soutenait
la tête de la victime.

— Elle était comment, cette vieille femme ?

— Si vous croyez que je m'en souviens !

Elle réfléchit :

— J'ai dit une vieille femme car elle avait des cheveux gris.

Elle dit :

— Mais dans le fond, elle n'était peut-être pas si
vieille que ça ! Il y a des tas de jeunes qui ont les
cheveux gris maintenant. Je l'ai juste entrevue.

Puis, après une nouvelle réflexion :

— Ce qui est sûr, c'est qu'elle n'était pas jeune.

— Comment était-elle vêtue ?

La question surprit madame Dubois :

— Mais comme tout le monde, un imperméable,
je vous l'ai dit, il pleuvait, un fichu sur la tête, des
lunettes…

— Vous n'avez rien remarqué d'autre ?

Madame Dubois finit par dire :

— Non !

— Était-elle encore là lorsque vous êtes retournée téléphoner ?

— Non, elle est partie lorsque les agents de sécurité sont arrivés.

— Parce que les agents de sécurité sont intervenus ?

— Oui, ils sont arrivés comme nous finissions de recouvrir le corps de cette dame avec la couverture. Il y en a toujours deux dans la galerie et ils interviennent au moindre incident.

— Bien, dit Mary songeuse.

Elle regarda madame Dubois qui se demandait quelle était cette étrange journaliste qui posait des questions aussi précises sur un incident vieux d'un mois.

Mary comprit que son rôle de journaliste ne pouvait plus l'aider et elle sortit sa carte de police.

— Oh ! dit madame Dubois. Je trouvais aussi que pour une journaliste de mode, vous posiez de drôles de questions !

— C'est que j'aime bien la mode aussi. Mieux que la police, même. Parfois je me demande si je ne devrais pas me reconvertir.

— Vous pourriez, assura madame Dubois.

— Je vais y penser, mais en attendant la fin de cette enquête, c'est au flic que vous devrez répondre.

Après avoir remercié madame Dubois pour sa compréhension, Mary continua sa visite dans la galerie, jusqu'à sa sortie, rue de la Fosse, une très vieille rue de Nantes bordée de commerces aux façades d'un autre temps, menant vers la Loire, vers le fameux quai de la Fosse dont la sulfureuse réputation n'était plus qu'un lointain souvenir.

59

Puis elle fit demi-tour, retourna dans la galerie et escalada le grand escalier pour se retrouver devant la vitrine d'un bouquiniste où deux solides gaillards vêtus de combinaisons noires, talkie à la ceinture, jambes écartées, mains dans le dos, regardaient passer les chalands.

Les fameux agents de sécurité.

Elle s'approcha, les salua en sortant la carte toute neuve que le commissaire Fabien lui avait procurée.

— Bonjour messieurs. Capitaine Lester, je peux vous parler un moment ?

Comme toujours, les deux hommes parurent surpris. Cette jeune femme, capitaine de police...

Ils se penchèrent simultanément pour examiner la carte, puis se regardèrent avec perplexité.

Les cheveux ras, la mine fleurie, bien propres sur eux, bien nourris... De parfaits chiens de garde. Leur carrure indiquait qu'ils devaient fréquenter les salles de musculation avec plus d'assiduité que les bibliothèques. Encore que... Il fallait parfois se méfier des apparences. Le moniteur de la salle où s'entraînait Fortin avait fait un soir à Mary un commentaire parfaitement pertinent sur *De l'inconvénient d'être né*, d'Emil Cioran, lecture qu'on ne s'attendait certes pas à trouver entre les mains d'un manieur de fonte.

— C'est à quel sujet ? demanda le plus petit (qui dépassait le mètre quatre-vingts tout de même).

— Au sujet d'une dame qui a fait une chute dans le grand escalier, voici un mois. Vous êtes intervenus, je crois.

— Oui, dit celui qui paraissait être le chef.

L'autre, âgé d'une vingtaine d'années, avait une tête d'enfant sur un corps de colosse. Il regardait Mary d'un air étonné, en mâchouillant son chewing-gum sans mot dire. Non, celui-là ne devait pas lire Cioran. Il en était encore aux personnages dessinés des comics.

— Enfin, reprit le présumé chef, « intervenus » c'est beaucoup dire. Quand nous avons su qu'il y avait eu une chute dans l'escalier, nous étions rue de la Fosse. Nous sommes venus immédiatement et nous avons constaté que la victime avait déjà reçu les secours d'une commerçante. Elle était allongée, sans connaissance. Sa tête reposait sur un coussin et elle était recouverte d'un plaid de voyage.

Il regarda son collègue, comme s'il espérait recevoir confirmation, mais le grand gaillard regardait Mary d'un regard bovin, semblant avoir du mal à fermer la bouche. Aucun secours à espérer de ce côté-là.

— On a fait barrage pour que la victime ne soit pas piétinée, dit-il, à cette heure il y avait beaucoup de passage. Il n'y avait rien d'autre à faire. Les secours avaient été prévenus, ils sont arrivés quelques minutes plus tard. Les pompiers… Ils ont embarqué la victime, et voilà…

— Et vous n'avez rien remarqué ?

Les deux hommes se regardèrent d'un air de se demander : « Tiens, il fallait remarquer quelque chose ? »

— Non, dit le porte-parole.

— Pas de blessure ? Pas de sang ?

De nouveau ils secouèrent la tête négativement avec un bel ensemble.

— Elle avait dû s'assommer dans sa chute... Peut-être qu'elle avait quelque chose de cassé, mais comme les pompiers l'ont embarquée...

— Avez-vous remarqué une vieille dame qui se serait intéressée à la blessée ?

— Il y a plusieurs personnes qui se sont arrêtées, qui ont demandé ce qui se passait et qui ont poursuivi leur chemin. Une vieille dame ? Peut-être qu'il y avait une vieille dame, ou plusieurs...

Mary comprit qu'elle n'en tirerait rien de plus. Elle rempocha sa carte en soupirant :

— Merci messieurs.

Il crachinait toujours sur la rue Santeuil. Mary emprunta la rue Crébillon, s'attarda à regarder des vitrines plus alléchantes les unes que les autres en remontant vers la place Graslin, passa devant le théâtre monumental de pierres blanches dont les hautes colonnes cannelées évoquaient un temple de l'antiquité grecque égaré en terre bretonne. Elle avait tout d'abord pensé retourner à son hôtel, mais pour quoi faire ? Une maison de presse faisait l'angle en haut de la place. Elle y acheta un plan de la ville puis traversa la rue et entra dans un café, le *Molière*, où elle se posa sur une banquette, regardant distraitement les passants et la circulation intense.

Corinne Pagès était morte, allongée dans une galerie marchande, alors que des centaines de personnes passaient, indifférentes, curieuses ou apitoyées près de son corps sans vie. Qu'avaient-ils pensé, ces passants, en voyant cette forme inanimée ? À quelque clochard assommé par l'alcool, que les services sociaux allaient emmener à l'hospice ? À quelque vieillard victime d'un malaise ? Qui sait ?

Mais ils n'avaient sûrement pas envisagé que ce pût être quelqu'un comme eux, quelqu'un de bien vivant l'instant d'avant, avec un métier, une maison, une famille ou un compagnon qui l'attendait et qu'un mauvais sort avait précipité sous le stylet d'un impitoyable meurtrier.

— Mademoiselle ?

Elle tressaillit, le garçon se tenait devant sa table.

— Un café, s'il vous plaît.

— Ça marche !

Elle regarda machinalement le barman s'activer près du percolateur d'où sortait un nuage de vapeur et replongea dans ses pensées. Si Corinne Pagès avait été bousculée, personne ne s'en était aperçu. Personne n'avait témoigné. Maintenant, était-il possible, comme madame Dubois l'avait suggéré, que la victime ait été poignardée par quelqu'un qui montait l'escalier ?

Pourquoi la commerçante avait-elle dit ça ? Après tout, Corinne Pagès aurait tout aussi bien pu monter l'escalier, et son agresseur en descendre. Nul ne semblait s'être préoccupé de la direction que suivait l'inspecteur des impôts. Vers le haut, la rue Santeuil ? Vers le bas, la rue de la Fosse ? Mary ne savait pas si Leroux s'était posé la question.

Elle sortit son carnet et nota : « Madame Pagès montait-elle ou descendait-elle l'escalier ? »

Maintenant, quel qu'ait été le cas de figure, il n'en restait pas moins que l'agresseur avait fait preuve d'une adresse diabolique pour toucher, sans coup férir, sa victime en plein cœur. Et ceci en un lieu très fréquenté.

Cela se compliquait d'autant plus qu'il pleuvait et que Corinne Pagès portait probablement un imperméable... L'agresseur, à moins d'être particulièrement entraîné, n'avait pas une chance sur cent de parvenir à lui plonger son aiguille en plein cœur du premier coup. Or, s'il avait loupé son coup, sa victime aurait hurlé de douleur et il aurait été repéré tout de suite. Il était évidemment bien plus facile d'estoquer la victime alors qu'elle était allongée, immobile, sur le carreau de la galerie.

Mary retint cette hypothèse mais, en ce cas, le laps de temps pour agir avait été extrêmement court. Il ne fallait pas manquer de sang-froid ni de détermination pour accomplir un tel geste.

Et puis, d'abord, il fallait faire tomber la cible. Ce ne devait pas être très difficile : une bonne poussée, mais alors il y aurait eu des témoins, ou alors une canne ou un parapluie sournoisement glissé dans les pieds de la victime.

Ensuite... Mary gambergea, un mot la faisait tiquer, le mot « cible ». Si la victime était une cible, c'est que le crime était prémédité. Et s'il était prémédité, il y avait des raisons pour qu'il le fût. Il faudrait trouver ces raisons pour entrevoir un début de piste.

Le garçon déposa le café devant elle, avec le ticket dans sa soucoupe.

— Merci, dit-elle distraitement.

Elle fouilla dans son porte-monnaie pour sortir ses euros, puis elle mit un sucre dans la tasse et touilla son café.

La chaleur avait condensé de la buée sur les vitres du café, si bien qu'on voyait le monde extérieur à travers une sorte de brouillard glauque. Un monde où de vagues silhouettes s'agitaient et parmi lesquelles se trouvait, qui sait, un meurtrier redoutable.

6

Son téléphone portable se mit à sonner, elle s'attendit à entendre la voix de Fortin, mais c'était celle de Graissac :

— Capitaine Lester, je voudrais vous voir à mon bureau aussitôt que possible.

Et on avait raccroché, sans lui laisser le temps de dire un mot. Voilà qui ne ressemblait pas à Graissac. D'ordinaire il était courtois, cette fois la convocation était sèche et il lui avait donné du « capitaine » sans même prendre la peine de lui fournir un commencement d'explication.

Elle haussa les épaules, termina son café et prit le chemin du commissariat.

Il lui sembla, lorsqu'elle entra dans le hall d'accueil, que les agents la regardaient curieusement et le planton, avant même qu'elle eût demandé quelque chose, lui dit :

— Monsieur le commissaire vous attend.

Bigre ! Elle monta l'escalier, frappa à la porte vernie et entendit un bref « oui ».

Elle poussa la porte et Graissac, les lunettes sur le nez, la regarda entrer :

— Ah, c'est vous !

Avait-il craint qu'elle soit perdue ?

— Bonjour, monsieur.

— Euh oui, bonjour…

Il prit ses lunettes à la main, les contempla et finit par dire :

— Mademoiselle Lester, je suis bien ennuyé !

Il n'avait pas besoin de le dire pour que ça se sache. Mary se mit à rire. Graissac la regarda avec réprobation, comme si elle avait lâché quelque énorme incongruité et demanda, offensé :

— Ai-je dit quelque chose de risible ?

— Pardonnez-moi, monsieur, mais vous reprenez quasiment mot pour mot ce que le commissaire Fabien m'a dit lorsqu'il m'a engagée dans cette histoire : « Mary, je suis bien embêté… »

Elle retrouva son sérieux et demanda :

— Qu'est-ce qui se passe ?

— Il se passe, dit Graissac en se levant, que Leroux a su, je ne sais comment, que vous doubliez son enquête. Autant vous dire qu'il l'a pris très mal.

— Bah, il était évident que nous n'aurions pas pu garder l'affaire secrète bien longtemps. Leroux est averti ? Tant mieux, ça prouve que c'est un bon flic ! Je ne demande qu'à coopérer avec lui, moi.

— Je n'en doute pas, dit Graissac en allant et venant derrière son bureau, mais je doute fort que Leroux soit dans les mêmes dispositions.

— À vous de l'y mettre, monsieur.

— Plus facile à dire qu'à faire, marmonna Graissac en continuant à piétiner derrière son bureau, ce qui agaçait Mary Lester.

Elle avait envie de lui dire : « Mais asseyez-vous donc, bon Dieu, et restez un peu tranquille ! »

— D'autant, poursuivit le commissaire, que votre ami Fortin n'a pas abordé Leroux tout à fait comme il fallait.

Mary réprima un sourire. Le commissaire Graissac manœuvrait l'euphémisme avec dextérité tout en dégageant sa responsabilité, ce « votre ami Fortin » le prouvait. Mais, quoi qu'il fasse, le responsable c'était lui, Graissac ! Le patron reste le patron, surtout quand ça va mal. Mary ne le lui envoya pas dire.

— C'est à vous de remettre les pendules à l'heure, monsieur.

— Oui, et c'est justement pour cette raison que je suis embêté.

À ce moment, Mary regretta de n'avoir pas Fabien comme interlocuteur. Ce n'est certes pas lui qui se serait laissé pourrir la vie par les états d'âme d'un capitaine sur le retour !

— Le mieux, ce serait que vous procédiez aux présentations. Qui sait, ce sera peut-être le coup de foudre !

Graissac la fusilla du regard.

— Vous avez tort de prendre la chose aussi légèrement. Si vous connaissiez Leroux…

— Je ne demande que ça, dit Mary.

Graissac prit un air résigné et soupira :

— Enfin…

Puis il décrocha son téléphone et ordonna :

— Leroux, pouvez-vous monter ?

Puis il s'en fut s'asseoir derrière son bureau et s'appliqua à se composer un visage de chef.

On entendit deux coups secs contre la porte, et Graissac dit :

— Entrez !

Et le capitaine Leroux entra. Mary se trouva en présence de la copie la plus conforme qui lui ait été donnée de voir du flic de cinéma américain, série B, catégorie méchant, années cinquante. De taille plus que moyenne, comme l'avait dit Fortin, Leroux avait une grosse tête ronde posée sur un cou taurin, de petits yeux durs et inquisiteurs enchâssés dans la graisse du visage, un nez ridiculement court et rond, une bouche mince, sans lèvres, réduite à un trait dans le visage. Il portait un pardessus de laine bleu marine, presque noir, (qu'il avait dû acheter en des temps où il pesait vingt kilos de moins) sur un pull écru tricoté à la main, avec de belles torsades qui descendaient comme des bretelles sur un ventre porté en avant, et un chapeau mou cabossé qui semblait vissé sur son crâne.

Il posa sur Mary un regard peu amène puis revint au commissaire et leva les yeux d'un air interrogateur.

— Leroux, dit Graissac, je vous présente Mary Lester.

Leroux fit un signe de tête en direction de Mary, ce qui devait être sa manière de la saluer.

— Bonjour monsieur Leroux, dit-elle.

Il rectifia aussitôt, parlant du coin de la bouche :

— Capitaine Leroux !

— Oh pardon ! Bonjour capitaine Leroux.

Il dut prendre sur lui pour paraître plus aimable et grommela :

— B'jour, Lester.

Elle rectifia à son tour :

— Capitaine Lester !

Leroux la regarda, surpris.

— Capitaine Lester ? Mais vous avez démissionné voici plus de deux ans ! Sa voix grasseyait avec des intonations rauques. La voix de quelqu'un qui boit trop, qui fume trop…

— Deux ans et sept mois, dit-elle, mais j'ai repris du service.

Il la regarda, incrédule ; alors elle lui fit voir sa carte qu'il examina d'un air rancunier, comme si elle lui faisait une injure personnelle.

— Depuis quarante-huit heures, précisa Mary.

Leroux, pris de court, émit une sorte de hennissement qui pouvait passer pour un rire sarcastique et Mary reçut à pleines narines une haleine à faire pâlir un cure-dent. Elle s'efforça de ne pas grimacer.

— Vous faites partie des renforts ?

Il leva les yeux au ciel, comme pour le prendre à témoin :

— Alors on est sauvés !

Mary regarda Graissac. Allait-il intervenir pour rappeler son flic à un peu de correction ? Non ! Le commissaire regarda Mary à son tour d'un air impuissant, semblant lui dire : « Je vous avais prévenue ! »

— C'est en effet moi, dit-elle d'une voix égale, qu'on a priée de venir à Nantes, avec le lieutenant Fortin, pour vous épauler dans votre enquête. Vous n'y voyez pas d'objection, j'espère ?

Leroux ricana en grasseyant :

— Ni objection, ni inconvénient. J'ai mes habitudes, j'ai mes équipiers. Les uns et les autres ont fait leurs preuves et je n'ai pas l'intention d'en changer.

Il se rengorgea et ajouta :

— J'ai connu quelques succès par le passé et j'arriverai bien à bout de cette enquête sans qu'on me tienne la main.

— C'est possible. Mais dans combien de temps ?

Il ricana de nouveau de façon déplaisante en se tournant vers elle avec un mouvement de la main devant son visage :

— Vous allez claquer des doigts et nous livrer les coupables ?

— Parce que vous pensez qu'ils sont plusieurs ?

— Je pense ce que je veux ! aboya-t-il.

— Si je comprends bien, dit Mary en regardant Graissac, le capitaine Leroux refuse de coopérer...

Cette fois Graissac jugea opportun de se manifester :

— Leroux, vous dépassez les bornes ! Si le capitaine Lester intervient sur ce dossier, c'est à la demande du ministère ! Et je vous somme, entendez-vous bien, capitaine Leroux, je vous somme de collaborer avec elle !

— Si je comprends bien, vous me désavouez, dit Leroux à Graissac d'une voix lente. Il le fixait insolemment de ses petits yeux durs, des yeux étranges où brillait une pupille noire étrécie bordée d'un blanc jaunâtre. Un vrai regard d'hépatique.

— Il n'est pas question de ça, dit Graissac, vous avez toute ma confiance, et vous le savez bien. Personne dans ce commissariat ne connaît cette ville

71

mieux que vous. Seulement je vous rappelle que nous avons trois cadavres sur les bras, trois cadavres en trois semaines...

— Je le sais mieux que personne ! coupa Leroux d'un ton volontairement provocant.

Il voulait, semblait-il, montrer à Mary qui était le vrai patron dans ce commissariat en posant à l'homme incontournable. Cela ne parut pas plaire à Graissac.

— Je ne voudrais pas, dit le commissaire en donnant du poing sur la table, ce qui étonna Mary, je ne voudrais pas que ça continue à cette cadence jusqu'à Pâques !

Mary le regarda avec surprise. Elle crut même un moment qu'il allait se mettre à jurer, à ponctuer sa phrase d'un « Nom de Dieu ! » bien senti, mais le commissaire n'alla pas jusque-là, se contentant d'ordonner :

— Vous allez collaborer avec le capitaine Lester et le lieutenant Fortin de façon franche et loyale. Et sans arrière-pensées. Me suis-je bien fait comprendre ?

Leroux se racla la gorge, et Mary crut qu'il allait cracher devant lui. Puis il la toisa avec mépris et laissa tomber :

— Tout à fait, monsieur.

Puis il fixa le commissaire de l'air excédé du type auquel on fait perdre son temps :

— Autre chose, monsieur ?

— Ce sera tout, je vous remercie, dit Graissac d'un ton sec.

Sans mot dire, Leroux quitta la pièce en traînant les pieds, jetant, avant de refermer la porte, un regard lourd de menaces sur Mary Lester.

Il y eut un silence, puis Mary souffla :

— Charmant caractère ! Ça promet !

Le commissaire Graissac garda le silence quelques instants, puis laissa tomber :

— Je vous avais prévenue !

— Vous étiez en dessous de la vérité. Je ne suis pas toujours bien accueillie lorsque je suis détachée quelque part, mais ce Leroux mérite l'Oscar de la grossièreté !

— Ouais, dit Graissac, mais ne vous y trompez pas, Leroux est un excellent flic ! Il n'a peur de rien, dernièrement, il a serré une famille de gitans qui pillaient les distributeurs de billets de banque. Il va tout seul au contact dans des endroits où les patrouilles renoncent à se rendre.

— Les fameuses zones de non-droit ? Vous en avez ici ?

— Comme partout, dit Graissac en haussant les épaules. Pourquoi voudriez-vous que nous soyons épargnés ? Mais même dans ces zones, les délinquants le craignent. Quand ils voient apparaître « Chapeau de ciment », c'est ainsi qu'il est surnommé par la pègre, ils se font tout petits.

— Chapeau de ciment ? sourit Mary.

Graissac sourit à son tour. L'atmosphère se détendait.

— C'est ainsi qu'il est surnommé. Il ne quitte jamais son affreux bitos et, voici quelques années, un malfrat a essayé de l'assommer d'un coup de bouteille, dans un bar. La bouteille a explosé sans que Leroux ne bronche, d'où sa réputation : il aurait coulé du ciment dans son chapeau, le transformant en une sorte de casque.

Mary riait franchement :

— Il paraît en être capable !

— Je crois plutôt, dit Graissac, qu'il a la caboche particulièrement dure.

Il regarda Mary :

— Où en êtes-vous ?

— J'arrive, dit-elle, je ne connais pas la ville et, si je comprends bien, je ne dois pas compter sur votre « meilleur élément » pour me donner un coup de main.

Graissac se méprit :

— Vous renoncez ?

Mary lui lança un regard tranchant :

— Ai-je dit ça ?

— Non, mais après cet intermède...

— Vous me connaissez mal, monsieur. Les humeurs du capitaine Leroux seraient plutôt de nature à me faire m'incruster. J'espère simplement qu'à défaut de collaborer, il ne me mettra pas de bâtons dans les roues.

— S'il en était ainsi... dit Graissac avec hauteur.

Mary se leva en retenant un ricanement.

— Je ne manquerais pas de vous en informer, monsieur...

Elle prit congé. Si ce bon Graissac s'attendait à ce qu'elle vienne pleurer dans son giron chaque fois qu'elle subirait une rebuffade de Leroux, il se mettait le doigt dans l'œil. Ce n'était pas le genre de la maison. S'il y avait des comptes à régler, ça se réglerait entre capitaines : l'ancien contre la jeune, le macho contre la femme, la force brute contre l'intelligence intuitive...

Rien ne prouvait que Leroux, bien qu'enquêtant sur son terrain, damerait le pion à Mary Lester.

7

Mary retrouva Fortin dans le bureau qui leur avait été affecté au premier étage du commissariat. Le grand lieutenant, assis devant une table, consultait un dossier sous le regard d'un jeune homme qui se tenait debout derrière lui.

De temps en temps, il demandait une précision que l'autre lui fournissait d'une voix claire et calme.

— Ah... Mary, dit Fortin en la voyant entrer, permets-moi de te présenter le lieutenant Kevin Damien, qui fait équipe avec le capitaine Leroux.

— Salut, Damien, fit Mary en tendant la main.

Le jeune homme sourit et lui serra la main.

— Bonjour, capitaine.

Il avait de grands yeux bleus, un air franc et réfléchi.

— Je ne sais pas comment ça se passe ici, dit Mary en se défaisant de son duffel-coat, mais chez nous, à l'usine, on se tutoie volontiers et on s'appelle par notre prénom.

Elle regarda Fortin et ajouta :

— Du moins était-ce ainsi lorsque j'ai quitté la maison.

— Nous n'avons rien changé à ces bonnes habitudes, dit Fortin.

— Parfait, dit Mary. Désormais, Kevin, tu m'appelles Mary et tu me tutoies. Du moins tant que nous sommes entre nous. Ça te va ?

— Parfaitement, dit le jeune lieutenant en rosissant de plaisir.

— Alors ? demanda-t-elle en s'asseyant de biais sur un coin de la table.

— Il n'y a pas grand-chose, dit Fortin en faisant la moue.

Et Damien ajouta :

— Le capitaine Leroux a actionné tous ses indics, mais dans le milieu personne ne semble être au courant.

— Avec son sens de la famille, il ne doit pourtant pas manquer de cousins[1], fit Mary.

— Non, dit Kevin, c'est ce qui fait sa force. Pour tout ce qui concerne les casses sur les quais ou dans les zones commerciales, Leroux est imbattable. Il connaît personnellement tous les fourgues et il laisse filer les bricoles. Pour les gros coups, il est toujours le premier au parfum.

— Sauf sur ceux-là, dit Fortin.

— Oui, concéda Damien. Mais c'est une affaire qui sort de l'ordinaire.

— C'est vrai, dit Mary en se penchant sur les procès-verbaux. Où en est-on ?

— On a procédé aux vérifications habituelles.

Damien sortit une feuille du dossier :

1. *Les journalistes les appellent les indics, les truands des balances, les flics des cousins.*

76

— Pour ce qui concerne Leterrier, le premier de la liste, on n'a rien ! Aucun indice, aucune empreinte, aucun mobile apparent.

— Sa vie privée ? demanda Mary.

— Un citoyen impeccable, apparemment, dit Damien. Jugez-en. Il prit un feuillet et lut : « Albert Leterrier, trente-cinq ans, originaire des Deux-Sèvres, parents instituteurs. Études sans histoire à la fac de droit d'Angers. Premier poste à l'ANPE de Niort, nommé à Nantes en 1999. Célibataire, casier judiciaire vierge, membre d'un club de VTT, bien considéré par ses collègues, par ses amis… »

Il posa la feuille d'un air désabusé :

— Nous avons affaire à un citoyen au-dessus de tous soupçons.

— D'ailleurs, on ne le soupçonne de rien, fit une voix que Mary reconnut immédiatement, sinon d'être mort !

Leroux se tenait à la porte du bureau, qu'il avait ouvert sans faire de bruit.

— Je ne crois pas vous avoir entendu frapper, dit Mary, outrée par ce sans-gêne.

— Dans ce commissariat, je suis chez moi, dit Leroux, je n'ai pas besoin de frapper pour entrer où je veux.

— Il m'a pourtant semblé entendre quelque chose lorsque vous êtes entré chez le patron, rétorqua-t-elle.

Il ricana de façon déplaisante :

— Que je sache, vous n'êtes pas encore le patron, dit-il.

Puis, s'adressant au lieutenant Damien :

— Arrive, toi ! On a à faire.

Damien sortit, affreusement gêné. Il adressa un coup d'œil discret à Mary en sortant, d'un air de dire : « Excusez-moi... »

Mary croisa les bras, regarda la porte se fermer et leva les yeux au plafond en signe d'impuissance. Fortin semblait changé en statue de sel. Soudain il parut se réveiller et rugit :

— Quel con !

La porte se rouvrit instantanément et le visage rusé de Leroux parut dans l'embrasure. Ignorant Fortin, il s'adressa à Mary :

— Vous pourrez dire à votre grand dépendeur d'andouilles qu'il n'est pas d'usage de traiter un supérieur de con. À défaut d'autre chose, on pourra peut-être vous apprendre la politesse, ici !

Fortin se leva d'un bond, renversant sa chaise, et Mary dut s'interposer avant qu'il n'expédie une tourlousine grand format dans la face de pleine lune du capitaine Leroux.

— Laisse tomber, Fortin, ce singe habillé n'attend que ça.

Elle vit le visage de Leroux pâlir, sa bouche se tordre.

— Quant à donner des leçons de politesse, Leroux, vous repasserez. Les seules leçons que vous semblez en mesure de dispenser, on n'en veut pas.

— À quoi faites-vous allusion, belle jeune fille ? siffla-t-il.

— À des leçons de collusion avec la pègre, répondit-elle.

78

Il avança d'un pas dans la pièce, sans pour autant lâcher la porte :

— Qu'est-ce que vous insinuez ?

— Je n'insinue pas. Les flics qui ne travaillent qu'avec des indics obtiennent leurs renseignements au prix de compromissions avec les voyous. Vous le savez mieux que personne !

— J'ai eu les « bœufs carotte » aux fesses pendant plus d'un mois, dit Leroux triomphant. Ils n'ont rien trouvé. Qu'est-ce que vous dites de ça ?

— Je dis qu'il n'y a pas de fumée sans feu, fit Mary. Et qu'ils n'aient rien trouvé ne prouve pas qu'il n'y avait rien à trouver. Mais je peux gratter un peu, si c'est ce que vous souhaitez.

Leroux grogna :

— Si vous n'avez rien de mieux à foutre !

Mary ajouta :

— Si, j'ai mieux à foutre, comme vous dites si élégamment, mais je sais aussi mener deux enquêtes de front. Maintenant, sortez de ce bureau ! Il m'a été attribué, vous n'avez rien à y faire et la prochaine fois que vous entrez ici sans frapper, je ne retiendrai pas le lieutenant Fortin. Il vous fera un pas de conduite dont vous vous souviendrez !

Leroux s'effaça en laissant glisser entre ses lèvres serrées :

— Connasse !

Elle regarda Fortin. Les énormes poings du lieutenant étaient si serrés que les jointures de ses doigts en étaient toutes blanches.

— Ce type… dit-il.

Il n'acheva pas, et Mary pâle de colère inspira à fond pour évacuer la tension. Puis elle dit :

— Tout va bien, Jipi, ce pauvre mec s'efforce d'être désagréable parce qu'il n'a rien.

Elle tapa sur la chemise contenant les documents :

— Il n'y a rien là-dedans ! Son dossier est vide. Un bon flic, qu'il disait Graissac, un bon flic ! Si c'est la conception qu'il a d'un bon flic, je n'ai rien à faire dans la police !

— Tu ne vas pas te tirer ? demanda Fortin inquiet.

— Pour qui tu me prends ? fit-elle avec humeur. J'ai pris cette affaire, j'irai jusqu'au bout. Avec les flics de ce commissariat s'ils le veulent bien, sans eux s'ils ne le veulent pas, et malgré eux s'ils s'y opposent !

En prononçant ces paroles, elle avait rosi sous l'effet de la colère. Fortin la regarda avec dévotion. Pour un capitaine comme elle, il irait jusqu'en enfer en marchant sur les mains.

Mary ouvrit le dossier, feuilleta les papiers en les froissant :

— Regarde-moi ça ! Il n'y en a pas davantage sur Angèle Puy ou sur Corinne Pagès que sur Albert Leterrier ! Ah, on connaît le nom de leur père et de leur mère, on sait où ils ont fait leurs études, bref, on a leur curriculum vitæ, mais on n'en sait pas plus qu'un employeur qui cherche à recruter !

Fortin saisit un procès-verbal :

— Tiens, voilà la déposition du contrôleur qui a découvert le corps d'Angèle Puy dans le tram.

Mary prit le papier, le lut et le rejeta d'un air désabusé :

— Il n'a rien vu, ce pauvre gars ! Cette femme était morte depuis une heure lorsqu'il s'en est aperçu.

Elle prit un autre formulaire et le rejeta également après lecture.

— Qu'est-ce que c'est ? demanda Fortin.

— La déposition du gardien qui a trouvé le corps de Leterrier dans le parking. Quand il est arrivé, Leterrier était mort depuis plus de trois heures. Il n'a vu personne lui non plus. Quant à madame Dubois...

— Qui est madame Dubois ?

— La dame qui a vu Corinne Pagès s'écrouler dans les escaliers du passage Pommeraye.

— Tu l'as vue ?

— Oui, ce matin.

— Et alors ?

Mary haussa les épaules :

— Alors, pas grand-chose. Elle tient une boutique au pied de l'escalier, elle était en compagnie d'une cliente sur son seuil lorsque madame Pagès est tombée pour ainsi dire sur leurs pieds. Elle a couvert la femme inanimée d'une couverture et elle a téléphoné aux pompiers.

— C'est tout ?

— Hélas oui...

— La femme était morte à ce moment ?

— Elle n'en savait rien. En tout cas, elle était inanimée. Les agents de sécurité sont arrivés rapidement sur les lieux et sont restés auprès de l'accidentée jusqu'à l'arrivée des pompiers. Ceux-ci l'ont transportée à l'hôpital où l'on a constaté son décès...

— Donc, dit Fortin, elle a été épinglée...

Il regarda Mary :

— Je peux dire « épinglée » ?

— Ça fait un peu léger, dit-elle. Les épingles dont use le criminel ont plus du stylet que de l'honnête outil d'une bonne ménagère.

— Alors, je dis « stylisée » ?

Le grand lieutenant paraissait embarrassé par ces difficultés sémantiques. Mary sourit :

— Ce n'est pas tout à fait la même chose.

— Ah ! dit Fortin le front barré par de grosses rides de perplexité.

— Mais on s'en fout, s'exaspéra Mary.

— On s'en fout, c'est vite dit ! Si j'ai un rapport à faire, je mets quoi ?

— Mets « poignardée », fit-elle agacée, et qu'on n'en parle plus !

— Poignardée, dit Fortin, tu es sûre ?

— Mets ce que tu préfères !

— Je préfère poignardée, dit Fortin, épinglée, ça fait un peu léger, tout de même.

Il médita un instant, semblant peser les termes les uns après les autres, puis il reprit :

— La victime a donc été poignardée entre le moment où elle est tombée et le moment où les agents de sécurité sont arrivés. Ça représente combien de temps ?

— Je ne sais pas. Moins de cinq minutes, probablement.

— Pendant ce temps, dit Fortin, il y avait autour d'elle cette madame...

— Dubois...

— Madame Dubois, et sa cliente.

— Plus quelques passants, dit Mary. Des badauds qui se sont arrêtés, qui se sont penchés sur la victime.

— On sait qui ?

— Non, on ne sait pas. Des passants, ce n'est pas ce qui manque dans le passage Pommeraye ! C'est même fait pour ça.

Elle repensa à cette dame aux cheveux gris que madame Dubois avait vue s'attarder quelques instants auprès de la victime, mais elle n'en parla pas. Probablement une passante comme les autres.

— Matériellement, dit Fortin, cette dame Dubois et sa cliente auraient eu tout le temps de poignarder Corinne Pagès.

— Si on suit la chronologie, oui, dit Mary. Mais je n'y crois pas.

— Pourquoi ?

La bonne question ! Elle réfléchit un instant en se demandant pourquoi elle avait cette certitude.

Elle finit par faire une réponse bateau :

— Elle n'a pas le profil.

— Et sa cliente ? demanda Fortin.

— Encore moins.

— Tu l'as vue ?

Mary se trouva toute bête. Mais non, elle n'avait pas vu madame Palud ! Cependant madame Dubois lui avait dit qu'elle était choquée, incapable de faire un mouvement... Oui, mais c'était ce que disait madame Dubois. Or, madame Palud était une de ses très bonnes clientes.

Elle éluda :

— On pourrait aussi envisager que Corinne Pagès ait été poignardée par un agresseur qui remontait l'escalier.

— Oh ! dit Fortin. Comment ça ?

— L'agresseur monte l'escalier et fait mine de heurter Corinne Pagès par maladresse. Il lui enfonce l'aiguille dans le cœur et poursuit son chemin. Lorsque madame Pagès s'écroule, il est déjà rue Santeuil. Ou rue de la Fosse…

— Eh, c'est l'une ou c'est l'autre, dit Fortin.

— Tu as raison, Jipi, rue Santeuil si madame Pagès descendait l'escalier, rue de la Fosse si elle le remontait. Car nous n'avons toujours pas déterminé si cette brave dame descendait ou remontait l'escalier.

— Tiens, je n'avais pas pensé à ça. Cependant… dit-il après réflexion.

— Tu as toujours raison, Jipi.

Il s'irrita :

— Comment peux-tu me dire que j'ai raison alors que tu ne sais même pas ce que j'allais dire ?

— Mais si je sais ! Il aurait fallu une adresse de toréador pour estoquer ainsi une personne en mouvement. Pour lui planter l'aiguille en plein cœur alors qu'elle était vêtue d'un imperméable. Tu as raison, Jean-Pierre, il était bien plus commode d'opérer lorsqu'elle était allongée par terre et qu'elle ne bougeait plus. D'ailleurs, j'en aurai le cœur net !

Elle sourit de cette dernière phrase :

— Si je puis dire.

8

Laissant Fortin s'occuper des réparations de sa voiture, Mary se rendit à la caserne des pompiers puis à l'hôpital où, après une longue attente, elle put interroger l'infirmière qui avait reçu madame Pagès aux urgences.

Monique Galera, puisque tel était son nom (écrit au stylo-bille sur un sparadrap collé au revers de sa blouse), était une accorte quadragénaire qui se souvenait très bien de sa patiente.

Lorsque les pompiers l'avaient amenée à l'hôpital, Corinne Pagès était morte.

— Les pompiers ne s'en étaient pas rendu compte ? demanda Mary.

— Si. Le cœur ne battait plus. Mais ils n'avaient pas vu qu'on lui avait planté une aiguille dans la poitrine. Moi-même, je ne m'en suis aperçue qu'en la déshabillant.

— Elle portait un imperméable, je crois ? demanda Mary.

— En effet.

— L'aiguille avait-elle transpercé l'imperméable ?

— Non, elle avait traversé le corsage. Pourquoi cette question ?

— Parce que je cherche à déterminer si la chute a été causée par cette agression à l'épingle ou si elle est tombée d'abord et a été agressée ensuite. Il semble, puisque l'imperméable n'a pas été traversé, que la seconde solution s'impose.

— À moins… dit l'infirmière en réfléchissant.

Mary l'encouragea :

— À moins ?

— À moins qu'en arrivant dans la galerie elle ait ouvert son imperméable. C'est une chose que l'on fait souvent lorsque l'on passe du froid de la rue à la chaleur d'un magasin.

— Oui, dit Mary. Sauf que dans le passage il ne fait guère plus chaud que dehors. Mais dans ce cas…

Dans ce cas, il devenait bien plus facile de déterminer l'emplacement du cœur !

Elle regarda l'infirmière :

— Qui avez-vous prévenu ?

— Ses parents.

— Et son ex-mari ? Elle était divorcée, je crois.

— Divorcée sans enfants. Son ex-mari ne s'est pas déplacé, il faut dire qu'il est juge d'instruction à Nouméa.

— Je vois, dit Mary.

Elle sourit à l'infirmière.

— Je vous remercie.

Lorsqu'elle sortit de l'hôpital, le soir tombait. Elle regagna le commissariat en utilisant le tramway. Fortin n'était pas rentré, Graissac était parti, Leroux demeurait invisible.

Mary resta une petite heure à son bureau, consultant le dossier, cherchant le petit détail qui aurait pu lui échapper, sans succès.

Lorsqu'elle quitta le commissariat, il faisait complètement nuit. Elle revint au centre-ville par ce tramway si pratique, flâna devant les vitrines brillamment éclairées de la rue Crébillon et dîna dans une brasserie de la place du Commerce.

Puis elle rejoignit son hôtel, toujours en flânant.

Le lendemain, elle retrouva Fortin au commissariat. La voiture du lieutenant était toujours en réparation et il s'inquiétait car, apparemment, le type qui lui était rentré dedans n'était pas assuré.

— Bah, dit Mary, ton assurance payera.

— Oui, mais ça va en faire, des complications !

Il soupira et demanda :

— Quel est le programme ?

Elle tira sur le journal qui sortait de sa poche :

— Tu voudrais bien lire *L'Équipe*, je suppose.

— Comment l'as-tu deviné ?

C'était de notoriété publique, du moins au commissariat de Quimper, que le lieutenant Fortin commençait sa journée par la lecture du quotidien sportif. Mary secoua la tête :

— Je me demande bien ce que tu peux trouver comme plaisir à apprendre ce canard par cœur tous les jours que Dieu fait !

Le genre de réflexion qui avait le don d'irriter Fortin et de provoquer des discussions à n'en plus finir.

Il choisit de ne pas répondre.

— Qu'est-ce qu'on fait ?

— Des visites, dit-elle.

— Tiens donc ! Où ?

— Au centre des impôts d'abord, puis chez la dame Palud qui demeure boulevard Guist'hau.

— Celle qui a assisté à la chute de la mère Pagès ? demanda irrévérencieusement Fortin.

— Madame Pagès, dit Mary en lui faisant les gros yeux. Ne donne pas à tout le monde des preuves de ta mauvaise éducation, Leroux nous le reprocherait.

— Celui-là, la prochaine fois qu'il me cherche, je l'emplafonne !

— Tout doux, lieutenant, tu ne vas pas nous jouer la guerre des polices, non ? Laisse tomber, je te l'ai déjà dit. Ce qui l'embêterait le plus ce n'est pas d'avoir les deux yeux au beurre noir, mais bien d'arriver après nous à la résolution de cette affaire.

— Alors là, il est mal barré !

Il avait une telle confiance dans Mary qu'il lui abandonnait toutes les initiatives. Prenait-elle une enquête en main, il était assuré du succès. Alors il suivait et, en cas de coup dur, il assurait. Ce n'était pas si mal.

— Tâche de trouver une voiture, dit-elle.

— Une caisse de la maison ?

— De préférence !

— À qui je demande ça, moi ?

— Au chef de poste, par exemple !

Fortin sortit et revint, déconfit :

— Il n'y a pas de bagnole pour nous !

— Tu plaisantes ?

— Non, tous les véhicules ont été affectés…

Elle se leva, ramassa son duffel-coat et ordonna :

— Viens !

Ils dévalèrent l'escalier et, à la réception, le chef de poste confirma – avec un certain embarras – ce qu'il venait de dire à Fortin : toutes les voitures étaient déjà affectées.

— Et celle-là, demanda Mary en montrant un break stationné devant la porte, avec un agent en tenue au volant.

— C'est une voiture de patrouille, capitaine, bredouilla le chef de poste.

— Parfait, nous allons patrouiller. Viens, Fortin !

Le chef de poste tenta de s'opposer :

— Mais vous ne pouvez pas...

Mary le foudroya du regard :

— Je ne peux pas ? C'est vous qui allez m'en empêcher, peut-être ?

Et Fortin qui le dépassait d'une bonne tête se pencha sur lui et demanda d'une voix douce :

— Vrai ? Tu voudrais nous en empêcher ?

Le brigadier-chef eut un geste d'impuissance et retourna derrière son guichet où il décrocha un téléphone.

Sans s'en soucier, Mary sortit et s'installa à l'arrière du break, tandis que Fortin s'asseyait près du chauffeur.

— Où va-t-on ? demanda celui-ci sans s'émouvoir.

— À la station de la Motte-Rouge, dit Mary.

Cette fois le chauffeur parut surpris.

— À la station de tramway ?

— Exactement. Vous ne savez pas où c'est ?

— Si, bien sûr !

— On aurait plus vite fait d'y aller à pied.

— Oui, mais moi j'aime mieux y aller en voiture, dit Mary d'un ton qui n'admettait pas de réplique.

Le break roula une minute, traversa le pont de la Motte-Rouge et stoppa devant la station.

— Qu'est-ce que je fais ? demanda le chauffeur.

— Il paraît qu'on manque de voitures en ce moment, dit Mary, je crois qu'on vous espère au commissariat. Ne tardez pas à y retourner.

Elle se retourna et ajouta :

— Et merci pour votre obligeance, vous conduisez très bien !

— À quoi tu joues ? demanda Fortin lorsque la voiture se fut éloignée.

— On ne joue pas, mon vieux Jipi, on ne joue pas ! Tu ne trouves pas bizarre qu'il n'y ait pas de voiture pour nous…

— Bof ! Ça peut arriver, non. Après tout, on tombe dans leur usine comme des cheveux sur la soupe.

— Ouais, ça peut arriver. Et comme par hasard, un chauffeur attend devant la porte dans une caisse de la maison.

— Mais il ne nous attendait pas, nous ! Tu as vu, le chef de poste, il n'était pas d'accord !

— Non, mais le chauffeur, lui, ne s'est pas ému de nous voir réquisitionner sa voiture.

Fortin s'arrêta au milieu du trottoir, retenant Mary par le bras :

— Mais tu deviens complètement parano, Mary ! Qu'est-ce que tu t'imagines ?

— Et toi tu es toujours aussi naïf, mon pauvre Jipi. Ce type, avec sa prétendue voiture de patrouille, ça ne te dit rien ?

— Que veux-tu que ça me dise ?

— Qu'il a été mis là par ce bon Maurice Leroux !

— Mais dans quel but ?

— Mais savoir où on enquête, pardi ! Vu la tension qu'il a mise dans nos rapports, il doit bien se douter qu'on ne lui livrera pas le résultat de nos investigations sur un plateau. Ce chauffeur était probablement placé là pour lui rapporter le moindre de nos mouvements.

— Tu crois ?

— Oui, je crois ! Et tant mieux si je me trompe. En attendant, on va récupérer la Twingo et enquêter de façon tout à fait anonyme. Leroux ne saura rien sauf s'il redevient correct et qu'il décide de coopérer.

— Ça, ma vieille, j'ai l'impression que tu pourras l'attendre longtemps.

— Je ne suis pas loin de penser comme toi.

Le tramway les ramena au parking de la médiathèque et ils pénétrèrent dans le garage en sous-sol où Fortin avait garé la Twingo ; comme il avait la clé, le grand lieutenant se mit au volant. Mary, carte en main, le guida vers le centre des impôts.

— Tu vois, dit-elle à Fortin, Graissac s'est complètement planté en confiant cette enquête à Leroux. C'est peut-être son meilleur flic pour les affaires courantes, mais cette série de meurtres n'est pas une affaire courante. Les clients habituels de Leroux n'ont rien à voir dans cette série de meurtres. Ses clients sont des types qui agressent par nécessité. Pour quelques euros, pour voler une voiture, pour payer leur dose... Il y a toujours un intérêt.

— Tu oublies le vandalisme, dit Fortin, là aussi on saccage sans profit.

— Il ne s'agit pas de vandalisme, de vulgaires tags ou d'incendies de poubelles. Ici, on tue. Et on tue gratuitement !

Elle ajouta, comme pour elle-même :

— Jusqu'à preuve du contraire, ce sont des crimes gratuits...

Et elle redit, songeuse :

— Jusqu'à preuve du contraire...

— À moins qu'il n'y ait une demande de rançon ou quelque chose comme ça dans les jours qui viennent, dit Fortin.

— C'est sûr mais, pour le moment, il n'y a rien. Ce sont ou des crimes de maniaque et ça ne sera pas facile de trouver ledit maniaque, ou...

— Ou quoi ? demanda Fortin.

— Ou autre chose. Je crois que la solution se trouve du côté des victimes. Il faudrait découvrir ce qui relie ces trois personnes.

— C'est pour cette raison que nous voilà aux impôts, dit Fortin en arrêtant la Twingo devant un grand bâtiment.

— Tout à fait.

— Je vais avec toi ?

— Mais non, tu m'attends en lisant *L'Équipe* ! Je ne voudrais pas que tu sois de mauvaise humeur toute la journée pour n'avoir pas eu de nouvelles du genou de Zidane !

— Ce que tu peux déconner ! dit-il en dépliant son journal sur le volant avec une satisfaction mal dissimulée.

Feu Corinne Pagès avait son bureau au troisième étage de l'hôtel des impôts. Elle le partageait avec une demoiselle Lanoue, Pascale de son prénom, vieille fille blafarde et insignifiante qui devait rêver aux hommes toutes les nuits et les rembarrer chaque fois que l'occasion lui en était offerte. Elle ne parut pas très affectée lorsque Mary lui fit part de l'objet de sa visite.

— Cette pauvre Corinne, dit-elle. Finir ainsi, c'est terrible.

Elle avait parlé sur le même ton qu'elle aurait utilisé pour dire « il fait beau aujourd'hui… ».

— Vous n'étiez pas très liées ? demanda Mary.

— Pas vraiment.

Et, devant le regard de Mary, elle précisa :

— On partageait le même bureau, c'est tout.

— Avait-elle des amis dans le cadre de son travail ?

— Si vous voulez parler de gens avec lesquels elle sortait volontiers, je ne crois pas.

— Avec qui sortait-elle ?

— Elle avait un ami, qui venait parfois la chercher dans une belle voiture.

— Quelle marque ?

— Une Jaguar, je crois.

Elle ne faisait pas que le croire, elle en était sûre. Si Mary l'avait pressée, elle aurait même dit de quelle couleur était cette Jaguar et si les sièges étaient en cuir ou en velours. Bien qu'elle s'efforçât de répondre avec indifférence, Mary sentait toute la rancœur qui perçait dans ses propos.

— À quoi ressemblait-il, cet ami ? demanda-t-elle.

Elle lâcha du bout du museau :

— Oh, il n'était plus tout jeune !

Et elle ajouta :

— Corinne non plus, d'ailleurs !

— C'était encore une très jolie femme, dit Mary.

— Si on veut, dit mademoiselle Lanoue en faisant la petite bouche. Pour qui aime le genre Rubens…

Mary considéra sa silhouette d'anorexique. À moins de la gaver comme une oie pendant un an, c'était un genre qu'elle n'était pas près d'atteindre.

— Je suppose, dit Mary, que mes collègues vous ont demandé si, dans le cadre de son travail, madame Pagès n'aurait pas soulevé des inimitiés…

— En effet, la question a été évoquée par votre collègue, le capitaine… Je ne me souviens plus de son nom, un petit homme trapu qui ne quitte jamais son chapeau…

— Le capitaine Leroux.

— C'est cela, Leroux ! Il a soulevé cette hypothèse, en effet.

Elle fit une moue :

— C'est peu vraisemblable. Nous nous occupons surtout de fiscalité immobilière, c'est-à-dire du contrôle de grosses sociétés. Ces groupes ont d'autres moyens de défense, avocats spécialisés, experts-comptables… C'est bien plus efficace que la violence, vous savez.

Elle ajouta :

— Parfois nos collègues qui traitent les dossiers des commerçants, des artisans, sont en butte à des menaces, parfois ils sont molestés, mais c'est toujours sur des coups de colère... Je n'ai jamais eu à connaître de situations qui soient allées jusqu'au meurtre.

— Jusqu'à présent, dit Mary.

Mademoiselle Lanoue tressaillit d'indignation et d'inquiétude.

— Que voulez-vous dire ?

— Rien de particulier, dit Mary d'une voix lénifiante, mais vous savez, avec le déferlement de violence que nous connaissons...

Elle avait l'air de dire : « Il faut s'attendre à tout ! »

Mademoiselle Lanoue était inquiète maintenant.

— Vous partagiez ce bureau depuis longtemps avec madame Pagès ?

— Depuis bientôt dix ans.

— Vous vous entendiez bien ?

Mademoiselle Lanoue ne répondit pas directement à la question, elle éluda :

— Chacun a ses dossiers, pour le reste...

— Avez-vous une photo d'elle ?

— Il doit y en avoir là.

Elle ouvrit une armoire métallique. L'intérieur de la porte était tapissé de photos, de cartes postales scotchées les unes au-dessous des autres.

— C'est son casier, dit-elle. Vous pouvez vous servir, personne ne les réclamera et, comme bientôt on attribuera ce bureau à une autre collègue, il est probable qu'elle ne conservera pas les souvenirs de Corinne Pagès.

Mary s'approcha.

— Ici, dit Pascale Lanoue, nous sortons d'un stage informatique.

Il s'agissait d'une photo de groupe. Corinne Pagès avait les cheveux coupés très court et elle tenait, contre une poitrine épanouie, un porte-documents de couleur sombre. Elle souriait derrière des lunettes de soleil.

— En voici une autre où on la voit mieux, dit Pascale Lanoue. Elle a été prise chez Decré lors d'une animation commerciale.

Là encore, Corinne Pagès, qui ne faisait pas son âge, tenait son porte-documents contre sa poitrine.

— Dites donc, fit Mary, elle ne le quittait jamais, son porte-documents.

— En effet, il lui servait également de sac à main.

— Et elle le portait toujours de cette façon, devant elle ?

— Oui, c'est d'ailleurs un de vos collègues qui lui avait recommandé de le tenir ainsi. Voici plusieurs années, Corinne avait été victime d'un vol à l'arraché. Son sac, qu'elle tenait à l'épaule, lui avait été volé par deux types à moto. Depuis, elle le tenait contre elle pour qu'on ne puisse plus le lui prendre aussi facilement.

— Bien, dit Mary, je ne vais pas vous ennuyer plus longtemps.

— Vous ne m'ennuyez pas, dit mademoiselle Lanoue d'un air qui laissait à penser le contraire.

— Qui a fait ça, à votre avis ? demanda Mary.

— Un salaud quelconque.

Toujours cette voix lisse, neutre, qui s'efforçait de ne trahir aucun sentiment.

— Vous dites un salaud, vous pensez donc que le coupable est un homme ?

Mademoiselle Lanoue rougit brusquement :

— Évidemment, est-ce que ce ne sont pas toujours les hommes qui agressent ?

— Généralement, mais pas toujours, dit Mary. Vous avez déjà été victime d'une agression ?

Mademoiselle Lanoue rougit de plus belle et dit vivement :

— Non, et il vaudrait mieux pas. Les lois contre le harcèlement, ça existe !

Elle s'était levée, sous le coup de l'indignation, et mademoiselle Lanoue paraissait n'avoir pas de fesses, son fond de pantalon pendait, désespérément vide.

Mary retint un sourire. Comment un mâle normalement constitué aurait-il eu envie de caresser un fond de culotte ?

— Enfin, ajouta la demoiselle avec un sourire contrit, je doute que mon témoignage puisse vous être d'une quelconque utilité.

— Détrompez-vous, mademoiselle Lanoue, détrompez-vous ! Vous m'avez permis d'éclaircir un point important.

Mademoiselle Lanoue pointa un index tendu sur une poitrine inexistante :

— Moi ?

— Oui, dit Mary avec son plus gracieux sourire.

Elle laissa la vieille fille se demander quel pouvait être ce point important et retourna à sa voiture.

— Alors ? dit Fortin en repliant son journal.

— Comment va le genou de Zidane ?

— D'accord, dit le lieutenant vexé, d'accord, on ne veut rien me dire... Eh bien, pour le genou de Zidane, tu n'as qu'à lire toi-même !

Il lui jeta le journal sur les genoux.

Elle rit :

— Ce que tu es susceptible !

Elle le regarda dans les yeux, tandis qu'il mettait le contact :

— Madame Corinne Pagès a été tuée alors qu'elle était déjà allongée.

— Ah, c'est ce que tu as appris aux impôts ?

— Oui mon petit père. Une charmante jeune fille qui t'aurait beaucoup plu, un cœur à prendre...

Fortin n'appréciait pas du tout ces allusions grivoises :

— Ce que tu es bête !

— Et toi, ce que tu es puritain !

— Puritain, moi ?

Il en restait sans voix. C'était la première fois qu'on l'affligeait de ce qualificatif et il se demandait comment il devait le prendre.

— J'avais une demi-certitude hier, au sortir de l'hôpital, dit Mary. Maintenant j'en suis sûre à cent pour cent.

Comme Fortin attendait un complément d'information, elle ajouta :

— Madame Pagès avait l'habitude de tenir son porte-documents serré contre sa poitrine par crainte qu'on le lui arrache. Dans ces conditions, je ne vois pas comment on aurait pu lui plonger une aiguille dans le cœur !

9

— Donc, dit Fortin, il nous reste deux suspectes : la commerçante et sa cliente.

— Entre autres, dit Mary.

— Entre autres quoi ?

— Tu oublies les passants qui se sont arrêtés, qui se sont penchés sur la victime…

Fortin s'étonna :

— Tu crois qu'il y en a eu tant que ça ?

— Bien sûr qu'il y en a eu ! C'était à une heure où le passage Pommeraye est très fréquenté. Essaye d'imaginer ce qui arrive lorsque quelqu'un s'écroule dans un lieu public. Il y a ceux qui s'en fichent, qui enjambent le corps par peur d'être dérangés, d'être appelés à témoigner ou tout simplement qui ne veulent pas voir… Et puis il y a ceux qui portent secours, qui aident à transporter la victime à l'abri, à la déplacer…

— Et qui en profitent pour leur planter une aiguille dans le cœur. Tu parles de secouristes !

Il lança le moteur de la Twingo et demanda :

— Où allons-nous maintenant ?

— Boulevard Gabriel-Guist'hau.

— C'est où, ça ?

Mary consulta son plan et dit :

— Tu remontes vers la place Graslin, ensuite je te dirai. Mais prends d'abord la direction musée Dobrée.

Ils passèrent devant le célèbre musée qui montrait sa sévère façade néogothique derrière les grilles d'un parc aussi austère que l'architecture inspirée de Viollet-le-Duc. La Twingo contourna le bloc, ralentit devant la vitrine d'un restaurateur d'œuvres d'art et remonta vers la place Delorme et le boulevard Guist'hau.

— Nous y sommes, dit Mary qui regardait les numéros au-dessus des portes.

Une maison grise, avec une porte de bois peinte d'un beau vert bouteille... C'était là qu'habitait madame Palud.

Mary appuya sur un bouton et elle entendit le son cristallin d'un carillon à travers la porte. Puis une voix déformée par l'interphone demanda :

— Qui est là ?

— Police, dit Mary.

Elle entendit une exclamation surprise et angoissée, puis une voix étranglée dit : « J'arrive. »

Des pas pressés dans un escalier, un judas jouant dans l'épaisseur du bois, un œil de jais la fixant... Mary avait sorti sa carte toute neuve et la présentait à hauteur de la minuscule ouverture.

Fortin, dans la Twingo garée à cheval sur le trottoir, redéployait son journal favori.

En attendant qu'on lui ouvre, Mary le regarda faire, agacée, et haussa les épaules : que pouvait-il y avoir de si passionnant dans ce canard ?

La porte s'entrouvrit, retenue par une chaîne de sécurité, et madame Palud regarda Mary par l'interstice.

— La police ? dit-elle.

On aurait dit une perruche effarouchée.

Mary confirma :

— Capitaine Lester. Pouvez-vous m'ouvrir, madame Palud ?

La femme mit sa main devant sa bouche et dit :

— Oui… Oui… certainement !

Elle ôta la chaîne et entrebâilla la porte comme à regret, en jetant un regard furtif à droite et à gauche, comme si elle s'attendait à voir une horde de Huns venir vandaliser sa belle maison.

Car c'était une belle maison.

L'extérieur ne payait pas de mine, mais un bel escalier de bois sombre, bien ciré, avec un chemin de moquette rouge sombre maintenu par des barres de cuivre étincelant en son milieu, montait en tournant vers les étages. Le sol du vestibule, composé de larges dalles de marbre noir et blanc, ne portait pas la moindre trace de pas. Et pourtant, au-dehors, la chaussée était mouillée et souillée d'une boue collante venue d'un chantier voisin. Aux murs tendus d'une toile bise, de nombreux tableaux et gravures étaient accrochés.

Madame Palud était une petite femme menue, très brune, avec un visage mince, un nez busqué, très typé, de grands yeux cachou, très mobiles. Elle avait posé un châle bleu aux longues franges sur ses épaules, comme pour se protéger du froid. Pourtant, il régnait dans la maison une chaleur agréable.

Elle ouvrit le battant d'une large porte à panneaux et introduisit Mary dans un salon meublé d'un mobilier de prix, de commodes, d'armoires et de ces vaisseliers qu'on se passe de génération en génération, dont on n'ose pas se défaire par fidélité familiale, et qui, à la longue, finissent par encombrer. Cette maison était une demeure de famille. Dans un coin, un piano d'acajou marqueté sur lequel des petites filles modèles – aujourd'hui grands-mères – avaient dû faire leurs gammes sous la férule d'une maîtresse de musique autoritaire et pointilleuse. Une cheminée de marbre blanc occupait un pan de mur et ce n'était pas qu'un accessoire de décoration, car on voyait encore dans l'âtre les morceaux de bûches calcinées qu'on y avait brûlées la veille. Un grand miroir ancien biseauté et encadré de moulures dorées, au tain piqueté, surmontait la cheminée, agrandissant les perspectives de la pièce. Et là encore, aux murs peints en gris très clair, des tableaux et encore des tableaux, des petits, des grands, des aquarelles minuscules et charmantes voisinant avec des scènes austères et solennelles qui auraient mieux tenu leur place dans un musée ou dans une église que dans un salon bourgeois. Le plancher de chêne à bâtons rompus, ciré comme une patinoire, gémit sous le pas de Mary.

Elle avait aperçu des patins de feutre dans le vestibule, mais madame Palud n'avait pas osé les lui imposer. La police... Impose-t-on des patins de feutre à la police ?

— Voulez-vous vous asseoir ? proposa madame Palud en montrant un canapé de cuir.

Elle avait une voix grave, comme souvent les petites femmes, un peu rauque, un peu éraillée. Bien que cela y ressemblât, ça ne devait pas être dû au tabagisme :

Mary n'aperçut aucun cendrier dans la pièce, pas plus qu'elle ne sentit une odeur de tabac.

— Merci, accepta-t-elle en se posant.

La maîtresse de maison resta plantée devant elle, joignant et déjoignant ses doigts, dans l'attitude de quelqu'un qui ne sait quelle contenance prendre. Devait-elle offrir quelque chose ? Du thé peut-être ? Elle n'osa pas.

Mary lui sourit, essayant d'apaiser son inquiétude :

— Détendez-vous, madame Palud, je ne fais qu'une enquête de routine…

— À quel sujet ? demanda madame Palud trop vite.

— Au sujet de cette dame qui a fait une chute dans les escaliers, passage Pommeraye. Vous étiez témoin, je crois ?

Madame Palud s'assit dans un petit fauteuil couvert de velours bleu. Elle inspira et soupira, comme si elle était soulagée, et posa ses mains aux longs doigts trop maigres garnis de bagues de prix sur ses genoux :

— Ah… Cette pauvre femme, souffla-t-elle de sa voix écorchée.

— Je m'en veux de remuer des souvenirs pénibles, dit Mary, madame Dubois m'a dit que vous aviez été très affectée par cet incident, mais comme vous êtes les seuls témoins…

— Je comprends. Excusez-moi, je suis terriblement émotive et la moindre chose me met sens dessus dessous.

— La moindre chose ? dit Mary gravement en la regardant dans les yeux. N'avez-vous pas su que cette dame était morte !

— Si, je l'ai su, haleta madame Palud.

On eût dit que soudain elle manquait d'air. Elle ressemblait de plus en plus à un petit oiseau maigre et ébouriffé acculé au fond de son nid.

— Et elle est morte assassinée ! dit Mary.

— Mon Dieu ! s'exclama-t-elle comme si on venait de lui asséner un coup sur la tête.

Elle s'était caché le visage dans les mains.

Mary attendit qu'elle refasse surface et qu'elle demande d'une voix tremblante :

— Mais comment cela ? On l'a poussée ?

— Probablement, dit Mary. Mais sa chute n'a pas été la cause de sa mort.

Madame Palud regarda Mary comme si elle était le diable :

— Que voulez-vous dire ?

— Je veux dire que, pendant qu'elle gisait à terre, quelqu'un lui a enfoncé une aiguille dans le cœur.

À nouveau madame Palud se cacha le visage dans les mains et tressaillit comme si c'était dans son corps que venait de s'enfoncer l'arme du crime.

— Mon Dieu ! Mais c'est horrible !

Puis elle regarda Mary, comme si elle doutait de ce qu'elle venait d'entendre :

— Je n'ai rien vu de tel dans les journaux !

— Non, pour les besoins de l'enquête, nous avons préféré ne pas en parler. Vous comprenez maintenant pourquoi je souhaitais recevoir votre témoignage ? dit-elle, les yeux fixés dans ceux de madame Palud.

— N… Non, balbutia madame Palud. Pourquoi moi ?

— Parce que vous avez vu madame Pagès tomber, et qu'ensuite vous êtes restée près d'elle jusqu'à ce que les secours arrivent.

— Vous ne…

Elle s'était levée à demi, une main appuyée sur l'accoudoir du fauteuil, l'autre contre sa poitrine comme pour empêcher son cœur de cogner trop fort.

— Vous ne pensez tout de même pas que…

Mary la rassura :

— Non, madame Palud, je ne vous soupçonne pas d'avoir assassiné madame Pagès, mais quelqu'un l'a fait. Et vous l'avez vu !

— Moi ?

À nouveau elle s'était dressée, sa main maigre comme une patte d'oiseau serrant l'accoudoir du fauteuil à s'en blanchir les jointures.

— Oui, vous ! Vous êtes restée devant ce corps allongé jusqu'à ce que les secours arrivent. C'est bien ce que vous m'avez dit ?

Madame Palud se laissa retomber dans son fauteuil une nouvelle fois en hochant la tête. Elle souffla :

— Oui…

Puis elle ajouta :

— J'aurais été bien incapable de bouger !

— Mais vous avez tout de même vu des gens s'en approcher ! s'exclama Mary.

— Je n'ai rien vu, dit madame Palud.

— Vous vous moquez, madame ! dit Mary agacée.

— Sur mon salut éternel, je ne me moque pas ! dit madame Palud avec solennité.

Mary se demanda ce que son salut éternel venait faire dans cette histoire. « Mon salut éternel », en voilà une idée !

— Dans ce cas, pourquoi ne voulez-vous pas témoigner ?

— Parce que je ne peux pas, dit madame Palud d'un ton désespéré. Il faut me croire, c'est la vérité !

Elle semblait sur le point de pleurer.

— En réalité, dit Mary sévère, je crois que vous avez vu l'assassin, je crois que vous le connaissez et que vous le protégez !

— Mais non ! s'exclama-t-elle, et cette fois elle ne réussit pas à retenir ses larmes.

Elle s'était levée, de gros sanglots la secouaient et, à nouveau, elle s'était caché le visage dans les mains.

Mary prit un mouchoir de papier dans son sac, s'approcha de madame Palud et desserra doucement ses mains.

— Tenez, dit-elle en lui tendant le mouchoir. Reprenez-vous.

— Merci, dit madame Palud en reniflant.

Elle s'essuya les yeux, se moucha et, voyant ce qui restait du mouchoir, elle s'en fut le jeter dans la cheminée. Puis, elle regarda Mary avec un pauvre sourire :

— Si vous voulez m'excuser un instant...

Mary hocha la tête avec compréhension et madame Palud sortit. Seule dans la pièce, Mary se leva, fit quelques pas en faisant grincer une nouvelle fois le superbe parquet et s'approcha du piano. Il était ouvert et un couvre-clavier de molleton satiné cachait les touches d'ivoire jaunies et creusées en leur milieu.

Encore un meuble de famille, ce piano. Et qui avait servi ! Mary repoussa la housse et plaqua un accord, puis deux. Le piano sonnait bien. Elle se posa sur le tabouret et s'essaya à jouer un fragment des *Nocturnes* de Chopin, dont la partition était ouverte sur le pupitre de l'instrument. C'était un piano de bonne facture, très agréable à utiliser, avec des touches souples, bien rodées. Dans les basses le *la* vibrait un peu mais elle prit un véritable plaisir à jouer cet air qu'elle aimait tant.

Lorsqu'elle leva la tête, madame Palud était sur le seuil et l'écoutait religieusement, les mains jointes contre sa poitrine. Mary s'arrêta, se leva et dit :

— Excusez-moi, quand je vois un piano ainsi offert, je ne peux pas m'empêcher de plaquer quelques accords.

— Vous jouez très bien, dit madame Palud en s'approchant. Vous êtes réellement capitaine de police ?

Elle s'était rafraîchi le visage et semblait apaisée. Peut-être était-ce d'avoir entendu Mary jouer du piano ?

— Oui, dit Mary, la carte que je vous ai présentée n'est pas fausse. Mon collègue, qui m'attend dehors, pourrait vous le confirmer.

— Oh ! mais je vous crois, dit-elle avec empressement qui laissait à penser qu'elle n'avait aucune envie de voir un autre flic envahir son salon.

« Encore heureux ! » pensa Mary. Elle replaça la housse sur le clavier et revint vers le canapé où elle était installée précédemment. Au passage, elle prit gentiment madame Palud par les mains et la fit asseoir devant elle.

— Et maintenant, dit-elle doucement, si vous me disiez pourquoi vous ne voulez pas témoigner ? Il s'agit d'un crime, vous savez, vous ne pouvez tout de même pas couvrir un criminel !

— Cela va vous paraître fou, mais je vous jure que je n'ai rien vu. J'étais comme ça :

Elle se leva, plaqua les mains sur son visage.

— Longtemps ?

— C'est madame Dubois qui m'a fait reprendre pied dans la réalité.

— Vous aviez perdu contact avec la réalité ? demanda Mary ahurie.

— Oui…

Et, après un instant de silence, elle laissa tomber :

— Je priais.

Mary fut prise de court. C'était bien la première fois qu'on lui servait un pareil argument. Madame Palud avait maintenant une lueur mystique dans les yeux.

— Je priais, redit-elle avec ferveur, je priais pour cette pauvre femme qui venait de tomber à mes pieds, pour que ses blessures ne soient pas trop graves, pour qu'elle ne souffre pas…

Mary eut envie de lui dire qu'elle aurait été plus utile en regardant ce qui se passait autour d'elle. Mais, pour ce reproche, c'était un peu tard.

— Ah, dit-elle platement, c'est pour cette raison que vous n'avez rien vu…

Madame Palud hocha la tête affirmativement et dit avec un pauvre sourire :

— C'est bête, n'est-ce pas ?

Mary eut un geste d'impuissance et demanda encore :

— Madame Dubois pense avoir aperçu une vieille femme aux cheveux gris penchée sur la victime. Ça ne vous dit rien ?

Madame Palud hocha la tête négativement et elle répéta :

— C'est bête…

Ce n'était pas Mary Lester qui allait prétendre le contraire.

Elle se leva :

— Bon, dans ce cas… Je vous remercie, madame Palud.

Elle ressortit, entendit les verrous jouer, puis elle remonta dans la Twingo.

— Alors ? demanda Fortin.

Il en était à la dernière page de *L'Équipe*.

— Cette enquête ne te fatigue pas trop ? demanda-t-elle, caustique.

— Ça va.

— Tu le sauras bientôt par cœur, ton canard ?

Le lieutenant haussa ses larges épaules :

— Si tu me disais plutôt ce que t'a raconté ta bonne femme ?

— D'abord ce n'est pas *ma* bonne femme. Ensuite, elle n'a rien vu.

Fortin laissa échapper un bref éclat de rire.

— C'est pire qu'en Corse, ici. Personne ne voit jamais rien. Elle a les jetons, ou quoi ?

— Au début, j'ai cru qu'elle avait peur, en effet, dit Mary…

— Et après ?

— Je ne sais pas. En tout cas, elle m'a donné une bonne raison de la croire : elle n'a rien vu parce qu'elle priait pour la pauvre accidentée !

— Quoi ? dit Fortin en se retournant d'un bloc, ce qui fit grincer son siège. Elle quoi ?

— Mollo ! protesta-t-elle. Ne casse pas mes fauteuils !

Elle regarda Fortin dans les yeux :

— Tu m'as bien entendue, elle priait !

Il s'esclaffa :

— Et tu marches dans des conneries pareilles ?

— Oui, lieutenant.

— De mieux en mieux !

— Venant de toi, dit Mary, le prétexte n'aurait pas valu tripette. Mais d'elle...

— Elle quoi ?

Mary revit le regard illuminé de madame Palud, et puis cette phrase révélatrice : « Sur mon salut éternel ! » Pour elle, ce n'était pas une vaine parole.

— Rien, dit-elle, rien que tu puisses comprendre !

Le fracas d'un scooter en échappement libre se fit entendre. La machine s'arrêta juste derrière la Twingo et l'adolescent qui la pilotait la hissa sur sa béquille, ôta son casque et ouvrit la porte que Mary venait de quitter.

— Tiens, il y a de la visite, dit Fortin.

— Le fils de la maison probablement, dit Mary. Allez, roule !

— Où va-t-on ? demanda Fortin.

— Passage Pommeraye, si tu veux bien.

10

À nouveau Fortin s'était garé de façon précaire à cheval sur un trottoir. Les places étaient chères dans le centre de Nantes, comme dans toutes les grandes villes, d'ailleurs. Les bagnoles se construisent plus vite que les parkings.

— Je t'attends ?

— Évidemment, dit-elle, si on laisse la voiture vide, on la retrouvera à la fourrière.

Elle se pencha par le carreau :

— Et tâche d'apprendre aussi la dernière page par cœur !

Fortin haussa les épaules sans répondre.

Mary dévala les escaliers et entra dans la boutique *Couleur Canari*. Derrière sa caisse, madame Dubois, les lunettes en demi-lune sur le bout du nez, consultait un registre, un stylo-bille à la main. En voyant Mary elle ferma le livre, posa le crayon et laissa ses lunettes pendre sur sa poitrine généreuse au bout de leur cordon de soie noire avec un air de dire : « Tiens, pour les ennuis, c'est reparti ! »

— Bonjour, dit Mary. J'ai encore quelques précisions à vous demander.

— Bien, dit madame Dubois, résignée. Toujours pour la même chose, je suppose ?

— En effet.

La jeune vendeuse que Mary avait vu faire la vitrine se tenait à genoux sur la moquette et elle procédait à l'épinglage d'un bas de pantalon en vue d'une retouche.

La cliente se regardait dans la glace en tenant la ceinture à deux mains, d'un air critique.

Madame Dubois s'adressa à son employée :

— Valérie, si on me demande, je suis au bureau.

— Bien madame, dit Valérie, au risque d'avaler une des épingles qu'elle tenait entre ses lèvres serrées.

Mary suivit madame Dubois dans un petit escalier dissimulé au fond du magasin et pénétra dans une sorte de caverne d'Ali Baba pleine de vêtements sous housse plastique, suspendus à des barres chromées, scellées aux murs.

Ainsi, la pièce semblait tapissée de vêtements. En son milieu, une table couverte de factures et de papiers divers en cours de classement, un ordinateur, une imprimante.

— Voilà, dit madame Dubois, nous serons plus tranquilles ici.

La pièce prenait le jour par une fenêtre étroite comme une meurtrière, défendue par un gros barreau métallique. Deux rampes de néon éclairaient le tout de leur lumière crue.

Mary s'assit sur la chaise qu'on lui offrait et annonça :

— Je reviens de chez madame Palud.

— Comment va-t-elle ? demanda madame Dubois en dépliant nerveusement un trombone.

— Je ne sais pas, dit Mary. Je suis un peu déroutée par son attitude. C'est une curieuse personne, n'est-ce pas ?

— C'est une curieuse personne, en effet, dit madame Dubois en écho.

— Elle semble avoir un niveau de vie très confortable, dit Mary. Une belle maison…

— Je ne sais pas, je n'y suis jamais allée. Mais elle ne manque pas d'argent, c'est sûr !

Madame Dubois rejeta le trombone rendu à son état initial de fil de fer dans la corbeille à papier et dit en faisant une petite moue :

— Madame Palud dispose de tout ce que beaucoup de femmes voudraient avoir : un mari avec une belle situation – il est industriel –, une position en vue dans la société, monsieur Palud est vice-président du CNPF, membre de la chambre d'Industrie et j'en oublie sûrement. Ceci fait qu'il ne se passe pas une réception dans la bonne société nantaise sans que les Palud y soient conviés.

Mary leva les yeux au plafond : quoi qu'en pensât madame Dubois, elle n'enviait pas du tout la position de madame Palud.

— Or, madame Palud renâcle à accompagner son mari dans ces réceptions.

« Comme je la comprends ! » se dit Mary *in petto*.

— Il faut même qu'il insiste pour qu'elle vienne refaire sa garde-robe.

— Voilà qui ne doit pas être courant, dit Mary.

— En effet. Les autres maris cherchent plutôt à freiner les ardeurs acheteuses de leurs épouses…

— Vous êtes son principal fournisseur, dit Mary.

— Oui, nous nous sommes liées, je ne dirai pas d'amitié, mais elle me fait confiance. Les séances d'essayage sont pour elle autant de pénibles corvées. Je tâche, autant que possible, de les écourter.

— Elle a des enfants, je crois ?

— Oui, une fille qui doit avoir dans les vingt ans et un garçon qui est un peu plus jeune. Mais, ajouta madame Dubois, je n'en sais pas plus. Madame Palud est une personne très discrète.

— Je vois, dit Mary. Elle semble très pieuse, également.

— Oui.

Elle baissa la voix et ajouta :

— Je crois même qu'elle entend la messe chaque jour à la chapelle du Christ-Rédempteur.

Mary fronça les sourcils :

— Chaque jour ? Ça, c'est de la piété ou je ne m'y connais pas !

Madame Dubois sourit :

— En effet, la chapelle du Christ-Rédempteur abrite une communauté de chrétiens intégristes, tendance Lefebvre.

Elle cligna de l'œil d'un air entendu en ajoutant :

— Si vous voyez ce que je veux dire.

Et elle ajouta en souriant plus largement :

— Pas Lefèvre-Utile, hein, je veux parler de l'évêque.

— J'avais compris, fit Mary, et si j'ose dire, chez ce Lefebvre-là, les religieuses c'est pas du gâteau !

— C'est pas du gâteau ! reprit madame Dubois en riant de bon cœur. Elle est bonne, celle-là. Vous êtes des marrants, vous, dans la police !

— Ne le criez pas trop fort, dit Mary, attendez d'avoir affaire à l'inspecteur Leroux pour vous forger une opinion définitive.

— Leroux ? fit madame Dubois sourcils froncés. Je le connais ?

— Je ne crois pas, dit Mary, vous vous en souviendriez. Leroux, c'est le mouton noir du commissariat !

Madame Dubois se remit à rire. La conversation prenait le ton de la plaisanterie. Mary recadra le sujet :

— Pour en revenir à madame Palud...

Madame Dubois dit, sur le ton de la confidence :

— Une cliente m'a dit qu'elle était également visiteuse de prison. Elle est très attentive à la douleur du monde.

— C'est pour cela que, lorsque madame Pagès est tombée, elle a semblé pétrifiée ?

— Elle était très choquée, je vous l'ai déjà dit. Elle a dû prendre sur elle-même pour retrouver ses esprits.

— Ce qui fait, dit Mary, qu'elle n'a aucun souvenir des gens qui se sont penchés sur madame Pagès.

— Non, elle s'était caché la tête dans les mains et...

— Et elle priait, je sais, dit Mary agacée.

— Elle vous l'a dit ?

— Oui, elle me l'a dit.

Et elle ajouta avec humeur :

— Elle aurait dû prier les yeux ouverts, ainsi elle aurait pu nous décrire l'assassin ! Il est vrai que si elle l'avait vu faire elle serait peut-être tombée raide morte, ce qui ne nous aurait pas avancés !

Mary revint à madame Dubois :

— Quant à vous, madame, pas d'éléments nouveaux ?

— Que voulez-vous dire ?

— Pas de réminiscences, de détails qui vous seraient revenus au sujet de la femme aux cheveux gris ?

Madame Dubois secoua la tête négativement.

— Non, rien de plus que ce que je vous ai dit.

Mary se leva, déçue. Elle perdait son temps.

— Je vous remercie.

Elles quittèrent le bureau réserve, descendirent l'escalier, traversèrent la boutique. L'essayage était terminé et la cliente réglait son achat au moyen d'une carte bancaire. Mary se retourna sur le seuil et contempla le magasin :

— C'est tout de même surprenant qu'une intégriste de ce calibre soit cliente dans une boutique de mode aussi branchée que la vôtre.

— Oh, dit madame Dubois, s'il n'avait tenu qu'à elle, elle se serait volontiers fringuée au Secours catholique. Je vais vous dire, elle achète de beaux vêtements mais elle n'en a rien à faire. Je dirai même qu'elle les met avec réticence. C'est son mari qui l'exige !

— Je vois ! dit Mary. Le standing du chef d'entreprise, n'est-ce pas ?

Elle haussa les épaules.

— Au revoir, madame.

Le tram roulait à belle vitesse sur une étendue de gazon bien tondu. Les rames étaient si peu bruyantes et si confortables qu'on avait l'impression qu'elles volaient au ras du sol.

Lorsque en arrivant à Nantes par l'ouest on passait en automobile au long de cette autoroute verte, on se demandait à quoi elle était destinée.

Puis l'on voyait arriver les élégantes voitures de couleur verte et blanche chargées de voyageurs et l'on comprenait que l'on était au bord d'une voie de chemin de fer d'un genre nouveau : un chemin de fer électrique qui glissait comme par magie sur des rails cachés dans l'herbe.

Le capitaine Maurice Leroux était vautré sur une banquette de la voiture de tête, son « chapeau de ciment » repoussé en arrière, un tronçon de cigare éteint à la bouche, plus flic américain des films de l'après-guerre que jamais.

Le contrôleur était passé, lui avait notifié qu'il était dans une voiture « non-fumeurs » mais Leroux avait sorti sa carte de police en faisant remarquer d'un ton rogue que son cigare n'était pas allumé, ce qui était vrai.

Le contrôleur, devant l'air rébarbatif du « client », s'en était allé contrôler plus loin.

Plus loin, c'est-à-dire dans le wagon de queue, le lieutenant Damien surveillait du coin de l'œil un citoyen bizarre qui se tortillait sur sa banquette comme s'il avait un besoin pressant tout en jetant des regards furtifs autour de lui.

Un drôle de gaillard, d'un âge indéfinissable – entre quarante et cinquante ans peut-être –, assez grand, maigre, vêtu d'un imperméable mastic, au visage mobile, agité de tics.

Leroux lui avait signalé la « cible » – qu'il avait déjà filochée sur l'ordre de son chef, sans en savoir plus – en lui recommandant de ne pas la quitter des yeux.

Ce que le jeune lieutenant faisait consciencieusement. La seule indication que le capitaine avait daigné fournir à son adjoint était : « Ce type mijote un mauvais coup, quand tu le verras se barrer, surtout tu ne le lâches pas ! »

Damien, qui abattait ses dix kilomètres de footing trois fois par semaine au Petit-Port, n'avait aucune inquiétude. Avec ses épaules en bouteille de Saint-Galmier, ce n'était pas ce lascar qui le sèmerait !

Quand il avait voulu en savoir plus, il lui avait dit, avec une sorte de joie mauvaise dans le regard :

— T'occupe ! Fais ce que je te dis et tout ira bien.

Le lieutenant Damien devait reconnaître que, jusqu'alors, il s'était plutôt bien trouvé de suivre – le plus souvent sans comprendre – les directives du capitaine Leroux.

Et, comme Leroux avait dit que « celui-là, il ne fallait pas le louper », il avait bien l'intention de le filocher jusqu'à la Beaujoire si cela s'imposait.

Le tram ralentit dans un chuintement de freins pneumatiques et quelques passagers se levèrent pour se diriger vers la sortie.

Le « client » du lieutenant Damien se leva également. Il suivait une dame plantureuse encombrée de deux cabas de légumes.

Soudain, comme le tram s'immobilisait, la dame en question poussa un cri aigu et se tint la poitrine en partant en arrière. Les cabas de légumes se répandirent dans l'allée, si bien que les pieds de Damien roulèrent sur des pommes de terre et qu'il faillit s'affaler.

Un encombrement se forma tandis que la cible du lieutenant s'éloignait rapidement sans se retourner.

Désespérant de passer par-dessus cet encombrement, Damien fit demi-tour pour emprunter la sortie de l'autre bout du wagon. Mais là aussi les passagers montaient et descendaient. Damien était un jeune homme bien élevé qui ne bousculait pas volontiers les gens. Si bien que lorsqu'il fut sur le quai, il vit son client qui avait pris une cinquantaine de mètres d'avance. Il s'élança mais l'autre le vit courir et il détala comme un lièvre.

— Foutu ! grinça Damien.

Le type allait sortir et se perdre dans la cité des Dervallières et pour le débusquer là-dedans… Sûr que le lieutenant Damien allait se faire remonter les bretelles par son chef !

Il accéléra l'allure comme l'autre atteignait la sortie de la station et là, un homme parut, barrant le passage.

Le fuyard essaya de le bousculer, en vain. Ce fut comme si un poids plume s'était heurté à un champion de sumo. Il rebondit, tomba sur les fesses, et avant qu'il se soit relevé, le capitaine Leroux l'avait menotté dans le dos avec une dextérité trahissant une longue pratique.

Damien s'arrêta, hors de souffle. Leroux ricana :

— Alors, lieutenant, toujours à la bourre ?

C'était dans ces moments-là que Damien haïssait son chef. Il se payait toutes les corvées, rabattait le gibier jusqu'à Leroux et, quand l'autre n'avait plus qu'à tendre le bras pour le cueillir, il se payait sa tête. En plus, il ne savait pas pourquoi ce type maintenant menotté était dans le collimateur du capitaine.

Il essaya de ravaler sa rancœur et demanda, haletant :

— Qu'est-ce qu'il a fait ?

— C'est la meilleure, grasseya Leroux goguenard, monsieur Balen manque de trucider une bourgeoise devant toi et tu demandes ce qu'il a fait ? Où est-ce que tu as appris ton métier, petit gars ?

— J'ai juste entendu un cri, protesta Damien.

— Eh oui ! Tu n'aurais pas crié, toi, si on t'avait plongé une aiguille dans le cœur ?

— Une aiguille ? fit Damien interloqué. Mais alors…

— Alors, je te présente le piqueur. Ah, il ne tue pas à chaque fois ! Mais ce n'est pas faute d'essayer, hein, salopard ?

Il donna un petit coup de pied sournois dans la cuisse de l'homme toujours assis par terre, au grand dam d'un jeune couple comme il faut qui passait, la main dans la main :

— Vous n'avez pas honte ? s'exclama la jeune femme.

Leroux la fixa d'un air féroce :

— C'est la meilleure, on se crève le cul pour empêcher ce maniaque de leur percer les nichons et les bourges en redemandent !

— Oh ! fit la femme offusquée en s'adressant à son compagnon. Tu entends comme il me parle, Gérard ?

— Circulez ! gueula Leroux.

Et, à Damien :

— Et toi, appelle donc une voiture de la maison.

L'homme tirait sa compagne par la main :

— Viens donc, on nous attend !

— C'est ça, dit Leroux goguenard, ne vous mettez pas en retard.

Et, comme le couple s'éloignait à la hâte, il gueula d'un air salace :

— Bonne bourre !

Puis il ricana, satisfait de son humour.

La femme voulut répondre, mais son compagnon l'entraîna par le bras en lui glissant à l'oreille :

— Laisse tomber, c'est un flic.

Damien avait appelé sur son portable et il dit au capitaine :

— Ils seront là dans cinq minutes.

— Bien, dit Leroux.

Puis il redonna un coup de la pointe de sa godasse dans la jambe de son prisonnier et ordonna :

— Garde-moi ça, lieutenant, et tâche de ne pas le laisser filer.

Sur le quai, au niveau de la dernière voiture, un attroupement s'était formé autour de la grosse femme qui geignait en se tenant la poitrine. Un voyageur avait ramassé les légumes qui s'étaient répandus dans la voiture et les avait remis dans les paniers posés sur le quai.

— Qu'est-ce qui se passe ici ? demanda Leroux d'une voix qui imposa le silence à la ronde.

Et, avant que quelqu'un ait commencé à parler, il brandit sa carte et gueula :

— Police !

Le chef de rame, en uniforme, eut l'air soulagé :

— Cette dame s'est fait agresser.

— Comment ça ?

— Quelqu'un lui a piqué les... la... Enfin, on lui a enfoncé une aiguille dans la poitrine.

— Vous êtes blessée ? demanda abruptement Leroux à la victime.

Elle écarta sa main et dit « oui » d'une voix mourante. Sur le corsage blanc, une tache de sang s'étalait.

Cette fois Leroux s'adressa au chef de train :

— Vous avez appelé une ambulance ?

— Non, bredouilla le chef de train.

— Eh bien, qu'est-ce que vous attendez ?

Il se tourna vers les quelques personnes qui étaient encore là :

— Et vous, qu'est-ce que vous avez vu ?

Les témoins se sentirent bientôt dans leurs petits souliers et se dirent qu'ils auraient été bien inspirés de disparaître avant la venue de ce flic mal embouché.

— Rien, dit l'un d'entre eux. J'ai entendu madame crier, elle a lâché ses paquets et un homme s'est enfui en courant.

— Un homme comment ?

— Un jeune.

Il montra la silhouette de Damien debout près de son prisonnier.

— Tenez, il est là-bas !

Leroux secoua nerveusement sa grosse tête : un comble, s'il retenait le témoignage de ce zozo, son lieutenant allait se retrouver au banc des accusés.

Évidemment c'était lui qu'on avait remarqué, puisqu'il s'était éloigné en courant.

— C'est bon, dit-il dégoûté. Vous pouvez disposer.

Un vieil homme bien mis demanda :

— Vous ne l'arrêtez pas ?

— Je sais ce que j'ai à faire ! répondit Leroux pas plus avenant que d'habitude.

Puis il se radoucit et dit :

— Vous pouvez rentrer chez vous.

Le vieux monsieur avait de belles moustaches blanches bien taillées et le petit point rouge de la Légion d'honneur à la boutonnière. Il tendit sa carte au capitaine Leroux :

— De La Martinière, monsieur, si vous souhaitez mon témoignage, il va sans dire que je suis à votre entière disposition.

Il fixait sur Leroux le regard limpide de l'homme de devoir, du bon citoyen qui n'hésite pas à témoigner, même si cela doit prendre sur son temps.

— Merci, dit Leroux du bout des dents en prenant la carte sans la regarder. Au besoin on vous écrira.

C'était plus fort que lui, il ne pouvait pas s'empêcher d'être méprisant, désagréable.

— Maintenant, ajouta-t-il sur un ton qui n'admettait pas de réplique, circulez !

Phrase qu'il prononça avec d'autant plus de naturel et d'autorité qu'elle lui venait de ses premiers temps de police, lorsqu'en uniforme il réglait la circulation.

Devant cet air revêche, les voyageurs ne se le firent pas dire deux fois et s'égaillèrent, sauf le petit monsieur à moustaches blanches qui, fronçant les sourcils, demeura à l'écart, regardant l'ambulance approcher. Deux infirmiers vêtus de blanc prirent la blessée en charge tandis que Leroux notait le nom de l'hôpital où ils allaient la conduire pour pouvoir, plus tard, recueillir sa plainte et sa déposition.

11

Lorsque Mary et Fortin pénétrèrent dans les locaux du commissariat central, place Waldeck-Rousseau, le chef de quart les interpella :

— Capitaine, le commissaire Graissac vous attend.

— Tout de suite ?

— Il a dit « dès que vous arriverez ».

— Bien, merci.

Elle monta l'escalier, suivie par Fortin, et frappa à la porte de Graissac qui vint lui-même leur ouvrir. Elle s'attendait à d'acerbes remarques, en général lorsqu'on était convoqué chez un patron c'était pour ça, mais Graissac arborait un visage détendu.

— Entrez, capitaine, et vous aussi, lieutenant.

— Une heureuse nouvelle, patron ? demanda-t-elle.

— Vous ne croyez pas si bien dire ! fit Graissac en se frottant les mains. Nous tenons notre homme !

Mary le regarda, éberluée, se demandant si elle ne rêvait pas.

— Vous tenez…

— L'assassin, oui !

Il regarda Mary et Fortin alternativement comme pour jouir de leur stupéfaction et annonça :

— Leroux l'a arrêté dans le tram !

— Vous êtes sûr… hasarda-t-elle.

Graissac la coupa :

— Il l'a serré en flag !

Mary regarda Fortin d'un air de dire : « Réjouis-toi, lieutenant, tu n'auras pas à supporter ta belle-sœur trop longtemps. »

Puis elle revint à Graissac :

— Qui est-ce ?

— Un dénommé Adrien Balen, un pauvre type qui a fait de nombreux séjours en asile psychiatrique.

— On peut le voir ?

— Bien sûr, venez !

Fortin et Mary suivirent le commissaire jusqu'au bureau de Leroux, une pièce qui empestait la fumée.

Et pour cause ! Leroux avait rallumé le trognon de cigare qui ne semblait jamais quitter sa bouche.

Lorsqu'il vit entrer Mary, il sourit, avantageux.

— Vous arrivez après la bataille, grasseya-t-il.

— Mes compliments, dit Mary, vous n'avez pas traîné, dites donc !

— J'traîne jamais, dit Leroux d'une voix traînante en regardant Graissac d'un air de dire : « Vous aviez bien besoin de me mettre ces deux rigolos dans les pattes ! »

Le suspect était assis sur l'extrême bord d'une chaise métallique, les menottes aux poignets. C'était un homme maigre, de taille moyenne, au teint bistre, aux cheveux noirs tirés en arrière et gominés, au point qu'une interpellation agitée n'en avait pas dérangé l'ordonnancement. Il se tenait les coudes sur les genoux, la tête basse, regardant d'un œil morne le linoléum entre ses pieds.

Kevin Damien opérait devant l'écran d'un ordinateur. On sentait qu'il n'était là que pour servir de secrétaire et qu'il n'avait pas son mot à dire.

Devant lui, une pile de prospectus commerciaux et deux épingles longues d'une dizaine de centimètres. Mary en prit une et demanda :

— C'est avec ça qu'il opérait ?

— Hon hon, fit Leroux. Elles étaient fichées à l'intérieur de son imperméable.

— Ça me paraît bien court, dit Mary.

— Comment ça ? fit le capitaine, l'œil noir.

— Ça me paraît bien court pour percer le cœur de quelqu'un !

Et elle précisa :

— L'aiguille qui a tué madame Pagès mesurait vingt centimètres, soit le double de celles-là.

Leroux ricana :

— Il a loupé son coup parce que sa victime avait des nichons comme ça !

Il tendait les mains devant sa poitrine, pour figurer une paire de seins avantageux.

— Mais ç'aurait été vous ma petite, poursuivit-il en la déshabillant du regard, votre compte était bon !

Mary se sentit salie par ce regard libidineux au point d'en rougir, ce qui fit ricaner le capitaine Leroux de plus belle. Enfin, il lâcha Mary et s'adressa à Damien :

— Tu enverras les aiguilles au labo, elles doivent porter des traces de sang.

Et il ajouta, en s'adressant au patron :

— Comme ça, il ne pourra pas nier…

Il donna un coup de pied dans la chaise du prévenu qui tressaillit. Puis il lui prit brutalement le menton et le força à relever le visage :

— Hein, tu ne pourras pas nier, Adrien !

— Non m'sieur, dit Balen précipitamment.

Il avait une voix grêle et les mots se pressaient au point qu'il en bégayait. La trouille de Chapeau de ciment, sans doute.

Leroux le repoussa sans ménagement :

— Je t'ai déjà dit de m'appeler capitaine !

— Oui, m'sieur capitaine ! dit vivement le suspect en levant le bras, pour parer une baffe qui ne vint pas.

Cependant, Leroux avait fait mine de frapper. Il paraissait ravi de la terreur qu'éprouvait le pauvre type. Mary le regarda avec mépris, mais Leroux s'en fichait bien. Il se redressa de toute sa courte taille et dit insolemment à l'intention de Mary et Fortin :

— Bon, eh bien, je ne vous retiens pas, vous devez avoir à faire…

Mary hésita, prête à lui dire qu'elle n'aimait pas ses manières, mais ce n'était pas le moment. Son regard était assez éloquent pour exprimer tout le dégoût que lui inspirait l'attitude du capitaine Leroux. Elle haussa les épaules et sortit, Fortin sur les talons. Graissac resta quelques instants dans le bureau de Leroux, puis il sortit à son tour.

— Bon… dit Graissac embarrassé.

— Pouvons-nous retourner à votre bureau, patron ? demanda Mary.

— Oui, bien sûr, nous allons régler les modalités de votre retour à Quimper.

À cette perspective, Fortin sourit largement. Il allait retrouver sa petite famille, sa salle de musculation, sa routine, sa chère routine à laquelle cette sacrée Mary Lester l'arrachait trop souvent.

Trop souvent ? Voire... Il ne regrettait aucune des enquêtes dans lesquelles elle l'avait entraîné. Et il devait convenir que, depuis qu'elle avait quitté la police, le métier manquait de saveur.

Le commissaire passa derrière son bureau, s'assit et offrit du geste à Fortin et à Mary d'en faire autant.

— Finalement, dit-il après avoir toussoté pour s'éclaircir la voix, finalement je vous ai fait venir pour pas grand-chose.

À ce moment, son téléphone sonna.

— Un instant, dit Graissac en prenant la communication.

Mary vit son front se plisser et le visage du commissaire prendre une expression de profonde contrariété.

— Bien, dit-il enfin, faites-le monter.

Il reposa l'appareil doucement.

Mary risqua :

— Un ennui, patron ?

— Oui, dit Graissac, et de taille. Le colonel de La Martinière...

Il parut hésiter et redit :

— Le colonel de La Martinière a assisté à l'arrestation de Balen. Il souhaite apporter son témoignage. Je vous verrai plus tard.

— Bien, dit Mary en se levant.

Elle ne demanda pas qui était ce colonel de La Martinière que le commissaire Graissac recevait avec tant d'empressement.

Elle sortit du bureau, suivie de Fortin et, dans le couloir, ils croisèrent un petit monsieur tiré à quatre épingles, et pourvu de magnifiques moustaches blanches taillées et peignées avec soin. La jeune policière de la réception le conduisait chez le patron. Au passage il souleva son chapeau pour un salut fort civil chez un militaire.

Lorsque la porte du bureau se fut refermée, Fortin demanda à Mary :

— Tu as encore besoin de moi ?

— Non. Tu es pressé de partir ?

— Faudrait que je récupère ma caisse au garage avant six heures.

— Eh bien va, mon grand ! Je suppose que Madeleine t'attend.

— Oui, souffla Fortin.

— Dans ce cas...

— Si le patron me demande...

— Je lui dirai que tu as fini ta semaine. Ne t'inquiète pas.

À peine Fortin venait-il de quitter le bureau que le téléphone sonna. C'était le commissaire Graissac.

— Pouvez-vous venir dans mon bureau, capitaine ?

Voilà qui sentait la convocation officielle.

— Bien sûr, patron.

Elle frappa et entra. Graissac eut l'air soulagé de la voir.

— Entrez, capitaine. Permettez-moi de vous présenter le colonel de La Martinière.

Le petit monsieur s'était levé et il s'inclinait pour un salut très protocolaire.

— Nous nous sommes croisés dans le couloir, je crois. Enchanté, capitaine.

— Bonjour, monsieur.

— Vous pouvez m'appeler « mon colonel », capitaine.

Mary sourit largement :

— Quand je servirai sous vos ordres, certainement !

Le colonel la regarda avec mécontentement :

— J'appartiens au cadre de réserve.

— Je m'en serais doutée, monsieur.

Il fronça les sourcils :

— Mon âge ?

Mary lui sourit plus largement encore.

— Certes pas. Mais comme vous n'êtes pas en uniforme…

Le colonel semblait se demander si cette fille était sotte ou si elle se foutait de lui. Il opta pour la première hypothèse. Dans la police, c'était bien connu, ça ne volait pas haut.

Graissac suivait cet échange avec la mine inquiète du canard qui a trouvé un chewing-gum. Il ne pouvait pas avouer à Mary qu'il « était embêté », mais il n'avait pas besoin de le dire, son embarras était palpable.

— Le colonel de La Martinière est le président national du Secours catholique, dit Graissac. Il se trouve que le colonel a été témoin de l'agression de madame Joly dans le tramway et que, selon lui, le capitaine Leroux n'aurait pas arrêté le bon coupable.

Mary ironisa :

— Il y aurait donc des bons et des mauvais coupables ?

— Ne jouez pas sur les mots, capitaine, dit le colonel irrité. Vous m'avez parfaitement compris.

— Balen serait donc innocent ? s'étonna Mary en jouant les naïves à la perfection.

— Je le pense, dit le colonel.

Il avait une voix nette, précise. Il précisa :

— À la suite de cette agression, j'ai vu un individu s'enfuir en courant, un homme jeune. Et puis un autre individu l'a arrêté. Mais grande a été ma surprise lorsque j'ai vu que l'homme que l'on avait menotté n'était pas celui qui s'enfuyait. Je suis resté quelques instants assister la victime, jusqu'à ce qu'un inspecteur…

— Le capitaine Leroux, précisa Graissac.

— Jusqu'à ce que le capitaine Leroux, reprit le colonel, rejoigne notre groupe pour entendre nos témoignages.

— Quel groupe ? demanda Mary.

— Le groupe de passagers ayant spontanément porté assistance à la malheureuse qui venait d'être agressée, dit le colonel avec irritation. Je m'étonne qu'il faille vous mettre les points sur les « i ».

— C'est que, dit-elle avec sérieux, dans une enquête criminelle le moindre détail a son importance.

— Admettons ! dit le colonel avec un mouvement d'épaules agacé. En tout état de cause, l'homme arrêté par l'inspecteur Leroux n'est pas celui qui s'enfuyait. Et il se trouve que je le connais.

— Vous voulez parler de l'homme qui se trouvait à terre, menotté ? demanda Graissac.

— En effet ! dit le colonel de plus en plus agacé.

— Vous connaissez Adrien Balen ? s'étonna Mary.

— Fort bien, mademoiselle. C'est un garçon... comment dire ? un peu simple, qui rend de menus services dans ma communauté religieuse.

Mary regarda le colonel en feignant une surprise admirative :

— Vous avez une communauté religieuse à vous ?

— J'appartiens à une communauté religieuse, en effet, dit de La Martinière en articulant avec soin. J'assiste aux offices.

— Ah ! dit Mary d'un air de comprendre enfin. Votre paroisse, en quelque sorte.

— Ma paroisse, si vous préférez, dit le colonel d'un ton sec.

— Je comprends mieux comme ça. Mais, qu'entendez-vous par menus services ?

— Il sert la messe, par exemple.

— Vous voulez dire qu'il fait office d'enfant de chœur ?

— En effet.

— Ce n'est pourtant plus un enfant, dit-elle.

Elle voyait les doigts de l'officier, posés au long de sa cuisse, battre la charge nerveusement. Elle sentait qu'elle l'exaspérait prodigieusement, ce qui l'enchantait.

— Par l'âge et par la taille, certainement pas, mais son mental n'est guère plus développé que celui d'un garçon de dix ans. Les jours fériés, cet office est assuré par les enfants de nos paroissiens, mais les jours de semaine, Adrien assiste volontiers notre prêtre. Il aide aussi au nettoyage et à la décoration des lieux de prière.

— Je vois, dit Mary, en quelque sorte, c'est un « homme toutes mains ».

Le colonel regarda le commissaire d'un air qui en disait long sur son exaspération. Mary fit celle qui ne voyait rien et demanda d'une voix tranquille :

— Vous savez où il habite ?

— Oui, chez sa mère, une veuve qui vend des fleurs sur les marchés.

— Selon le capitaine Leroux, dit Mary, Adrien Balen aurait été pris en flagrant délit d'agression sur madame Joly.

— Eh bien, ce n'est pas ce que j'ai vu, fit sèchement le colonel. De surcroît, ce capitaine Leroux m'a traité avec désinvolture, pour ne pas dire avec la dernière grossièreté, lorsque je lui ai proposé de témoigner.

Il se tourna vers le commissaire :

— Franchement, monsieur le commissaire, ce n'est pas une attitude qui plaide en faveur de la police !

— Je reconnais, fit Graissac avec ennui, que le capitaine Leroux n'est pas ce qu'on pourrait appeler un homme du monde, mais néanmoins c'est un excellent flic...

— Et ce jeune homme qui s'enfuyait, qui était-ce ? demanda le colonel.

Mary se retint de sourire et baissa la tête pour qu'on ne voie pas ses lèvres se crisper.

— Monsieur, dit-elle, je crains que vous n'ayez été abusé par les apparences.

— Quelles apparences ? protesta le colonel. J'ai vu ce que j'ai vu, tout de même !

— Vous avez vu un jeune homme qui courait, soit. Cependant, il ne s'enfuyait pas. Il poursuivait l'agresseur de madame Joly.

— Vous prétendez donc...

— Que ce jeune homme, le lieutenant Kevin Damien, sous les ordres du capitaine Leroux, avait monté une souricière dans le tram. Depuis plusieurs semaines, sur cette ligne, des femmes sont agressées par un mystérieux « piqueur ». C'est le nom qu'on a donné à un maniaque qui enfonce des aiguilles dans les parties charnues des dames. Si vous voyez ce que je veux dire.

Le colonel tourna la tête de biais, la bouche pincée, d'un air très « Cachez ce sein que je ne saurais voir ! ». Ce qui n'empêcha pas Mary Lester de continuer :

— Une d'entre elles est morte et...

Le colonel émit un soupir exaspéré :

— Et vous voulez me faire croire que c'est Adrien qui l'a tuée ? Le malheureux, il ne ferait pas de mal à une mouche !

— Les mouches n'ont pas de seins, dit Mary.

Le colonel haussa furieusement les épaules en s'exclamant :

— Réflexion aussi vulgaire que ridicule !

Puis il se tourna vers Graissac la bouche pincée :

— Dites plutôt que vos inspecteurs, faute de mettre la main sur le coupable, ont monté une opération trouble contre une personne vulnérable, qui ne peut pas se défendre !

— Colonel !

Graissac s'était levé, rouge d'indignation.

— Comment pouvez-vous imaginer...

— J'ai vu ce que j'ai vu ! redit le petit monsieur. Je suis un officier, du cadre de réserve certes, mais je sais ce que je dis !

À la seule pensée qu'on pût suspecter son témoignage, ses yeux bleus lançaient des éclairs, sa belle moustache blanche frémissait et sa Légion d'honneur rutilait, si bien qu'on aurait cru se trouver devant un drapeau tricolore flottant au vent un matin de bataille. Manquait plus qu'une voix de cuivre sonnant la charge...

— Et c'est une occasion de plus de jeter l'opprobre sur notre congrégation, poursuivit le colonel. Déjà après l'ignoble campagne de délation...

— De quoi parlez-vous ? demanda Graissac avec hauteur.

— Vous le savez aussi bien que moi. Cette série d'articles parus dans la presse locale...

— Un reportage, dit Graissac.

— Vous appelez cela un reportage ?

— Oui. Je l'ai lu avec attention. Et j'ai aussi lu les courriers que les membres de la paroisse du Christ-Rédempteur – puisque c'est de cette congrégation qu'on parle, si je ne m'abuse – ne s'étaient pas privés de faire parvenir au journal. C'est ce que j'appelle un reportage honnête, toutes les parties ont eu la possibilité de faire entendre leur point de vue. D'ailleurs, que je sache, personne n'a déposé plainte pour diffamation.

— Quand on voit comment fonctionne la police, dit le colonel furibard, à quoi servirait de porter plainte ?

— Il me semble que vous confondez police et justice, fit Graissac glacial. La police n'a pas à juger !

Le colonel haussa les épaules d'un air méprisant, semblant dire : « C'est la même chose ! »

— Si je comprends bien, vous vous portez garant de la moralité d'Adrien Balen ?

— Absolument !

— Compte tenu des charges qui pèsent contre lui, dit Mary, je pense, monsieur le commissaire, qu'une perquisition au domicile du suspect s'impose.

— Tout à fait, dit le commissaire. C'est la procédure légale et j'ai demandé à cet effet une commission rogatoire au juge d'instruction.

Il poussa un formulaire devant lui :

— Elle vient d'arriver par porteur.

— Et qui doit procéder à cette perquisition ? demanda le colonel.

— Deux policiers dont un au moins est officier de police judiciaire.

— Je suppose que vous allez désigner les deux hommes qui ont arrêté Adrien Balen ?

— C'est dans l'ordre des choses, en effet.

Le colonel éclata d'un rire déplaisant :

— Ainsi ils pourront mener à bien leur petite machination !

— Que voulez-vous insinuer ?

— Qu'il leur sera facile de déposer chez le malheureux Balen des pièces de nature à l'accabler.

Graissac s'était levé, pâle de colère :

— Ça ! Monsieur…

Mary leva les mains en signe d'apaisement et dit d'une voix douce :

— Monsieur de La Martinière, je crains que vous ne vous fassiez des idées fausses sur la police…

Le colonel encensait comme une vieille ganache, d'un air de dire : « Je sais ce que je sais, jeune fille ! »

— Cependant, je vous crois honnête homme.

— Trop aimable, dit-il d'un air pincé.

— Je suppose que si vous aviez les preuves irréfutables qu'Adrien Balen est le « piqueur », vous vous rendriez à l'évidence ?

— Je ne vois pas comment, ayant vu ce que j'ai vu, vous pourriez me fournir ces preuves.

— Patron, dit Mary, je pourrais me substituer à Leroux pour cette perquisition et monsieur de La Martinière pourrait y assister.

Elle revint vers le colonel :

— Ainsi vous auriez affaire à un officier de police judiciaire tout à fait neutre et qui ignore tout des circonstances qui ont amené le capitaine Leroux à s'intéresser à Adrien Balen. J'ajoute, dit-elle, que je ne suis arrivée à Nantes que la semaine dernière et que, hors monsieur Graissac, je ne connais personne dans ce commissariat.

Elle revint vers Graissac :

— Qu'en dites-vous, patron ?

Graissac réfléchit :

— Cela ne me paraît pas très régulier.

— Monsieur de La Martinière ne serait là que comme observateur…

— Pourquoi pas, après tout, dit Graissac. Si ça peut le convaincre.

— Qu'en dites-vous, monsieur le colonel ?

— Je veux bien, dit le colonel d'un air arrogant. À condition qu'ensuite vous relâchiez Adrien et que vous me fassiez des excuses.

— Je vous les ferai bien volontiers, dit Mary, si la perquisition n'apporte aucun élément probant. Pouvez-vous faire venir le lieutenant Damien, monsieur le commissaire ?

Graissac dit quelques mots dans le téléphone et Damien apparut.

— Lieutenant, dit Mary, veuillez accompagner le colonel de La Martinière jusqu'à la voiture et m'y attendre avec lui. Nous allons perquisitionner chez le suspect.

Les sourcils de Damien marquèrent sa surprise mais il ne fit aucune réflexion. Lorsque le colonel fut sorti, Mary revint vers Graissac qui la questionna :

— Dites donc, Lester, à quoi on joue ?

— On ne joue pas, patron, cette vieille culotte de peau a sûrement des relations de nature à nous mettre des bâtons dans les roues. En le faisant participer à la perquisition, je le neutralise.

— Et si vous ne trouvez rien ?

— On trouvera, patron ! Si ce n'est pas le meurtrier qu'on a mis hors d'état de nuire…

— Vous en doutez ? s'exclama Graissac.

— Un peu, dit-elle.

— Je vous rappelle que Balen a été pris sur le fait !

— En effet... Par Leroux. Et Leroux a réussi à se mettre de La Martinière à dos. Il est doué pour se mettre les gens à dos, Leroux !

— Je le reconnais volontiers, dit Graissac en soupirant.

Il se pencha vers Mary :

— De vous à moi, capitaine, je n'apprécie guère ses manières.

Mary sourit :

— Vous me rassurez !

— Il était déjà dans les meubles lorsque je suis arrivé et je dois faire avec le personnel qu'on m'attribue.

Il laissa passer un temps de réflexion et poursuivit :

— Cependant, je dois reconnaître que Leroux est un bon flic.

— Hors l'image qu'il donne de la police, peut-être.

— Image détestable, je vous l'accorde. Mais je préfère un gros dégueulasse comme Leroux qui me fait des crânes à un gandin qui n'est même pas capable d'arrêter l'autobus.

— À qui pensez-vous, patron ?

— À quelques-uns qui se les roulent dans ce commissariat.

Il n'en dit pas plus sur le sujet. Il revint au capitaine Leroux :

— Que pensez-vous que va faire Leroux en sortant du commissariat ?

Mary haussa les sourcils :

— Rentrer chez lui, je suppose.

— Vous supposez mal. Il va aller traîner dans les bistrots du quai de la Fosse et il ne rentrera chez lui qu'ivre mort.

— Sa femme supporte ça ?

— Il y a beau temps que madame Leroux s'est fait la malle ! Leroux habite à l'année un meublé où une logeuse pas trop regardante s'occupe de son ménage.

Il ajouta d'un air dégoûté :

— Si je puis dire. Nous sommes vendredi soir, Leroux ne dessaoulera pas du week-end. Lundi à neuf heures il sera au boulot, aussi mal embouché que d'habitude, mais ponctuel. Depuis le temps que je le pratique, je commence à le connaître...

Il fit quelques pas et dit :

— Mais allez donc, ne faites pas attendre ce brave colonel.

Dans le couloir, elle sortit son téléphone portable et appela Fortin.

Le lieutenant avait récupéré sa voiture et il rentrait à Quimper.

— Bon week-end, lui dit-elle, et mes amitiés à Madeleine.

Connaissant l'affection que sa femme portait à Mary Lester, Fortin devait friser du nez devant son appareil. Elle ajouta :

— À lundi, Jipi.

— Comment ça, à lundi ?

— On poursuit l'enquête, mon vieux !

— Mais puisque Duchnoque a son assassin, qu'est-ce qu'on va revenir faire à Nantes ?

— Mon petit doigt me dit que ce n'est pas fini, Jipi. Allez, dix heures à mon hôtel lundi matin.

Elle entendit Fortin maugréer :

— Ton petit doigt... ton petit doigt...

Puis elle coupa la communication pour n'avoir pas à entendre ses commentaires désobligeants.

12

Cette fois, on était dans une voiture de police. Le lieutenant Kevin Damien conduisait parmi la circulation dense.

Le colonel se tenait raide comme des bois de justice sur la banquette arrière. Il entretenait un silence méprisant, regardant autour de lui avec dégoût. De temps en temps, dans le rétroviseur, Mary voyait frémir sa narine, comme si son sens olfactif était outragé par de mauvaises odeurs.

— Où allons-nous ? demanda Mary.

— Rue Gambetta, dit Damien. C'est là qu'habite madame Balen.

— La mère d'Adrien ?

— Oui. Elle tient une échoppe sur le marché aux fleurs place du Commerce. À cette heure, elle est au boulot ; nous ne la trouverons pas à son domicile.

— Ça ne fait rien, dit Mary, nous aurons la caution du colonel de La Martinière.

Damien siffla doucement pour montrer l'honneur qu'il éprouvait à transporter une personnalité de cette importance.

— D'ailleurs, dit Damien, nous n'irons pas chez elle à proprement parler. Adrien Balen a un logement indépendant au-dessus d'une remise où sa mère entrepose ses fleurs.

Il tapota sur sa poche et ajouta :

— Y a pas de lézard, on a une commission rogatoire en règle, le juge d'instruction l'a signée ce matin, et Balen m'a filé les clés de sa piaule.

— Quel âge a-t-il, ce Balen ? demanda Mary.

— Quarante-deux ans.

— Je l'aurais cru plus âgé.

— Ce n'est pourtant pas le boulot qui l'a usé prématurément, dit Damien, il n'a jamais rien foutu de ses dix doigts.

— Comment vit-il, alors ?

— Aux crochets de sa mère. Faut dire qu'il n'est pas net, il a été bouclé chez les dingues plusieurs fois.

Il hocha la tête d'un air entendu :

— Le monsieur a un lourd passé psychiatrique, comme on dit.

De temps en temps il regardait son passager dans le rétroviseur, mais le colonel ne semblait pas décidé à les honorer d'une seule parole. Sa bouche pincée indiquait l'épreuve qu'il subissait en compagnie de ces gens de peu.

— Pourquoi l'a-t-on relâché ?

— Paraît qu'il n'est pas dangereux.

Il ajouta :

— Enfin, aux dires des experts.

— Encore un psy qui s'est planté quelque part.

— Faut croire.

— Comment Leroux a-t-il trouvé sa trace ?

— Ah ! La bonne question ! Je t'engage à la lui poser.

Mary sourit :

— Compte tenu de l'état de nos relations, j'ai toutes mes chances de me faire envoyer au bain.

— Mais moi, je commence à le connaître, dit Damien, je sais comment il opère. Pour Balen, il a noté que plusieurs femmes s'étaient fait piquer depuis bientôt six mois.

Il ajouta :

— Comme nous tous, bien sûr, seulement, lui, il a rangé ça dans un coin de sa mémoire en attendant que ça puisse servir.

— Il te l'a dit ?

Damien eut un sourire malin.

— Il ne me dit jamais rien, mais quand il part en bordée, je fouille un peu dans son casier.

— Il ne le ferme pas à clé ?

Il se pencha vers Mary et lui dit à l'oreille :

— Si, mais j'ai un double.

Il mit le doigt sur ses lèvres :

— Eh, tu ne dis rien à personne !

— Juré. Et qu'as-tu trouvé dans ce casier ?

— Des coupures de journaux concernant le piqueur, collées dans un carnet.

— Le piqueur ?

— C'est ainsi que les journalistes l'ont appelé. Ça n'a pas fait la une des canards, je te le dis tout de suite, aucune des personnes n'a été gravement blessée jusqu'à ce que…

— Oui, dit Mary, jusqu'à ce qu'il y ait trois morts.

La conversation se poursuivait à voix feutrée si bien que le colonel, qui avait semblé à Mary un peu dur de la feuille – séquelles du son du canon sans doute –, ne pouvait rien entendre.

— Leroux, poursuivit Damien sur le même ton, a retrouvé les femmes agressées et il a pu se faire une idée de l'allure générale du fameux « piqueur ». Il a traîné sur la ligne où il semblait avoir ses habitudes et il a failli le coincer. Malheureusement, il ne court pas assez vite. Alors il a tendu son traquenard, avec mézigue dans le rôle du coureur à pied.

— Mais ça, tu ne le savais pas avant l'interpellation de Balen ?

— Non, je te dis, je l'ai su hier soir, lorsque j'ai pu fouiller le bureau de Leroux.

— Pourquoi ce goût du secret ? Il me semble qu'il pourrait au moins éclairer son équipier.

— Tu ne connais pas Leroux, il n'est rien qu'il aime autant que de se faire mousser et de tirer la couverture à lui. Et quand il peut faire passer ses collègues pour des ânes, il est ravi.

— Je m'en suis bien aperçue, dit Mary.

Ils longèrent le Jardin des Plantes. La rue Gambetta était une artère toute en longueur, construite sur un seul côté et bordée sur l'autre par un haut mur de pierres enclosant un vaste cimetière.

La voiture de police s'arrêta devant une maison de deux étages dont les fenêtres supérieures offraient une vue imprenable sur la nécropole de la Bouteillerie. Une double porte à barreaux métalliques s'ouvrait sur un porche pavé. La porte n'était pas fermée. Mary la poussa et, suivie de Damien et du colonel, traversa le passage couvert. La cour, pavée également, était close par une remise fermée par de hautes portes doubles peintes en noir.

Une vieille femme apparut, portant un seau et une balayette.

— Bonjour, madame, dit Mary, je cherche l'appartement de monsieur Balen.

— C'est là, dit-elle, montrant les portes closes.

Et elle ajouta :

— Il n'est pas chez lui. Paraît qu'il est encore chez la police !

— Qui vous l'a dit ?

— Sa mère ! On lui a téléphoné.

— Il y est souvent, à la police ?

— Dame oui dame !

Elle vrilla son index sur sa tempe :

— L'est un peu berdin, pour vous dire, et pas achallé[1] par l'travail, sûr ! Son père tout pacré[2] !

— Et sa mère ? demanda Mary, amusée par le langage imagé de la vieille nantaise.

— Dame, sa mère c'est une femme bien ! J'l'ai connue aut'fois. Elle était factrice[3] chez Decré, j'vous parle de ça tout d'suite après la guerre. Et pis elle a r'pris un étal au marché aux fleurs et à c't'heure elle y est encore, pour sûr.

— Elle doit être désolée de voir son fils ainsi.

— Oh, fit la vieille, c'est qu'elle est habituée, dame ! Et, comme elle dit : « Tant qu'il est chez les

1. *Exténué de fatigue.*
2. *Se dit de la ressemblance : le portrait de son père tout craché.*
3. *Vendeuse dans un magasin.*

dingos, il n'est pas à m'manger d'la laine su l'dos ! »
C'que vous lui voulez, au gars Adrien ?

— Juste voir sa carrée, la mère, dit Damien intervenant dans la conversation.

— Eh ben ! Allez-y donc, fit la vieille, il n'y a guère à voler là-d'dans, savez-vous ?

— On ne vient pas pour ça, dit Damien.

La vieille femme s'éloigna en marmonnant.

Elle se dirigea vers un robinet de cuivre scellé dans un mur, fit couler l'eau et entreprit de rincer son seau.

— Pittoresque, dit Mary.

— Comme tu dis.

Ils agissaient comme si le colonel n'existait pas, et lui les suivait pas à pas, comme s'il s'attendait à tout moment à tomber dans une chausse-trappe.

Damien poussa la porte et ils se retrouvèrent dans une remise, pavée elle aussi ; une odeur de végétaux en décomposition les assaillit.

— Ouah ! dit Damien. Ça fouette le cimetière, là-dedans !

— Et pourtant le cimetière, c'est en face, rétorqua Mary.

Elle trouva un interrupteur ; une ampoule poussiéreuse éclaira les lieux d'une lueur sinistre. C'était gai comme des catacombes. Contre la maçonnerie de vieilles pierres autrefois blanchies à la chaux qui avaient pris une teinte vénéneuse, il y avait des tables couvertes de vases vides. Des paquets contenant des fleurs en vrac attendaient d'être déballés. Un sécateur, une pelote de raphia, deux rouleaux de papier, l'un kraft, l'autre transparent, une boîte d'étiquettes marquées « Mariette-Fleurs ». C'était là que madame Balen confectionnait ses bouquets avant d'aller les vendre au marché. Une grosse poubelle de plastique débordait de végétaux fanés. Un escalier de bois blanc menait à l'étage. Ou plutôt une échelle meunière, car le passage était pentu et les degrés à claire-voie dépourvus de contremarches.

Mary s'effaça :

— Monsieur le colonel, si vous voulez bien nous ouvrir la route…

— Faites donc, fit le colonel d'un air dégoûté.

— Après toi, capitaine, dit Damien.

Et, s'engageant sur les talons de Mary, il se retourna et dit au colonel avec un clin d'œil complice :

— Vous savez ce qu'on dit, le meilleur de l'amour, c'est quand on monte l'escalier.

— Épargnez-moi vos plaisanteries de garçon de bains, grinça le colonel.

— Clemenceau n'avait rien d'un garçon de bains, protesta Damien, c'est une parole historique. Clemenceau, tout de même ! Le Père la Victoire !

Il eut pour toute réponse un vague grognement. Le colonel devait ruminer les phrases définitives qu'il assènerait à ces deux zozos dès qu'il leur aurait mis le nez dans leurs errements. Ce qui ne saurait tarder.

Damien sur les talons, Mary accéda à l'antre d'Adrien Balen. On était sous la charpente. Une lucarne en chien-assis s'ouvrait sur la cour. Les rampants du toit étaient bardés de larges planches peintes en blanc. Les poutres restées apparentes avaient gardé leur couleur naturelle sous une fine couche de poussière. Adrien

Balen faisait peut-être le ménage à l'église du Christ-Rédempteur, mais chez lui il le négligeait. Le sol, en larges planches lui aussi, était brut mais relativement propre. Un lit bas, défait, une grande armoire et une table avec deux chaises constituaient le mobilier d'Adrien Balen. Un crucifix de bois était accroché au-dessus du lit et au même clou pendait un rameau de buis fané ; un épais missel romain relié en cuir reposait sur une cagette de fruits en bois déroulé, reconvertie en table de chevet.

Mary ouvrit l'épais bouquin, le feuilleta et tomba sur des images pieuses au dos desquelles un cachet circulaire portait la mention « Église du Christ-Rédempteur ».

Elle se retourna vers le colonel qui, les mains dans le dos, ne perdait pas un pouce de sa courte taille.

— Connaissez-vous madame Palud ?

— Nous avons une paroissienne de ce nom, en effet.

— Celle dont je vous parle habite boulevard Guist'hau.

— Ça doit être elle. Une sainte femme. Pourquoi cette question ? Madame Palud serait-elle soupçonnée d'avoir égorgé quelqu'un ?

Le colonel faisait dans le sarcasme !

— Non, monsieur, dit Mary. Seulement, une femme victime du « piqueur » est morte à ses pieds. Comment trouvez-vous la coïncidence ?

Le colonel haussa les épaules :

— Je n'ai pas de commentaires à faire à ce sujet. À moins que vous ne souhaitiez que je vous accompagne pour une perquisition à son domicile.

— Après le sarcasme, l'ironie ? Ça va mieux, monsieur le colonel, je m'en félicite ! Non, je ne soupçonne pas cette bonne madame Palud d'avoir trucidé qui que ce soit. Je la soupçonne seulement d'avoir fermé les yeux.

— Fermé les yeux sur quoi ?

— Sur qui, devriez-vous dire. Sur le « piqueur », monsieur. Une dame fait une chute dans l'escalier, passage Pommeraye. Probablement une chute sans gravité, ou du moins, sans conséquence fatale. Et, pendant qu'elle est allongée là, inanimée, quelqu'un se penche sur elle et lui enfonce une aiguille dans le cœur. Et madame Palud qui est là, à deux mètres, ne voit rien ! Ça ne vous paraît pas surprenant ?

Le colonel gardant un silence buté, Mary poursuivit :

— Et savez-vous ce que faisait cette bonne madame Palud pendant qu'on assassinait quelqu'un devant elle ? Je vous le donne en mille : elle priait, monsieur. Elle avait son visage dans ses mains et elle priait !

— Comme ça, elle n'a vu personne, dit Damien.

— Exactement !

— Qu'y a-t-il de drôle à cela ? demanda le colonel. Madame Palud est une personne très pieuse. Elle voit quelqu'un dans la douleur et l'affliction. Que fait-elle ? Elle prie pour la victime ! N'est-ce pas naturel pour une bonne catholique ?

— Sauf, dit Mary, si elle a reconnu dans le « piqueur » Adrien Balen, ce brave, cet excellent Adrien qui balaye l'église et sert la messe quand les enfants de chœur sont au collège ! Auquel cas cette cécité momentanée lui permet de ne faire qu'un mensonge par omission. Ce n'est pas si grave, un mensonge par omission !

— Je ne peux pas croire que madame Palud… commença le colonel.

Mary lui coupa la parole.

— Et vous ne pouviez pas croire non plus que ce pauvre Adrien Balen…

Elle s'arrêta devant le grand poster d'un Christ en gloire épinglé contre les lambris, reproduction réaliste et particulièrement morbide d'un tableau sombre et blafard de l'école hollandaise.

— Viens voir, dit Damien.

Mary s'approcha. Dans le coin opposé à la fenêtre, à même le plancher, il y avait un entassement de prospectus.

— Qu'est-ce que c'est que ça ? demanda-t-elle.

— Une des spécialités d'Adrien, dit le lieutenant. Il parcourt la ville et demande des prospectus dans tous les magasins.

— Comment le savez-vous ? demanda le colonel.

— Parce que je l'ai suivi, monsieur. Croyez-vous qu'on arrête quelqu'un comme ça, de but en blanc, sans se renseigner sur ses habitudes ?

Il montra l'entassement :

— Apparemment, il en fait collection.

Mary se pencha pour examiner le tas de prospectus.

— On dirait qu'il est spécialisé dans les agences de voyages, dit-elle.

Elle ouvrit un dépliant et s'exclama :

— Ça alors !

Sur le document, une créature de rêve au sourire racoleur, allongée à demi nue au bord d'une piscine, avec un fond de mer d'émeraude et de plage blanche bordée de cocotiers.

Le lieutenant Damien se surprit à fredonner : « *sea, sex and sun...* » sous le regard réprobateur du colonel de La Martinière.

Seulement on voyait le jour à travers la belle image : l'emplacement des fesses et des seins de la plantureuse jeune femme était lacéré de petits trous.

Mary, interdite, prit un autre prospectus, puis un autre encore : toutes les silhouettes féminines étaient percées de trous d'épingles.

Damien alla en chercher sous la pile : ils présentaient tous les mêmes lacérations.

Elle se tourna vers de La Martinière :

— Qu'est-ce que vous dites de ça, monsieur le colonel ?

— Mon Dieu ! fit le colonel en esquissant un signe de croix.

— Vous parlez d'un cinglé, votre Adrien ! dit Mary. Il collectionne des prospectus et les lacère systématiquement !

Ils découvrirent également quelques catalogues des *3 Suisses* où les photos de jeunes femmes en slip et soutiens-gorge étaient piquées avec fureur.

Mary ouvrit l'armoire. Elle contenait quelques sous-vêtements soigneusement rangés, un costume, deux pantalons et une canadienne doublée de mouton. Dans le bas, deux paires de chaussures, une paire de pantoufles et une boîte en carton que Mary sortit. Elle l'ouvrit et y découvrit une baudruche dégonflée qu'elle déploya.

— Et ça ! s'exclama-t-elle.

— Qu'est-ce que c'est ? balbutia le colonel.

— Une poupée gonflable, dit Mary. Et si vous ne voyez pas à quoi ça peut servir, je peux vous la gonfler. Vous verrez qu'elle a de beaux seins et de belles fesses.

Le colonel était devenu tout rouge.

— C'est indigne, balbutia-t-il.

— Elle n'est pas en bon état ! dit Damien. On dirait qu'elle a eu la varicelle.

— Vu son métier, ce serait plutôt une maladie vénérienne, dit Mary. Je parierais pour la vérole !

En effet, la poitrine, les cuisses, le bas-ventre et les fesses de la figurine étaient constellés de rondelles roses, ce qui n'empêchait pas la jeune personne de caoutchouc de sourire béatement.

— Des rustines ! s'exclama de nouveau Mary. Ce cinglé gonfle sa poupée, il s'en sert comme d'une femme, et puis il la mutile à coups d'épingle.

— Et ensuite il la répare, dit Damien. Celle-là, on ne me l'avait encore jamais faite !

Mary montra le livre de messe sur le cageot de chevet :

— Et puis il va prier dans son lit !

Le colonel se signa de nouveau furtivement. Il ne savait plus où se mettre et il semblait implorer le ciel de lui dicter une conduite appropriée aux circonstances.

Dans le tiroir de la table, Mary trouva un carton de mercerie dans lequel étaient fichées des épingles à tête ronde d'une dizaine de centimètres de long.

— Tiens, voilà les armes, dit-elle à Damien, je saisis l'arsenal !

— Êtes-vous convaincu, monsieur de La Martinière ? demanda Mary.

— C'est odieux, balbutia le colonel toute superbe envolée. Quand je pense que cet Adrien... Cet Adrien, ce monstre, nous l'avons laissé en contact avec nos jeunes enfants...

— Ça, vous avez pris des risques, dit Mary. Mais n'exagérez rien... Un monstre, dites-vous ? Non monsieur, un malade. Un malade qu'il faut soigner.

Ils redescendirent l'escalier après avoir fermé la porte à clé.

— Mademoiselle Lester, dit le colonel d'une voix éteinte, je vous dois des excuses. Et j'en dois aussi au commissaire Graissac. Je ne suis pas en état de les lui présenter maintenant, mais assurez-le de ma visite prochaine.

— Je savais que vous étiez un honnête homme, monsieur de La Martinière. J'accepte vos excuses et je pense que monsieur Graissac serait sensible à un coup de téléphone ou à un petit mot de votre main. Où peut-on vous déposer ?

— Rue d'Allonville, s'il vous plaît. Au bout de cette rue il vous suffira de tourner à droite et puis à droite encore. Je vous indiquerai l'endroit où je veux descendre.

Il fit arrêter la voiture devant une maison à deux étages, devant une large porte peinte en blanc qui portait une pancarte annonçant qu'on était devant l'église du Christ-Rédempteur. Une pancarte plus petite annonçait les horaires des messes.

— C'est donc là votre paroisse, dit Mary.

— Oui… souffla-t-il.

Toujours bouleversé, monsieur de La Martinière traversa la rue comme un zombie, manquant au passage de se faire renverser par un cyclomoteur, et s'en fut sonner à la porte peinte en blanc.

— Il y a une église dans cette baraque ? demanda Damien.

— À en croire la pancarte, oui. Mais sinon on ne pourrait pas s'en douter.

— Qu'est-ce que ça t'inspire ? demanda Damien à Mary alors que la voiture s'éloignait.

— Ce Balen est un cinglé, dit-elle. Néanmoins, quelque chose me dit qu'il n'est pour rien dans les trois crimes. Et pourtant, dit-elle pour elle-même, il se pourrait que…

— À quoi tu penses ?

— À l'attitude de la mère Palud. Ce n'est pas net, cette affaire ! Si ça se trouve elle a bien vu Adrien Balen et elle ne veut rien dire.

— Tu comptes retourner l'interroger ?

— Pas tout de suite. En ce moment le colonel est en train de mettre l'abbé Cinabre en face des réalités.

— Qui c'est ça, l'abbé Cinabre ?

— Le curé de choc.

Damien la regarda, admiratif :

— Tu en sais, des choses ! Tu sais même son nom ?

— Je l'ai lu dans le journal hier matin.

— Ah… Et maintenant, qu'est-ce qui va se passer ?

Elle haussa les épaules, dubitative :

— Je ne sais pas comment ça peut réagir, des zigotos comme ça. Quant à Balen, je te concède volontiers que c'est un maniaque dangereux, à enfermer ! Mais on n'a pas retrouvé une épingle plus longue que celles-ci.

Elle montrait le carton trouvé dans le tiroir d'Adrien Balen.

— Il les a peut-être planquées autre part !

Mary secoua la tête :

— Non. Ce type tient son chapelet trop près de sa braguette !

Damien la regarda comme s'il doutait de sa raison :

— Que veux-tu dire ?

Elle ordonna :

— Regarde devant toi !

Damien freina en catastrophe. Un peu plus, il emplâtrait la voiture qui était devant lui.

— Merde !

— Je veux dire, fit-elle lorsque la voiture fut immobilisée, que ce type navigue entre ses pulsions et les interdits d'un catholicisme version Torquemada qui le terrorise. C'est un pauvre mec, il ne sait plus où il en est. Il a dû commencer à satisfaire sa libido avec sa poupée et quelques images lestes, ce qui ne dérangeait personne ; et puis un barjot de prédicateur sorti tout droit du Moyen Âge a enfoncé dans sa petite cervelle des images terribles d'enfer, d'interdits, de damnation. Cependant, ses pulsions sexuelles sont toujours là. Alors, il les assouvit comme par le passé et ensuite il éprouve un terrible sentiment de culpabilité qu'il reporte sur l'objet de ses désirs.

— Sa poupée gonflable, dit Damien.

— Exactement. Il a même étendu sa croisade aux images impudiques, je suppose que c'est comme ça que son inquisiteur en soutane appelle les prospectus d'agence de voyages, puis aux femmes plantureuses en qui il voit des démons envoyés par le diable pour le tenter ; et il les pique, comme il pique sa poupée gonflable.

Damien siffla admirativement :

— Tu as fait psychiatrie avant d'entrer chez les flics ?

— Dieu merci, non ! dit Mary en riant. Mais je sais additionner deux et deux.

— Qu'est-ce qu'on fait, maintenant ?

Mary sourit, le lieutenant nantais remplaçait bien Fortin. Il posait les mêmes questions.

— On retourne à l'usine, il faut qu'on rédige le compte rendu de la perquise, et, pendant que l'excellent Leroux n'est pas là, je voudrais regarder le dossier des deux autres victimes.

— Il y en a trois ! dit Damien.

— Oui mais, pour le moment, ce sont les deux premières qui m'intéressent.

13

Le bureau que Leroux partageait avec Damien empestait la fumée froide et il y flottait aussi un relent d'odeur corporelle peu engageant.

— Ce que ça pue là-dedans ! s'exclama-t-elle en ouvrant grand la fenêtre. Je me demande comment tu peux supporter ça !

— Ah, dit Damien avec philosophie, la vie est pleine de choses dont je me demande comment je peux les supporter. Et pourtant, je les supporte…

Il regarda Mary :

— Il est certain que j'aimerais mieux partager les locaux avec toi plutôt qu'avec Leroux, mais on ne m'a pas laissé le choix.

— Je m'en doute, dit-elle.

Damien posa un classeur sur la table :

— Le dossier de madame est avancé.

— Merci.

Mary ouvrit la chemise cartonnée et entreprit de feuilleter les documents sous le regard curieux de Damien.

— Qu'est-ce que tu cherches ? demanda-t-il enfin.

Elle sortit une feuille du dossier :

— Ça… Et ça, et ça…

À mesure qu'elle sortait les documents, elle voyait le visage de Damien s'allonger.

Quand elle eut extrait une demi-douzaine de feuillets, elle lui demanda :

— Tu peux me les photocopier ?

— Bien sûr, mais…

— Mais quoi ?

Il haussa les épaules d'un air de dire : « On ne me dit jamais rien ! » et résuma sa pensée en laissant tomber le dernier mot avec résignation.

— Rien !

Puis il sortit.

En son absence, Mary continua de feuilleter le dossier, s'arrêtant de-ci de-là sur des documents qui lui paraissaient intéressants, et empochant les photos des trois victimes. Lorsque Damien revint, elle replaça soigneusement les feuillets dans l'ordre où elle les avait pris.

— Voilà, ton chef ne s'apercevra même pas qu'on a fouillé son dossier.

Elle ne lui avait pas dit qu'elle avait emprunté les photos.

— Ça vaut mieux, dit Damien. Qu'est-ce que j'entendrais ! À propos, qu'est-ce que tu fais ce soir ?

Elle montra les feuillets :

— J'ai de quoi nourrir ma réflexion.

— Ne me dis pas que tu vas continuer à te pencher sur cette affaire ? C'est le week-end, Mary !

— Tu as raison, c'est le week-end. Et qu'est-ce que tu me proposes ? Une tournée en boîte ?

— Pourquoi pas ? On pourrait aller s'éclater un peu…

— Bien sûr qu'on pourrait, dit-elle. Mais voilà, j'attends Lilian…

Elle faillit rire en voyant son air déconfit.

— Lilian ?

— Lilian, oui, mon copain.

Damien s'efforça de faire bon visage.

— Ah bon… Excuse-moi.

— Il n'y a pas de mal, mon vieux !

— Il… Il est dans la police ?

— Non ! Tu me vois sortir avec un flic ? J'en vois assez toute la journée !

— Ouais… Bien sûr… Qu'est-ce qu'il fait ?

Elle faillit lui dire qu'il construisait des maisons dans les arbres, mais ça n'aurait pas fait sérieux.

— C'est un interrogatoire ? demanda-t-elle en affectant d'être fâchée. Tu es bien curieux, toi ! Tu es bien un flic !

Et, devant sa mine penaude, elle dit en riant :

— Allez, je plaisantais, Kevin, il n'y a pas de secret, Lilian est architecte.

— Ah… Bon… bon… Ben alors, salut.

— Salut, Kevin. Bon week-end, et à lundi !

Mary sortit du commissariat et, après avoir traversé la place Waldeck-Rousseau encombrée de voitures en stationnement, elle emprunta le quai Henri-Barbusse qui longeait l'Erdre. Sous le pont de la Motte-Rouge, les péniches de plaisance des Bateaux Nantais invitaient à la croisière. Mais un vent frisquet balayait le quai et les candidats au voyage étaient restés sagement au chaud.

Une passerelle métallique en dos d'âne enjambait l'Erdre pour donner accès à l'île de Versailles. Elle l'escalada et s'arrêta un instant au sommet de l'ouvrage d'art pour admirer le paysage. Mais il faisait trop froid pour s'attarder.

Sur l'île, des constructions de bois abritaient la capitainerie du port. Là encore, l'activité était réduite. À la belle saison, le lieu devait être extrêmement agréable. L'île, d'assez belles proportions, était organisée comme un jardin japonais. Les bambouseraies succédaient aux plantations de lotus grillées par le froid. De très beaux arbres, taillés d'une manière insolite, se découpaient sur le ciel gris ; des alignements de roches brutes délimitaient des espaces de terre nue en cette saison, mais qui devaient se couvrir de fleurs au printemps.

Dans les bassins, les nymphéas hibernaient sous une couche de glace épaisse qui tardait à fondre.

Elle se promit de revisiter ce jardin extraordinaire en compagnie de son ami Lilian. Une agence louait des bateaux à moteur électrique pour remonter le cours de l'Erdre dans le silence le plus complet. Cela promettait une balade magnifique qu'elle ferait à la belle saison, quand son architecte préféré serait rentré du Sud-Ouest, où il était occupé à établir une cabane à dix mètres du sol dans un grand pin, pour un viticulteur qui voulait voir ses vignes de haut.

Entre l'île et la rive nord de l'Erdre, un petit port de plaisance abritait quelques dizaines de bateaux, pour la plupart en piètre état. On eût dit, pour certains, que leurs propriétaires les avaient oubliés là, les abandonnant aux mousses verdâtres qui envahissaient coques et ponts.

Des mouettes planaient au gré du vent, lâchant de temps en temps leurs cris aigres, donnant l'illusion qu'on était dans un port de mer.

Mary prit le tramway à la station Saint-Mihiel. Au passage, elle aperçut l'énorme collecteur par lequel s'engouffraient les eaux de l'Erdre. À cet endroit, cette charmante rivière devient souterraine et coule sous le cours des 50-Otages avant de retrouver la Loire au bras de la Madeleine.

Elle descendit à la médiathèque, rejoignit le parking à étages et retrouva sa voiture. Il était temps maintenant qu'elle fasse la connaissance des deux autres victimes.

Albert Leterrier demeurait quai Marcel-Boissard à Trentemoult. Mary se repéra sur le plan fourni par l'Office de Tourisme et, se glissant dans le flot de la circulation, elle traversa l'île Beaulieu puis, par une route bordée de platanes, arriva dans un adorable petit village aux maisons basses couvertes de tuiles rouges qui l'enchanta. Il lui sembla qu'en abordant la rive sud de la Loire, elle avait quitté la Bretagne, avec ses toitures d'ardoise, pour se retrouver en pays d'Oc.

Le quai Marcel-Boissard longeait la Loire et Albert Leterrier habitait au premier étage d'une maison aux volets tirés, tout près d'un restaurant à l'enseigne de *La Piballe*.

Mary frappa à la porte, il n'y avait pas de sonnette, mais personne ne lui répondit.

Dépitée, elle s'en alla pousser la porte du restaurant, désert à cette heure, et s'installa au bar.

Un type portant un tablier de grosse toile bleue sortit de l'arrière-bar et parut surpris de voir une cliente à cette heure de la journée.

Il se passa les mains sous le robinet, les essuya en s'excusant :

— J'étais à la cave...

— Je vous en prie, dit Mary. Je peux avoir un café ?

— Bien sûr !

L'homme s'affaira autour du percolateur et présenta une tasse fumante à Mary qui posa une pièce d'un euro sur le comptoir.

Puis elle sortit de sa poche la photo d'Albert Leterrier et demanda :

— Vous le connaissez ?

L'homme considéra Mary avec perplexité, semblant se demander à quel étrange spécimen il avait affaire. Puis il se pencha en fronçant les sourcils :

— Je n'ai pas mes lunettes, s'excusa-t-il. Qu'est-ce qu'il a fait ?

— Il est mort.

— Oh, fit l'homme en se redressant, ça ne serait pas Albert ?

— Albert Leterrier, dit Mary. Gagné !

— Ce pauvre Albert !

Puis il regarda Mary :

— Vous êtes...

Elle présenta sa carte :

— De la police, oui monsieur...

— Caffino, dit l'homme, Ludovic Caffino.

— Capitaine Lester...

Il la regarda, incrédule :

— Vous êtes capitaine ?

— Oui, qu'y a-t-il de drôle à ça ?

— Euh, rien, dit l'homme en la toisant, simplement, je ne m'attendais pas… De mon temps les capitaines n'étaient pas carrossés comme vous.

— Que voulez-vous, dit Mary, on vit une drôle d'époque, hein ?

— Vous pouvez le dire, fit l'homme en continuant à l'examiner.

— Personne ne vous a interrogé après le décès d'Albert Leterrier ?

— Non. Pourquoi m'aurait-on interrogé ? demanda-t-il d'un air inquiet, comme s'il craignait que l'on portât le crime à son crédit. Je n'ai rien fait !

— Rassurez-vous, dit Mary, je ne vous accuse pas ! Je fais simplement une enquête de proximité. Alors je vais, je viens, j'essaye de me faire une idée de la personnalité de la victime à travers ses proches.

— Oh, mais je n'étais pas de ses proches ! protesta l'homme.

— Pourtant vous l'avez tout de suite appelé par son prénom !

— Bof ! fit l'homme. Il y a des tas de clients dont je ne connais que le prénom. Je ne sais même pas leur nom de famille !

— Mais pour Albert, vous le saviez ?

Après un instant de réflexion, l'homme reconnut :

— Oui.

— C'était quoi pour vous, alors ?

— Un voisin, simplement un voisin.

— Qu'y a-t-il de plus proche qu'un voisin ? demanda Mary. Peut-être même qu'il dînait chez vous de temps en temps.

L'homme concéda :

— De temps en temps.

— Voisin plus client, dit Mary, et je t'appelle par ton prénom ! Me charriez pas, vous le connaissiez mieux que vous voulez bien le dire !

Caffino haussa les épaules :

— Si on veut… Comme on connaît un type qui vient occasionnellement boire un coup avec ses copains.

— Parce qu'il buvait chez vous, en plus !

— Chez moi et chez d'autres, bougonna l'homme.

L'interrogatoire semblait commencer à l'agacer.

— Et vous l'appeliez Albert, poursuivit Mary.

— Ben ouais, j'allais pas l'appeler Lucien !

— Ça alors, dit Mary, il venait ici manger et boire, vous l'appeliez par son prénom, c'est un de vos voisins les plus proches et vous prétendez ne pas le connaître ? Je suis sûre que, en cherchant bien, vous vous souviendriez d'avoir joué aux billes avec lui à la communale !

— Sûrement pas ! protesta le barman. J'ai jamais joué aux billes moi !

— Alors, c'est à la poupée que vous avez joué !

— Non mais !

Cette fois le barman paraissait sérieusement indigné. De quelles honteuses déviations cette fliquette le soupçonnait-elle ?

— En général, dit Mary en poussant sa pièce du doigt sur le comptoir, les garçons jouent aux billes et les filles à la poupée.

166

— P't'être bien que c'était comme ça pour vous ! dit-il hargneux.

— Non, moi, j'étais un vrai garçon manqué, je jouais aux billes !

— Ça ne m'étonne pas, dit le barman, pour faire flic après...

— Il faut avoir de mauvais penchants, je vous l'accorde. Et vous, il vous appelait comment ?

— Qui ça ?

— Eh bien Albert ! Ce vieil Albert, comment vous appelait-il ?

— Ludo, dit Caffino renfrogné.

Et il ajouta :

— Tous les clients m'appellent Ludo.

— Super ! Je peux ?

— Quoi encore ? Les choses semblaient aller trop vite pour lui.

— Je peux vous appeler Ludo ?

— Pour... Pourquoi ? bredouilla-t-il.

— Parce que je suis cliente, dit Mary en montrant la tasse de café et la pièce posée sur le comptoir de Formica.

— Si... Si vous voulez.

Dans le fond, ce type devait être un timide. D'ailleurs, il commençait à bégayer.

— Alors, Ludo, revenons à Albert. Il ne venait qu'avec ses copains ?

— Non, parfois il dînait avec une femme.

— Ah, il invitait une femme ?

— J'ai pas dit qu'il l'invitait, corrigea Ludo. C'est pas pour médire, mais il était un peu serré côté porte-monnaie, l'Albert ! Pour lui faire payer un coup à celui-là !

— Alors, chacun payait sa part ?

— Ouais.

— Un vrai gentleman, dit Mary. C'était toujours la même femme ?

— Ces derniers temps, oui. Pourquoi ?

— Mon cher Ludo, dit-elle, mon métier c'est de poser des questions. Pas de répondre aux vôtres, vu ?

— Ne le prenez pas mal, dit Caffino prudent, seulement nous autres, on se demande pourquoi ce pauvre Albert est mort.

— Qui ça, « nous autres » ?

— Ben, dit Ludo avec embarras, tout le monde, les gars du coin… Tout le monde, redit-il faute de trouver mieux.

— Eh bien ! Moi aussi ! Et en plus, je cherche l'assassin.

— Si vous pensez le trouver ici… dit Ludo d'un air dubitatif. Il prit un verre qu'il se mit à astiquer avec vigueur, plus pour se donner une contenance que parce que le malheureux godet nécessitait ce récurage intensif.

— Il faut bien que je cherche quelque part ! dit Mary en sortant la photo d'Angèle Puy de sa poche.

— S'agit-il de cette personne ?

— Pour le coup, il faut que je prenne mes lunettes car je suis un peu bigleux.

— Faites, je vous en prie.

Elle but son café pendant que Ludovic Caffino allait chercher ses bésicles. Lorsqu'il revint, des petites

168

lunettes rondes sur le bout du nez, il prit la photo des mains de Mary, l'examina longuement et dit :

— Elle n'est pas mal, hein ?

Mary s'impatienta :

— Je ne vous demande pas vos impressions esthétiques ! L'avez-vous vue avec Albert Leterrier ?

— Ben ouais. C'était sa copine.

Que cette phrase fut douce aux oreilles de Mary Lester ! Le lien, le lien qu'elle cherchait, elle venait de le trouver.

— Ce qui m'a étonné, ajouta l'homme, c'est que depuis, elle ne soit jamais venue rendre visite à la mère d'Albert. La pauvre femme, elle n'arrive pas à se remettre de la mort de son fils.

— Parce que Leterrier habitait chez sa mère ? demanda Mary.

— Oui, là, juste à côté.

— J'ai frappé, il n'y a personne.

— Ah, vous le saviez ! fit Caffino en prenant l'air finaud de celui à qui on ne la fait pas.

— Je savais qu'il habitait là. Je ne savais pas que c'était chez sa mère.

— Ah bon !

L'homme regarda la pendule, derrière le bar.

— À cette heure, elle est au cimetière. Elle y va tous les jours après le déjeuner. Elle y passe l'après-midi, elle lui parle, paraît-il.

Il fit une grimace et dit en se frappant la tempe de l'index :

— Je crois qu'elle dévisse un peu. C'est peut-être pour ça que la copine d'Albert n'est pas venue la voir.

— Non, dit Mary, elle doit fréquenter un autre cimetière.

— Pourquoi irait-elle dans un autre cimetière puisque Albert est à Rezé ? demanda l'homme en roulant des yeux ronds.

— Pour la meilleure des raisons, mon vieux Ludo, parce qu'elle y est enterrée !

De saisissement, l'homme lâcha le verre qu'il essuyait machinalement dans la plonge où il se brisa.

— Dommage, dit Mary en regardant dans le bac, un verre si bien nettoyé !

— Elle est morte ? demanda Ludo.

Tout à son émotion, il ne paraissait pas avoir entendu la réflexion de Mary.

— C'est rare qu'on enterre quelqu'un de vivant.

Cette fois, le barman eut l'air scandalisé :

— Franchement, vous avez de ces réflexions !

Puis il la regarda d'un air entendu :

— Vous me faites marcher !

— Non, mon bon Ludo, je ne plaisante pas quand je vous dis qu'Angèle Puy est morte.

Et, comme le barman restait coi, elle ajouta :

— Car elle s'appelait Angèle Puy, au cas où vous ne le sauriez pas.

— Bon Dieu ! dit l'homme en joignant les mains. Mais comment…

— Figurez-vous qu'on lui a enfoncé une aiguille dans le cœur.

L'homme parut horrifié :

— Comme à Albert ?

— Comme à Albert, sauf que lui, c'était dans l'œil.

L'horreur fit place à l'accablement. Ludovic Caffino cligna des yeux comme si c'était dans ses globes oculaires qu'on avait plongé la tige d'acier. Puis il recula, approcha un haut siège de bar et s'assit. Machinalement il saisit un verre, y versa une rasade de cognac qu'il but d'un trait.

Mary sortit alors la photo de Corinne Pagès :

— Et celle-là, vous la connaissez ?

Le barman semblait avoir du mal à reprendre son souffle.

— Dites donc, fit-il, vous en avez encore beaucoup en réserve ?

— C'est la dernière. Alors ?

Le barman scruta la photo, puis regarda Mary en secouant la tête :

— Non, inconnue au bataillon !

Il regarda Mary :

— Ne me dites pas…

— Qu'elle est morte ? Si, Ludo, elle est morte elle aussi. Une aiguille dans le cœur.

— Comme…

— Comme Angèle, oui, mais à elle on a enfoncé l'aiguille dans la poitrine, tandis qu'à Angèle on l'a enfoncée dans le dos.

— Le résultat est le même, hein, dit le barman en se reversant une rasade de cognac.

— Ça ! On peut le dire, fit Mary.

Ludo tendit le goulot de la bouteille vers Mary :

— Vous en voulez ?

— Non, merci.

— Moi, il me faut un coup de fort. Quand on me balance des histoires comme ça sous le nez...

— Ce ne sont pas des histoires, mon vieux Ludo, dit Mary gravement. Même si elle est tragique, ce n'est que la vérité.

Caffino regarda Mary comme s'il y avait tromperie sur la marchandise et dit avec reproche :

— Vous n'avez pourtant pas une tête à raconter de telles horreurs !

— Pfff... dit Mary, si vous saviez ce dont je suis capable, avec ma tête de jeune fille comme il faut !

Il la regarda avec méfiance, puis avala son verre cul sec et frissonna. Mary s'était levée et s'apprêtait à partir. Elle revint vers le barman qui écrasait au long de son nez une larme que la brûlure de l'alcool lui avait tirée des yeux :

— Une dernière question, mon ami Ludo, une vieille dame aux cheveux gris, ça vous dit quelque chose ?

— Des vieilles dames aux cheveux gris, c'est pas ça qui manque !

Il avait du mal à parler, le cognac devait encore lui brûler la gorge. Il respira avec peine et ajouta :

— Tiens, justement, en voilà une ! dit-il avec un mouvement de tête vers la rue.

Mary vit une petite dame en noir un peu voûtée qui passait.

— Vous la connaissez ? demanda-t-elle.

— Je pense bien, c'est la mère d'Albert Leterrier !

— Bon Dieu !

Elle se précipita au dehors comme la vieille dame s'approchait à petits pas. Elle attendit sur le seuil du

172

restaurant que madame Leterrier prenne sa clé dans son sac et elle se tourna vers le barman qui la regardait comme s'il était fasciné :

— Vous deviez sortir cet après-midi, Ludo ?

— Oui, dit le barman, quelques courses à faire. Pourquoi ?

— Alors, allez-y à pied !

— Pourquoi ? redit-il bêtement.

— Pour vous faire marcher, comme vous dites.

Le barman s'insurgea :

— Et pourquoi que je marcherais ? J'ai une bagnole, c'est pas pour aller à pied !

Mary montra la bouteille sur le bar :

— Cognac.

Il fronça les sourcils :

— Quoi ?

— Cognac !

Elle fit mine de souffler dans son pouce avant de dire sur le ton de la confidence :

— Il y a des contrôles biniou sur toute l'agglomération nantaise !

— Acré fi d'garce ! dit l'homme catastrophé. Comment que vous savez ça ?

Madame Leterrier avait introduit sa clé dans sa serrure. Mary sortit, se retourna vers le barman d'un air malicieux :

— Je suis de la police, non ?

14

Madame Leterrier venait d'ouvrir sa porte. La pauvre vieille n'avait pas les gestes très vifs et, en la regardant faire, Mary eut l'impression de voir un film au ralenti. Elle s'approcha avant que madame Leterrier ne referme son huis de grosses planches où la peinture verte cloquait et tombait par plaques entières.

— Madame Leterrier ?

— Oui.

Mary présenta sa carte :

— Police. Je peux vous voir quelques instants ?

La vieille dame mit un moment à répondre. Elle examina Mary de ses yeux bleus tout délavés, regarda la carte sans la voir et demanda :

— Pourquoi ?

— Quelques questions à vous poser.

Madame Leterrier leva les épaules d'un air résigné :

— Entrez.

Son couloir était pavé de grosses dalles de pierre grise creusées en leur milieu. On avait peint les cloisons de planches mal jointes en deux tons de vert, une teinte foncée dans la partie basse, jusqu'à un mètre du sol, et une couleur plus claire jusqu'au plafond. L'empoutrement, comme le plancher du dessus, avait été blanchi à la chaux. Au fond de cette entrée, un escalier de bois blanc qui, vu sa couleur délavée, avait dû être lessivé moult fois à l'eau de Javel.

Madame Leterrier défit son manteau et l'accrocha à une patère de bois fixée dans la cloison par des vis aux têtes rouillées. D'autres portemanteaux supportaient un imperméable, des cirés et même un béret basque.

Une paire d'avirons vermoulus, suspendue à la cloison, faisait face aux portemanteaux. Mary était prête à parier qu'ils n'avaient pas trempé dans l'eau depuis des lustres et que ce n'était pas avec ces outils qu'on aurait remonté l'estuaire contre le courant.

Enfin, la vieille dame poussa la porte qui menait à sa cuisine. Des murs chaulés, une cheminée ancienne dans laquelle on avait installé une cuisinière à charbon, un évier jaunâtre et écaillé dans lequel gouttait un gros robinet de cuivre vert-de-grisé, une table de bois blanc, un banc et quatre chaises disparates dont les fonds paillés s'en allaient en épis ; l'installation de madame Leterrier eût fait piètre figure au concours « belle cuisine » de La Maison Française !

Une plaque émaillée avec deux feux était posée sur un support peint en blanc et on apercevait, derrière le rideau de toile cirée mal tiré qui cachait le bas du meuble, une poubelle en plastique et le bleu métallique d'une bouteille de gaz.

— Il y a longtemps que vous habitez ici ? demanda Mary.

— J'y suis née. C'est mon arrière-grand-père qui a fait bâtir la maison, dit madame Leterrier.

Elle parlait d'une voix basse, aussi éteinte que l'éclat de ses yeux bleus.

— Il était pêcheur sur la Loire. Et mon père aussi. Mais asseyez-vous donc...

Mary se posa sur une chaise un peu branlante. Heureusement que Fortin n'était pas là, son quintal eût transformé la chaise en petit bois.

— En ce temps-là, dit la vieille dame, il y avait de l'alose, et puis du saumon. Et aussi de la civelle. Et des anguilles donc ! Quand ils posaient leurs verveux sous Cheviré ou dans le bras du Botty, ils les remontaient pleins à craquer.

Elle eut un geste découragé de la main.

— Maintenant... Maintenant y a plus rien !

— Il y a toujours la Loire, dit Mary en regardant le grand fleuve qui coulait, paisible et impétueux, sûr de sa force, sous les fenêtres de madame Leterrier.

— Ça, on n'a pas pu nous l'enlever ! dit la vieille dame. Mais « ils » ont fermé les chantiers ! Mon homme n'était pas pêcheur. Il était soudeur chez Dubigeon à Chantenay, juste en face.

Elle montrait de la main l'autre rive de la Loire.

— C'était commode, il prenait le passeur pour aller pointer. Les gars, ils venaient de loin pour prendre le roquio ! Parfois de Bouguenais, de Pont-Saint-Martin. Ils venaient à vélo, et ils garaient leurs machines chez la mère Leray. Ah, des fois l'hiver, quand il y avait les crues, ça n'allait pas tout seul. Mais le passeur, un ancien pêcheur de Cheviré, connaissait bien son affaire : jamais il n'a perdu un passager en route, même quand il avait un coup dans la pipe.

Elle soupira et ajouta :

— Ce qui lui arrivait plus souvent qu'à son tour, le pauvre homme ! Soudeur c'était un bon métier, bien payé. Mon homme s'y plaisait bien, chez Dubigeon. Et puis les chantiers ont fermé en 1987 et mon mari est mort. Il n'a pas vu ses soixante ans.

Madame Leterrier disait cela de telle manière qu'on aurait pu croire que les deux événements étaient liés. Peut-être l'étaient-ils, d'ailleurs. Elle se tenait devant sa fenêtre, regardant sans le voir le fleuve en crue dont les flots impétueux affleuraient les quais de vieille pierre, tortillant machinalement entre ses doigts ridés un bout de son tablier noir.

— Vous connaissiez l'amie de votre fils ? demanda Mary.

La vieille dame ne parut pas l'entendre. Devant ses yeux, en même temps que s'écoulaient silencieusement les masses d'eaux limoneuses en partance vers la mer, se déroulait le film de sa vie.

— Mon père était un Aubin, dit-elle d'une voix monocorde, Aubin-Normandie comme on disait alors.

— Vous êtes d'origine normande ? demanda Mary.

— Non pas ! Je suis de Trentemoult-les-Îles, car quand on a fait bâtir cette maison, Trentemoult était encore une île. Mon grand-père a été matelot sur le paquebot *Normandie* et, à cette époque-là, on ajoutait au nom propre le nom du bateau sur lequel le marin servait. Avouez qu'il n'en aurait pas pu trouver de plus beau !

— Assurément pas ! dit Mary. C'est lui qui est là ? demanda-t-elle en montrant la cheminée.

177

Au-dessus du linteau de bois noir, une planche sur laquelle était peint de manière naïve le plus beau paquebot du monde.

La vieille dame hocha la tête silencieusement.

— C'est mon mari qui l'a peint, dit-elle fièrement.

Mary admira comme il convenait, marquant son approbation en hochant la tête, puis elle demanda :

— Vous avez d'autres enfants ?

— Oui, trois filles qui se battent déjà pour savoir qui aura la maison après moi. Mais je vais vous dire, elles n'auront point assez de sous pour racheter leur part. La maison s'en ira à un « survenu ».

— Un quoi ? demanda Mary, pas sûre d'avoir bien entendu.

— Un « survenu », un de la ville, quoi. Il n'y a plus que les survenus qu'ont assez de sous pour acheter à Trentemoult maintenant. D'ailleurs, il n'y a plus de « natifs ». Ils s'en vont tous au cimetière les uns après les autres. Pourtant quand j'étais jeune, personne n'en voulait de nos maisons ! Soi-disant que c'était un quartier d'ivrognes et de voyous. Et pourtant, ils étaient bien contents, les bourgeois de Nantes, de prendre le roquio les dimanches d'été pour venir se baigner à Beaurivage ou au Trou à Lisette et danser au son de l'accordéon dans les guinguettes, en mangeant des fritures de la Loire et en buvant du muscadet !

— C'était le bon temps, dit Mary.

— Oh oui, dit la vieille dame, les yeux pleins d'extase. C'est toujours le bon temps que celui de sa jeunesse !

178

Elle racontait bien, cette brave madame Leterrier, c'était presque du Maupassant !

Elle soupira :

— Mais je ne vais point m'agamenter[1] sur ce qui se passe maintenant puisqu'on n'y peut rien !

Elle regarda Mary en essayant bravement de sourire :

— C'est comme ça !

Décidément, l'interrogatoire n'allait pas comme Mary l'aurait souhaité, mais elle était sous le charme de cette évocation d'un passé si proche encore, et pourtant irrémédiablement révolu.

Elle sortit une nouvelle fois la photo d'Angèle Puy de sa poche :

— Connaissez-vous cette personne ?

Madame Leterrier examina le portrait avec bonne volonté, se penchant jusqu'à placer ses yeux à vingt centimètres de la photo, puis elle se redressa :

— Je ne l'ai jamais vue.

— C'était l'amie de votre fils...

Elle eut un vague geste de la main :

— Mon fils... Il est mort.

Elle écrasa une larme :

— Il est mort, mon Albert, « ils » me l'ont tué.

— Qui ça, « ils » ? demanda Mary.

À nouveau la vieille eut ce même geste vague de la main. « Ils ». Ceux qui nuisaient aux pauvres gens, qui avaient chassé les aloses de la Loire, fermé les chantiers Dubigeon et, enfin, tué Albert Leterrier. « Ils », les malfaisants qu'on ne voit jamais mais qui sont derrière

1. *Se lamenter.*

tous les coups sournois assénés au populo. Ceux du gouvernement, de la mairie, de la politique, les patrons, les « gros » en un mot… Ce n'étaient pas les forces mauvaises qui manquaient dans les coulisses de la vie.

Mary tenta de revenir sur un terrain plus concret.

— Albert ne vous avait jamais parlé de son amie ?

Madame Leterrier secoua la tête négativement. Les fréquentations de son gars ne semblaient pas la préoccuper outre mesure.

— Il habitait au-dessus ?

Mary montrait le plafond.

— Au-dessus, oui.

— Je peux voir sa chambre ?

— Si vous voulez, c'est la porte en face de l'escalier. Elle ajouta :

— Je ne monte pas, mes jambes…

La chambre d'Albert Leterrier ressemblait comme une sœur à celle d'Adrien Balen avec cet avantage, tout de même, de ne pas sentir le bac à ordures de cimetière et d'avoir une vue imprenable sur la Loire.

Le lit était fait, l'armoire bien rangée et, en guise de décoration, il y avait des posters aux murs, des affiches de films : *Danse avec les loups* cachait tout un panneau, un autre pan étant couvert par *La Reine blanche*, film culte de la région, qui avait été tourné à Trentemoult en 1991.

Des photos grand format en noir et blanc étaient punaisées aux murs, toutes dédicacées : les portraits de Catherine Deneuve, Richard Bohringer, Jean Carmet, Bernard Giraudeau, les acteurs vedettes du film.

Des étagères contenaient des livres, essentiellement des romans policiers en format de poche.

Il n'y avait pas grand-chose d'autre à voir, pas de poupée gonflable dissimulée sous le lit ou sur l'armoire et la photo de la Reine blanche en déshabillé était intacte : nul maniaque ne s'était acharné sur les formes pleines de Catherine Deneuve avec une aiguille. Albert, il est vrai, avait une amie en chair et en os et n'avait pas besoin de recourir à des ersatz de caoutchouc.

Mary redescendit. Madame Leterrier avait entrepris de moudre du café dans un de ces antiques moulins qu'on ne trouve plus de nos jours que chez les brocanteurs. Assise sur une chaise, le moulin coincé entre les cuisses, elle tournait la manivelle machinalement, sans entrain, en regardant devant elle, dans le vague. À l'allure où elle opérait, elle en avait pour le reste de l'après-midi.

Elle s'arrêta en voyant Mary entrer dans la cuisine.

— J'allais faire du café...

— Ne vous donnez pas cette peine, dit Mary, il faut que je m'en aille.

— Ah... dit madame Leterrier sans plus protester que lorsque Mary était entrée. Elle n'avait pas cherché à l'empêcher d'entrer, elle ne la retenait pas. Et elle ne s'offensait pas parce qu'on refusait son café. Elle subissait la vie.

— Une dernière chose, madame Leterrier, le Christ-Rédempteur, ça vous dit quelque chose ?

— Le quoi ? fit la vieille dame en plissant le front.

— Le Christ-Rédempteur... Vous en avez bien entendu parler au catéchisme ?

— Quel catéchisme ?

Elle s'était soudain réveillée. Sa voix s'était faite plus vive, presque incisive :

— Ici, à Trentemoult, personne n'allait au catéchisme ! On n'aimait pas les curés, ça non ! On était des « rouges », et il n'y avait même pas d'église ! Sauf qu'en cinquante, « ils » ont essayé d'en faire une, mais il n'y a jamais eu personne à y aller. Elle a fini par tomber en botte !

Et elle ajouta fièrement :

— Oh, mais c'est qu'on n'était pas bien vus des calotins d'en face !

Et elle montrait du pouce la rive opposée de la Loire, Nantes, où l'on trouvait la chapelle du Christ-Rédempteur et son curé portant sa soutane comme un étendard.

Mary fut surprise par sa véhémence soudaine. Cet anticléricalisme viscéral qui datait de plusieurs générations avait rendu toute sa vigueur à madame Leterrier.

Mary sortit après l'avoir remerciée. Était-elle plus avancée ? En termes d'éléments concrets, probablement pas. Mais une enquête, du moins en avait-elle l'intime conviction, n'est pas faite uniquement d'éléments concrets.

Le capitaine Leroux aurait probablement fait les gorges chaudes de son approche du problème et de ces subtilités féminines dont une police bien comprise, donc une police composée d'hommes, n'avait que faire. Ne tenait-il pas un coupable en la personne du pauvre Adrien Balen ? Un coupable, Mary en était sûre, qui allait avouer tout ce qu'on voudrait car il ne savait même pas ce dont il était accusé. Un esprit fragile et vulnérable, terrorisé par Chapeau de ciment comme il l'avait été par son directeur de conscience en soutane. Il ne fallait toutefois pas oublier que Balen était un maniaque dangereux, qu'il était urgent de mettre hors d'état de nuire. En cette affaire, Leroux s'était révélé parfaitement efficace.

Maintenant, qu'on veuille mettre trois meurtres à son crédit, c'était faire porter un chapeau trop grand à sa pauvre tête folle.

Des mouettes jouaient sur l'eau, au-dessus d'une grosse grue métallique peinte en gris, campée sur ses quatre pieds et qui se reflétait dans la Loire.

Un gros porte-conteneurs s'était mis en travers du fleuve. Accoudés à une belle rambarde refaite à l'ancienne, quelques retraités de la marine commentaient la manœuvre.

Mary vint s'accouder près d'eux.

— Il fait demi-tour ? demanda-t-elle.

Les retraités la regardèrent et l'un d'entre eux lui dit malicieusement :

— Oui, il y a beau avoir de l'eau, il aurait du mal à remonter jusqu'à Angers !

Et un autre renchérit :

— Elle a l'air de s'y connaître, la petite demoiselle !

— C'est un porte-conteneurs, n'est-ce pas ? dit-elle, négligeant l'ironie du propos.

— En effet, dit son voisin en la regardant avec plus d'attention. Comment le savez-vous ?

— Les portiques, dit-elle, et il reste encore quelques boîtes en pontée. Il est presque lège, sa ligne de flottaison est bien à trois mètres au-dessus de l'eau. Je suppose qu'il a déchargé le plus gros de sa cargaison…

— Ben dites donc, vous paraissez en connaître un bout sur la question ! dit le bonhomme abandonnant toute intention railleuse.

Elle lui sourit :

— Et pour cause ! Mon père a commandé des bateaux comme ça pendant toute sa carrière.

— Je comprends mieux. Vous êtes de Trentemoult ? Je ne vous ai jamais vue.

— Non, du Finistère.

— Ah… Et il s'appelle comment, votre père ?

— Jean-Marie Le Ster.

— Ah… redit-il.

Et, se tournant vers les autres, il demanda :

— Vous avez connu un commandant Le Ster ?

— Ouais, dit l'un d'eux, c'était mon pacha sur l'*Ocean Glory*. J'étais second mécanicien…

L'homme devait avoir une soixantaine d'années mais il en paraissait dix de plus. Ses cheveux grisonnaient aux tempes et un nez turgescent dont les teintes violines annonçaient un goût prononcé pour les boissons fortes.

— Comment vous appelez-vous ? demanda Mary.

L'homme ôta sa casquette et dit, en tendant une main crevassée à Mary :

— Gabriel Cormet, pour vous servir. Rendez donc le bonjour au commandant Le Ster à l'occasion. Va-t-il bien ?

— Parfaitement bien, je vous remercie.

— Et qu'est-ce qu'il fait ?

— Comme vous, il regarde les bateaux entrer et sortir du port. Et comme vous, je suppose, il regrette l'époque où il était à bord au lieu d'être à quai.

Les hommes hochèrent la tête d'un air entendu et l'un constata avec mélancolie :

— La roue tourne !

— Les bateaux qu'il voit ne sont pas aussi gros que ceux-ci. Ce sont des chalutiers de Loctudy. Et puis il va à la pêche, de temps en temps.

— Ah, il est à Loctudy, dit l'ex-second mécanicien.

— Non, rectifia Mary, à l'Île-Tudy, juste en face. Et vous, monsieur Cormet, vous êtes de Trentemoult ?

— Né natif, dit fièrement l'homme en se tapant sur la poitrine comme s'il avait accompli un formidable exploit en voyant le jour sur l'île. Mais, si vous rendez le bonjour au commandant, dites-lui que c'est de la part de Gaby « casse-pattes ». Monsieur Cormet, ça ne lui dirait rien !

Mary promit et dut serrer la main aux quatre vieux avant de s'éloigner.

Elle entendit Gaby « casse-pattes » dire à ses copains :

— Un fameux lapin que ce pacha-là ! Un soir, dans une boîte de Singapour, on est tombés sur une bande de Norvégos qui voulaient nous allumer. Heureusement Jean-Marie est arrivé ! Il en a descendu deux à coups de bouteille et…

Un remorqueur meugla et Mary n'entendit pas le reste. Elle s'éloigna en souriant. Elle ne manquerait pas de rappeler ce bon souvenir à son papa qui, tel d'Artagnan, volait au secours de son équipage en perdition dans les beuglants de Singapour et que ses hommes appelaient affectueusement « Jean-Marie ».

Poussé par le remorqueur et aidé par le courant, le porte-conteneurs haut comme une barre d'immeubles tournait lentement dans la zone d'évitage devant Trentemoult.

La peinture sous-marine des œuvres vives dégagées de l'eau par son délestage apparaissait en ocre rouge sous le haut de coque de couleur noire. Le château, peint en blanc et reculé sur l'arrière du navire, s'élevait à vingt mètres au-dessus de l'eau. Là-haut, tout là-haut, à la passerelle, un commandant surveillait attentivement la manœuvre.

À nouveau elle pensa à son père avec affection, sachant bien pourtant qu'ils ne manqueraient pas de se disputer dès leur prochaine rencontre.

Lorsque le bateau fut mis dans le sens de la sortie, un panache de fumée noire s'échappa de sa cheminée, trois longs coups de sirène troublèrent un instant le calme des quais et, porté par le courant, le grand navire prit de l'erre en direction de l'océan.

Les vieux matelots le regardaient s'éloigner avec une sorte de fascination nostalgique et Mary n'entendit qu'un mot porté par la brise marine venant de l'estuaire : Rotterdam.

Peut-être l'*Atlantic Cavalier* – elle pouvait maintenant distinguer son nom – allait-il à Rotterdam, en effet.

15

L'assistante sociale Angèle Puy n'avait pas laissé, dans son immeuble, un souvenir impérissable. Mary s'était cassé le nez sur la plupart des seuils. Ici personne ne semblait connaître ses voisins, et surtout personne ne paraissait désireux d'en parler. Au coup de sonnette, les portes s'entrouvraient sur des visages méfiants, et quand ils entendaient « police », elles se refermaient irrémédiablement. Seule une personne habitant le rez-de-chaussée avait avoué à Mary que : « Au moins maintenant elle pouvait dormir le matin. »

Angèle Puy était, de son vivant, l'heureuse propriétaire d'un véhicule à moteur Diesel particulièrement bruyant et nauséabond qu'elle laissait chauffer longuement chaque matin avant de se rendre à son travail.

Madame Véronique Lebrun faisait partie de l'équipe de nuit des nettoyeuses de wagons à la gare de Nantes. Elle logeait au rez-de-chaussée et bénéficiait ainsi chaque matin des claquements de soupapes et des émanations de gas-oil brûlé pendant un bon quart d'heure, ce qui suffisait à lui gâcher sa journée.

Quand on est originaire d'une île où le réveil est annoncé par les savantes roucoulades des bengalis et autres oiseaux de paradis, la transition est rude. Et les

187

émanations de gas-oil brûlé ne valent pas, et de loin, les fragrances des frangipaniers.

En dépit de réclamations polies, puis plus insistantes, la dame Angèle Puy n'avait jamais consenti à modifier ses habitudes, ce qui perturbait fort le premier sommeil de la voisine.

Était-ce une raison suffisante pour l'épingler dans une voiture du tramway ? Mary n'y croyait guère. D'autant que Véronique Lebrun était une robuste Martiniquaise arborant, dans un sourire éblouissant, une dentition à faire la fortune d'une publicité pour dentifrice. Un visage plein de soleil, digne de figurer sur l'étiquette d'une bouteille de rhum agricole de son pays, et non sur un avis de recherche.

— On ne veut du mal à personne, n'est-ce pas madame, avait-elle conclu de son accent chantant, mais au moins maintenant, je dors bien. Tout de même, quand je pense que des gens comme ça exercent le métier d'assistantes sociales…

A priori, c'était en effet une profession faite pour aider les gens. *A priori*… Bah, il y avait bien des Leroux dans la police.

Bon, dit Mary en sortant de l'immeuble, il y en a au moins une qui est satisfaite de la disparition d'Angèle Puy. Pour autant, elle était à mille lieues de soupçonner une éventuelle culpabilité de Véronique Lebrun dans la fin tragique de l'assistante sociale au comportement asocial.

Avant de rentrer à son hôtel, elle fit une escale dans un magasin de reprographie où elle fit tirer des reproductions laser des photos des trois victimes.

Puis elle fit un détour par l'hôtel de police et monta subrepticement jusqu'au bureau qu'on lui avait attribué. Les couloirs étaient déserts. En cette fin de journée de fin de semaine, les officiers qui n'étaient pas de service avaient regagné leurs pénates et les gardiens, en attendant la fièvre du samedi soir, se détendaient en tapant le carton dans l'arrière-salle.

Elle s'en fut jusqu'au bureau de Leroux, frappa sans qu'on lui répondît. Elle entra, ferma la porte derrière elle et examina la pièce. Les tiroirs du bureau du capitaine étaient fermés à clé, rien à faire de ce côté-là. Mais une gabardine était pendue au portemanteau derrière la porte. Elle n'eut pas trop à s'approcher pour la flairer, cette odeur mêlée de tabac et de sueur aigre ne pouvait appartenir qu'au capitaine Leroux.

Elle prit les trois photos qu'elle avait subtilisées dans le dossier fermé à clé, les essuya soigneusement avec un mouchoir en papier et les mit dans la poche intérieure du vêtement.

Puis elle ouvrit, s'assura qu'il n'y avait personne dans le couloir et sortit du commissariat le plus anonymement du monde.

Ceci fait, par le tramway – décidément elle devenait une bonne cliente –, elle regagna son hôtel d'un pied léger.

Ce qu'elle avait préparé contre son collègue s'appelait vulgairement « un tour de cochon ». Mais Leroux avait du vice. Et contre le vice, Mary était convaincue qu'il fallait plus de vice encore. Bref, il n'était pas mauvais de se prémunir contre une entourloupette du caïd de ce commissariat. Après tout, s'il ne lui cherchait pas de poux, l'affaire en resterait là… Sinon, ce n'était que de la légitime défense.

Non, elle n'avait aucun scrupule, aucun remords… Elle alluma la télé, regarda distraitement les informations, se rafraîchit et se changea.

Puis elle sortit et dîna dans un petit restaurant du centre-ville.

Ensuite, elle s'en fut au cinéma.

Lorsqu'elle revint, elle avait un message du patron sur son répondeur. « La barbe, se dit-elle, qu'y a-t-il encore de cassé ? »

Il n'y avait rien de cassé, hors la cheville de Sonia de Villeroche. Et encore, n'était-ce qu'une grosse foulure, mais elle mettait en péril la partie de scramble en double mixte que Graissac devait disputer le lendemain matin au golf du Bois-Joli, à La Baule, avec cette même Sonia de Villeroche.

Le commissaire était très contrarié.

— Pourriez-vous me rendre le service de faire équipe avec moi ? demanda-t-il à Mary. Je sais que c'est un peu cavalier de vous solliciter ainsi, au débotté, mais vraiment, cette pauvre Sonia… Et puis, ça va chambouler tout le tableau !

Mary ne lui demanda pas qui était cette « pauvre Sonia », elle protesta pour la forme :

— Depuis le temps que je n'ai pas joué ! Je serai plus un handicap qu'autre chose ! Et puis, je n'ai même pas de clubs !

— Sonia ne verra aucun inconvénient à vous prêter sa série…

Le commissaire semblait décidé à réfuter toutes ses objections. Et comme Mary n'avait rien prévu pour ce dimanche, elle finit par accepter.

Le commissaire Graissac passa la prendre à son hôtel vers onze heures, ils déjeunèrent rapidement au club-house du golf et entamèrent leur parcours à treize heures quarante-cinq.

Mary retrouva les greens avec plus de plaisir qu'elle ne l'aurait cru et, bien que manquant sérieusement d'entraînement, elle réussit quelques coups de bonne facture qui permirent à son équipe de prendre la troisième place de la compétition. Ainsi furent-ils gratifiés d'un superbe parapluie publicitaire chacun et Graissac parut aussi fier de son lot que s'il avait gagné une étape de montagne dans le Tour de France.

Après la remise de prix, il invita derechef son équipière à dîner au club-house où un repas plus roboratif que celui de midi avait été préparé à l'intention des compétiteurs.

Sonia de Villeroche, la cheville bandée et se déplaçant avec deux cannes anglaises, les avait rejoints. C'était une quadragénaire à la rousseur flamboyante, qui se disait journaliste au *Madame Figaro*, à la rubrique « décoration ».

Elle traitait Mary avec la gentillesse condescendante de l'aristo pour le manant. Mary, dans un bon jour, accepta d'un front serein cette magnanimité.

Elle se paya même le luxe d'offrir à la journaliste le parapluie qu'elle venait de gagner et que la belle rousse accepta avec force minauderies.

À ce jeu, Mary Lester ne craignait personne :

— Mais je vous en prie… Faites-moi plaisir… C'est bien le moins… Si vous aviez pu jouer, vous auriez sûrement apporté la première place au commissaire.

Et l'autre :

— Mais non, je n'en ferai rien ! Vous avez merrrr-veilleusement bien joué ! Quel est votre classement ?

Et, sans attendre la réponse, elle revenait à Graissac qui buvait du petit-lait :

— N'est-ce pas, Jean-Albert, qu'elle a merrrrveil-leusement bien joué !

Le bon commissaire avait l'air à la fois niais et fiérot du sexagénaire qui sort une femme ayant l'âge d'être sa fille. Et en plus, il s'appelait Jean-Albert !

Mais c'était un petit jeu dont Mary se lassait vite. Ce monde superficiel, cette esbroufe permanente, ces phrases creuses et niaises énoncées comme des oracles commençaient à lui peser. Elle n'avait jamais pu s'y habituer et elle aurait volontiers donné son parapluie, celui de Graissac, les quenelles de brochet au beurre blanc et les profiteroles au chocolat par-dessus le marché, pour être chez elle, venelle du Pain-Cuit, devant son feu de bois, à manger une tranche de jambon en tête à tête avec Mizdu et Mozart.

Heureusement que le commissaire, probablement pressé d'aller prodiguer ses bons soins à la cheville de sa flamboyante amie, ne joua pas les prolongations.

Après une nouvelle bordée de remerciements excessifs assortis de compliments dithyrambiques, il déposa Mary à l'hôtel *Graslin* en lui disant sobrement : « À demain, capitaine ! »

Tiens ! Sortie des limites du golf, Mary perdait de son utilité et choses et gens retrouvaient leur vraie place, comme par magie.

Revenue à sa chambre, Mary se sentit lasse de cette bonne fatigue que procure l'exercice en plein air. Elle prit un bain moussant en écoutant *Così fan tutte*, puis elle se coucha avec le deuxième tome de *Vingt ans après*.

Mozart plus Dumas, ça c'était une bonne soirée !

Le lendemain matin, lorsque Fortin arriva, elle terminait sa deuxième tasse de café et elle se sentait en pleine forme.

Le lieutenant lui fit la bise, accepta un petit-déjeuner, si bien que lorsqu'ils arrivèrent au commissariat, dix heures avaient sonné depuis longtemps.

Le capitaine Leroux semblait les attendre, l'épaule appuyée contre un mur près de l'accueil. Quand il vit Mary et Fortin, il ricana :

— Tiens, le couple de l'année !

Pour une fois son chapeau n'était pas rejeté en arrière, il l'avait même tiré sur son front, ce qui n'empêcha pas Mary Lester de s'apercevoir qu'il avait un superbe coquard sur l'œil gauche et que son nez rond avait doublé de volume et pris la teinte d'une aubergine pas mûre.

— Salut Frankenstein, dit Mary.

Et, se tournant vers Fortin, elle ajouta :

— Je croyais que Sarkozy avait demandé de soigner l'accueil dans les commissariats !

— Fais ta maligne ! dit Leroux en la tutoyant pour la première fois avec un sourire mauvais. À propos d'accueil, il y a quelqu'un qui t'attend là-haut.

On eût dit que Fortin n'existait pas.

— Peut-être voulez-vous parler du commissaire principal Graissac, capitaine, dit Mary.

— Peut-être, oui.

— Eh bien on y va, mon vieux, on y va !

— J'suis pas ton vieux ! grinça Leroux au passage.

— Grâce à Dieu ! répondit-elle.

À quatre pas, on sentait encore son haleine de putois. C'est pas possible, il doit se brosser les dents au roquefort ! Pas étonnant qu'il obtienne des aveux, s'il parle à ses clients sous le nez… J'avouerais avoir volé la tour Eiffel si Leroux m'interrogeait, sûr que je ne tiendrais pas cinq minutes !

Dans le couloir, Fortin paraissait soucieux.

— Je n'aime pas ce type ! dit-il d'un air rancunier.

— Moi non plus, dit Mary. Je ne sais pas qui lui a arrangé la tronche, mais s'il est en tôle, je m'inscris pour lui porter des oranges.

— C'est un mec à nous faire des emmerdes ! dit encore Fortin.

Mary le corrigea :

— C'est un mec à essayer de nous faire des emmerdes, ce n'est pas pareil !

Elle frappa à la porte du patron et entendit un « Entrez ! » très sec.

À nouveau Fortin grimaça :

— Ça ne sent pas bon, murmura-t-il.

— Laisse-moi faire, lui dit Mary sur le même ton.

Recommandation superflue. Fortin n'avait pas l'intention de s'en mêler. Dans les conflits avec la hiérarchie, le lieutenant avait un principe auquel il se tenait fermement : profil bas.

Mary entra et dit :

— Bonjour, monsieur.

Graissac, qui affectait d'annoter des documents, ne leva pas la tête. Après un temps de silence, il demanda :

— Savez-vous l'heure qu'il est ?

Mary regarda sa montre et dit, très à l'aise :

— Dix heures trente-six.

Puis, comme il ne les regardait toujours pas, elle ajouta en examinant la pendule accrochée au mur :

— Vous retardez d'une minute, monsieur.

Elle corrigea :

— Enfin, je voulais dire que votre pendule retarde de…

Graissac posa violemment son stylo sur son sous-main :

— Et vous, c'est d'une heure et demie que vous retardez, capitaine !

La porte s'était ouverte dans leur dos, sans qu'on ait entendu frapper. Leroux entra, son mauvais sourire aux lèvres. Mary regarda Fortin et ne répondit pas. Pas la peine d'aller chercher plus loin les raisons de l'humeur de dogue du commissaire Graissac. Le sourire triomphant du capitaine Leroux signait le forfait. Qu'avait-il pu inventer, ce salopard, pour mettre Graissac dans cet état ?

— Qu'avez-vous à répondre à ça, capitaine Lester, et vous, lieutenant Fortin ? demanda Graissac d'un air de défi.

Fortin baissa la tête et Mary retint un sourire : la cheville foulée de mademoiselle de Villeroche avait dû perturber le programme érotico-sportif du commissaire, voire l'empêcher de prendre son pied. Oublié le parapluie gagné, dont la veille il avait fait si grand cas, oublié le putt qu'elle avait rentré de neuf mètres, oubliée la sortie de bunker où elle avait mis sa balle à trois centimètres du drapeau…

— Rien ! dit Mary.

— Pardon ? dit Graissac avec hauteur.

Il regardait Leroux d'un air de dire : « Ai-je bien entendu ? »

— Je n'ai rien à dire. Vous m'avez chargée d'une enquête, je la mène. Et aux heures qui conviennent.

— Qui « vous » conviennent, corrigea-t-il.

— Non, monsieur. J'ai enquêté sur cette affaire samedi toute la journée, et assez tard dans la soirée.

— Conneries, dit Leroux, intervenant pour la première fois dans la conversation. Le piqueur est sous clé, vous le savez bien. Maintenant, si vous souhaitez prolonger votre prétendue enquête pour prendre des vacances à Nantes…

Mary lui fit face :

— Quand je prendrai des vacances, Leroux, je choisirai un endroit où je ne cours pas le risque de rencontrer des individus de votre genre à chaque coin de rue.

Elle revint à Graissac :

— Et je dois vous dire, monsieur, que si j'avais recherché un boulot où on pointe, j'aurais choisi les Postes ou la Sécurité sociale.

— Insolente, avec ça, laissa tomber Leroux.

Mary le foudroya du regard d'un air de dire : « Toi, mon salaud, tu ne perds rien pour attendre ! »

Cette œillade fulgurante n'impressionna pas le capitaine Leroux qui se contenta de ricaner.

Il mâchouillait entre ses dents jaunes une allumette dont on voyait le bout rouge s'agiter entre ses lèvres si bien qu'on avait l'impression qu'une coccinelle lui courait sur la bouche. Mais la bouche de Leroux n'avait rien d'une fleur. Qu'aurait été y faire une coccinelle ?

Graissac troubla ces évocations poétiques :

— Autre chose, dit-il, des documents ont disparu de ce commissariat.

Mary le fixa :

— Quels documents ?

— Des documents afférents à l'enquête.

— Pouvez-vous préciser ? demanda Mary glaciale.

— Des photos, dit Leroux, les photos des trois victimes, qui étaient dans mon bureau.

Mary revint vers Graissac, jouant l'indignation :

— Il y a des photos des victimes qui ne figurent pas au dossier ? Vous demandez à mon patron que je vienne enquêter chez vous et vous ne me fournissez pas les éléments les plus essentiels pour que cette enquête aboutisse ? Ça, monsieur Graissac, à quoi joue-t-on ?

Fortin trouva que ce « Ça, monsieur Graissac... » avait une allure folle. Elle a encore dû lire Alexandre Dumas tard dans la nuit, pensa-t-il avec jubilation.

Visiblement, Graissac ne s'était pas attendu à une contre-attaque aussi vigoureuse.

— Mais… protesta-t-il avec embarras, mais c'était à vous de vous arranger avec Leroux ! Il était le premier sur cette enquête !

— Vous croyez qu'on peut s'arranger avec « ça » ? demanda Mary en montrant Leroux de la main. Il ne nous a jamais parlé du fameux piqueur ! Il savait, lui, qu'un maniaque de ce genre sévissait dans l'agglomération nantaise depuis quelques semaines ! Mais monsieur Leroux fait de la rétention d'information.

— De la rétention, de la rétention, dit Leroux, c'était dans tous les journaux. Suffit de savoir lire !

— Dans les journaux de Nantes, peut-être, dit Mary, mais sûrement pas dans ceux du Finistère. Quant à ces photos, dit-elle avec la plus parfaite mauvaise foi, comment aurais-je pu les dérober ? J'ignorais même leur existence.

Elle jouait sur du velours, ce n'était pas Damien qui allait la dénoncer.

Elle revint vers Leroux :

— Quand vous êtes-vous aperçu de ce vol ?

— Ce matin, en arrivant.

— Et quand avez-vous vu ces photos pour la dernière fois ?

— Vendredi soir.

Leroux répondait de mauvaise grâce.

— Donc ces photos vous auraient été dérobées soit samedi, soit dimanche.

À nouveau Leroux ricana en regardant Graissac comme pour le prendre à témoin :

— Quel flair !

— Je vous signale, Leroux, dit Mary en négligeant l'interruption, je vous signale que le lieutenant Fortin a pris la route pour Quimper vendredi en fin d'après-midi.

— Je n'ai jamais soupçonné Fortin, dit Leroux.

— Cela veut-il dire que vous me soupçonnez, moi ?

— Hon hon, fit Leroux d'un air entendu.

— Bon ! dit Mary. Puisque je suis accusée, précisons les choses : j'ai quitté le commissariat peu après Fortin, monsieur Graissac peut en témoigner et je n'y suis revenue (elle regarda sa montre) que voici dix-huit minutes.

— Et samedi ? demanda Leroux.

— Samedi, comme je vous l'ai dit, j'ai enquêté toute la journée. Si le patron insiste, je lui dirai, heure après heure, où j'étais. C'est très facilement vérifiable. Quant au dimanche, monsieur Graissac pourra vous dire minute par minute comment j'ai passé mon temps. N'est-ce pas, monsieur ?

— En effet, dit Graissac.

Il n'était plus seulement embarrassé, il était carrément emmerdé. Pourvu qu'elle n'aille pas parler du parapluie !

— Mais alors, demanda-t-il, où sont passées ces photos ? Elles sont bien quelque part !

— Assurément, monsieur.

— Il faut les retrouver ! C'est inadmissible que des documents officiels disparaissent d'un dossier au commissariat !

Elle acquiesça :

— Je suis bien de votre avis !

— Que vous soyez de l'avis du patron ne ramènera pas les photos, grasseya Leroux.

— C'est vrai ! dit Graissac.

Il regarda tour à tour les trois officiers de police :

— Que proposez-vous, messieurs ?

Les messieurs restant muets, Mary déclara :

— Je ne sais pas ce que proposent ces messieurs, mais, si vous me l'aviez demandé, commissaire, je vous aurais recommandé une enquête interne.

— Une enquête interne ? répéta Leroux mal à l'aise.

— Elle s'impose, dit Mary.

Elle regarda Graissac dans les yeux :

— Je peux la conduire, si vous voulez bien me la confier, patron.

Fortin, bien entendu, ne disait rien. Et Leroux, perplexe, se contenta de mâchouiller son bout d'allumette.

— Parfait, dit Mary à Graissac. Puisque tout le monde est d'accord, je vous prie de m'accompagner jusqu'au lieu du délit...

— Où ça ? demanda Graissac.

— Eh bien, là où ces photos étaient en dernier lieu !

— Mon bureau ? dit Leroux.

— Eh oui, Leroux, dans votre bureau, puisque c'est là que, paraît-il, des documents ont disparu.

— Soit ! dit Graissac en se levant.

Il regarda Leroux et dit :

— Il faut vider l'abcès ! Allons-y.

Tous quatre sortirent du bureau et arpentèrent le couloir jusqu'à la porte de Leroux. Avant d'entrer, Mary fit remarquer :

— Notons que la porte n'a pas été forcée.

— Évidemment, dit Leroux, on ne la ferme jamais à clé !

— C'est un tort, dit Mary, avec tous les voleurs qui traînent dans ce commissariat...

— Qu'est-ce que vous voulez insinuer ? demanda Leroux agressif.

— Je n'insinue rien, j'affirme une évidence : où donc, en dehors des prisons, trouve-t-on une grande concentration de malfaiteurs ? Mais dans les commissariats, messieurs.

Elle commençait vraiment à s'amuser.

— Si monsieur Leroux veut bien nous ouvrir...

Leroux poussa la porte et ils se trouvèrent dans un bureau vide qui empestait toujours le tabac froid, l'aisselle surette et le panard fumant.

— Le lieutenant Damien n'est pas là ? demanda Mary.

— Non, il enquête sur... sur une autre affaire.

— Tant mieux pour lui, dit Mary.

Elle précisa sa pensée devant l'air ahuri de Leroux :

— Eh oui, il est aussi bien dehors que dans ce local puant. Vous n'aérez jamais ? Ça fouette l'écurie dans votre tanière, mon vieux !

— Ça va ! dit le commissaire agacé. N'en faites pas trop, capitaine Lester.

— Oh, dit Mary, je ne disais ça que pour vous éviter des ennuis. Vous ne voyez pas qu'un de vos « clients » porte plainte, Leroux ? Qu'il fasse venir l'hygiène ? Vous seriez mal ! Pour un peu ils seraient obligés de faire venir la désinfection !

Fortin se retenait pour ne pas rire ; le commissaire, lui, ne riait pas.

— Ça suffit ! tonna-il en frappant le bureau de Leroux du plat de la main.

Mary leva la main d'un air de dire : « C'est bon, je me rends, restons-en là ! »

Puis elle demanda :

— Où étaient-ils rangés, ces documents ?

— Dans mon bureau, dit Leroux.

— C'est celui-là ? demanda Mary en montrant un caisson de tôle peint en gris.

— Oui.

Mary s'approcha, passa derrière le meuble et essaya d'ouvrir les tiroirs.

— Ils sont fermés à clé, dit-elle. Qui a la clé ?

— Moi, dit Leroux.

— Vous êtes donc le seul à pouvoir y avoir accès ?

— En principe.

— Comment, en principe ?

L'assurance du capitaine commençait à s'émousser.

— Ce sont des meubles de pacotille ! dit-il. N'importe qui peut ouvrir ça !

— C'est sûr, avec un pied-de-biche, voire un gros tournevis, on n'aurait aucune peine à en venir à bout, dit Mary. Cependant, je ne remarque aucune trace d'effraction.

Elle s'adressa à Graissac :

— Regardez, monsieur.

Le commissaire se pencha et convint, comme à regret :

— En effet.

Il se redressa, croisa les bras et attendit, curieux de voir la suite. Mary revint vers Leroux :

— Puisque vous êtes le seul à avoir la clé et qu'il n'y a pas de traces d'effraction, j'en déduis que le dernier à l'avoir ouvert, c'est vous, capitaine Leroux. Donc, si ces photos sont égarées, c'est vous qui les avez égarées...

Leroux se fâcha :

— Dites donc, espèce de...

Il fit un pas vers Mary, menaçant, lorsqu'il sentit la lourde poigne de Fortin s'abattre sur son épaule. Il fit un geste pour s'en défaire, mais il eut l'impression d'avoir l'épaule prise dans un étau. Il grogna de douleur en disant d'une voix éraillée :

— Lâche-moi, toi, espèce de...

— Espèce de quoi ? demanda Mary. Précisez, Leroux ! On vous demande des renseignements, des explications, et tout ce que vous pouvez faire c'est éructer des menaces et des injures.

— Lâchez-le ! ordonna Graissac.

Fortin desserra sa prise à regret et Leroux frotta son épaule douloureuse de la main. Les deux hommes restaient au contact, l'exiguïté du bureau ne permettait pas à Leroux de prendre du champ. Ils se regardaient avec hostilité, une hostilité agressive pour ce qui était du lieutenant, une animosité teintée de crainte pour le capitaine Leroux.

— Je vais vous dire, moi, ce qui s'est passé ! Vous n'avez pas dessaoulé du week-end, Leroux, et vous avez paumé ces photos. C'est aussi simple que ça.

Tiens, peut-être au cours de la bagarre de bistrot où vous vous êtes si bien fait arranger le museau !

Leroux eut un geste pour se précipiter sur elle mais il sentit immédiatement la poigne de fer du lieutenant prévenir son intention.

— Ça va ! dit à nouveau le commissaire d'un ton excédé. Lester, précisez votre pensée !

— Si personne n'a pris ces photos, patron, et si le capitaine Leroux ne les a pas perdues dans un bouge du quai de la Fosse, elles sont ici !

Elle vit que Graissac avait apprécié qu'elle lui donne du « patron ».

— Donc, poursuivit-elle, je propose de faire une perquisition.

Leroux s'étrangla :

— Une perquisition dans mon bureau ?

— Oui, dit Mary. Vous craignez quelque chose, capitaine ? Y a-t-il de l'inavouable, du clandestin, de l'illicite dans ces casiers ?

— Non mais ! fit Leroux furibond.

Elle ajouta, bonhomme :

— Rassurez-vous, nous ne demanderons pas une commission rogatoire au juge. Juste une petite perquise entre collègues, presque entre amis, en quelque sorte !

Elle ouvrit la porte et sortit en disant :

— Comme vous n'avez pas l'air de me considérer comme une amie, je ne veux pas m'en mêler. Je vous laisse entre hommes. Faites, messieurs, faites.

Elle ferma la porte et s'éloigna, faisant quelques pas dans le couloir.

Ce fut Graissac qui trouva le gros lot dans la poche de la gabardine accrochée au portemanteau.

— À qui est ce vêtement ? gronda-t-il en sentant le papier glacé sous ses doigts.

— À moi, dit Leroux.

— Eh bien, ne cherchez plus, elles sont là, vos photos !

Il ouvrit la porte :

— Lester, nous avons retrouvé les photos.

— Où ça, monsieur ?

— Dans l'imperméable de Leroux.

Leroux, décomposé, s'était assis derrière son bureau où s'amoncelaient des paperasses sorties de ses tiroirs par Fortin.

— Où auraient-elles dû être ? demanda-t-elle au capitaine.

Il montra un dossier que Mary connaissait bien.

— Là, dit-il d'une voix faible.

Mary ouvrit le dossier, y plaça les photos que lui tendait le commissaire et le referma.

— Voilà, dit-elle, les choses sont en ordre.

Elle regarda Leroux qui gardait les yeux obstinément baissés et articula :

— Leroux, je ne saurai jamais si vous avez laissé ces photos dans votre poche dans un moment de distraction, ou si vous les avez cachées là pour me nuire. Mais vous auriez tort de recommencer à jouer ce jeu avec moi.

Elle regarda alternativement le commissaire et le capitaine Leroux :

— Me suis-je bien fait comprendre ?

Il y eut un silence éloquent. Mary se saisit du dossier d'autorité et ajouta à l'intention de Graissac :

— Avec votre permission, patron, et comme Leroux tient son coupable, je voudrais consulter ce dossier et le garder par-devers moi.

— Faites, dit Graissac d'une voix mourante.

16

— La vache ! fit Fortin admiratif lorsqu'ils se retrouvèrent dehors. Qu'est-ce que tu lui as mis !

Il suivait Mary qui marchait d'un bon pas.

— Faut qu'il en tienne une couche aussi, pour aller oublier des documents officiels dans une poche !

— Ouais, dit Mary sobrement. Sauf que Leroux n'en tient pas une couche, comme tu dis. C'est un sale type dont on ne se méfiera jamais assez.

— Après ça, j'espère qu'il va oublier de nous les briser !

— Je l'espère aussi. Mais il ne faut pas s'y fier. En attendant, il va nous falloir aller aux impôts, à la Sécurité sociale et à l'Agence nationale pour l'emploi.

— Rien que ça ! Et qu'est-ce qu'on va y faire, dans ces burlingues ?

— Chercher dans les dossiers traités par les trois fonctionnaires assassinés – car je te fais remarquer que c'étaient tous les trois des fonctionnaires – s'il y a une convergence.

— C'est-à-dire ?

— Si un nom revient dans les dossiers qu'ils ont traités. Tu vois ce que je veux dire ?

— Oui, dit Fortin en faisant un effort de concentration. Tu penses que l'assassin pourrait être quelqu'un qui aurait eu à pâtir de ces bureaucrates dans l'exercice de leurs fonctions.

— Quelque chose comme ça !

Il siffla entre ses dents :

— Ben dis donc, si les citoyens se mettent à buter les ronds-de-cuir qui leur pourrissent la vie dans ce pays, tu parles de massacres en perspective !

Puis il s'arrêta brusquement, comme s'il venait d'avoir une révélation :

— Attends, il ne peut pas y avoir de lien…

— Comment ça ?

— Le premier macchabée… dit Fortin.

— Albert Leterrier…

— Leterrier, oui, c'est ça. Si je te suis, il aurait mécontenté un demandeur d'emploi, puisqu'il travaillait à l'ANPE.

— Oui, dit Mary, ça n'est pas impossible.

— La deuxième, Angèle Puy, elle aurait mécontenté un cas social, puisqu'elle était assistante sociale.

— Oui, dit Mary intriguée, sauf que…

— Sauf que quoi ?

— Sauf qu'Angèle Puy semblait être capable de mécontenter beaucoup de monde, et pas seulement dans le cadre de son boulot.

— Comment ? demanda-t-il, les sourcils froncés.

— Je t'expliquerai. Continue.

Ce n'était pas tous les jours que Fortin faisait carburer ses petites cellules grises de la sorte.

— La troisième…

— Corinne Pagès…

— C'est ça. Qui aurait-elle mécontenté, elle ?

— Corinne Pagès travaillait aux impôts. Elle peut avoir été la cause d'un redressement fiscal, ce qui n'a jamais fait plaisir à personne.

— C'est possible en effet, dit Fortin.

Il regarda Mary :

— Mais c'est là que ça ne colle pas !

— Pourquoi ?

Il s'exclama :

— Mais tu as du mou de veau à la place de la cervelle, Mary Lester ?

— Peut-être, dit-elle sans s'offusquer. Mais vas-y, développe.

Elle eut envie d'ajouter : « Pour une fois que tu as une idée… »

— Corinne Pagès, si elle a provoqué un redressement, elle a mécontenté un gros, quelqu'un qui avait du fric. On n'inflige pas de redressement fiscal à un chômeur ou à un cas social ! Corinne Pagès travaillait à la comptabilité des sociétés immobilières, ce ne sont pas des fauchés qui magouillent là-dedans. Alors, quel rapport avec un délinquant en col blanc et un chômeur ou quelqu'un qui sollicite les aides publiques ? Pour les deux premiers, je veux bien, mais pour l'autre ?

— Je ne sais pas, dit Mary. Mais tu as raison, Jipi, tu as mis le doigt sur une des contradictions de ce dossier. Et Dieu sait qu'il n'en manque pas !

— Ça ne fait rien, reprit-elle après un temps de réflexion, c'est tout de même dans cette direction qu'il faut chercher. On va se partager le boulot : moi je vais aller aux impôts, toi à l'ANPE. Tu notes tous les noms qui apparaissent dans les dossiers traités par Albert Leterrier. Ensuite, on compare.

Lorsqu'ils se retrouvèrent, à treize heures, dans une pizzeria du centre-ville, Mary détenait onze noms de sociétés immobilières que Corinne Pagès avait vérifiées dans les douze mois passés. Sa collègue, Pascale Lanoue, n'avait fait aucune difficulté pour lui permettre de prendre des notes. On aurait même dit qu'elle y prenait un malin plaisir.

Sur ces onze sociétés, une seule n'avait pas fait l'objet d'un redressement. Elle l'écarta, pensant que la vindicte d'un contribuable ne pouvait être celle d'une personne blanchie après un contrôle.

En revanche, d'autres groupes avaient été drôlement salés. C'était vers ceux-là que devaient se porter ses investigations.

Elle fit la moue : rien de bien enthousiasmant ! Dix sociétés aux chiffres d'affaires impressionnants, aux activités multiples, représentées par des experts-comptables, des avocats-conseils, des fondés de pouvoir. Et à dire vrai, elle n'imaginait pas ces dignes personnages, confortablement établis dans la vie, en train de larder, pour quelque raison que ce fût, le corps d'un inspecteur des impôts de coups de stylet meurtriers.

Ils connaissaient d'autres systèmes de défense, bien moins risqués et autrement efficaces.

Fortin, lui, disposait d'un nombre de noms couvrant deux feuillets et il paraissait découragé.

— Tu as eu des difficultés à obtenir ça ? demanda Mary.

— Non, dit-il en s'emparant du menu. Mais je me suis gouré d'adresse.

— Ce n'était pas à la Tour de Bretagne ? Pourtant, sa dernière adresse professionnelle…

— Leterrier venait de changer d'affectation. À la Tour il s'occupait de formation professionnelle, tandis qu'avant il était à l'ANPE Viarme.

— Tu es donc allé place Viarme…

— Ouais, sauf que l'ANPE Viarme n'est pas place Viarme comme tout le laisserait à penser, mais rue d'Erlon !

— L'essentiel c'est que tu aies trouvé, dit Mary que ces subtilités de voirie n'intéressaient guère.

— Comme tu dis, fit Fortin. Mais tu as vu le casse-croûte ?

Il montrait les listes serrées de noms.

— Il·y en a au moins deux cents !

— Ce sont les dossiers que Leterrier a traités pendant les douze derniers mois ?

— Ouais.

— Qui te les a fournis ?

— Une de ses collègues de bureau, après que j'ai obtenu le feu vert du directeur en personne. Qu'est-ce que tu comptes en faire ? demanda-t-il distraitement.

— Regarder si on retrouve le même nom dans les dossiers traités par les trois victimes.

— Et ça nous mènera où ?

La serveuse, coiffée d'un petit calot rouge, attendait pour prendre la commande.

— Une entrecôte-frites, demanda Fortin.

En ajoutant :

— Bleue la viande, s'il vous plaît.

Mary choisit des lasagnes et, la serveuse repartie, elle avoua :

— Je ne sais pas où ça nous mènera, je ne sais même pas si ça nous mènera quelque part, mais il faut bien faire quelque chose.

Elle s'écarta pour laisser la serveuse déposer une assiette copieusement garnie devant Fortin.

— Merci.

— Jipi... dit Mary doucement.

— Ouais, dit Fortin la fourchette en l'air.

— Tu n'as même pas regardé cette petite.

— Quelle petite ?

— La serveuse !

— La serveuse ?

— Elle n'a d'yeux que pour toi !

Il protesta :

— Arrête donc de dire n'importe quoi !

— Mais si, je t'assure, tu as le ticket !

Fortin regarda la serveuse qui servait Mary et lui sourit. Il lui rendit son sourire en rougissant.

— Oh le grand timide ! se moqua Mary.

— C'que tu es...

Mary lui allongea un coup de pied sous la table et il grimaça :

— Aïe ! Qu'est-ce qui te prend ?

— N'allais-tu pas me dire quelque chose de désagréable ?

— Mais pourquoi tu me cherches ? demanda-t-il exaspéré.

— Je voudrais bien voir la tête de ta belle-sœur si tu ramenais cette fille chez elle.

— D'abord, dit Fortin, si ça me prenait, je n'irais pas chez ma belle-sœur.

— Et où irais-tu ?

— Elle habite bien quelque part, non ?

— Peut-être chez sa mère. Tu irais chez sa mère ? Elle adorait taquiner Fortin. Il ne marchait pas, il courait.

— D'abord, elle n'est pas mon genre, et puis…

— Et puis quoi ?

— Et puis… Et puis rien !

Il attaqua furieusement ses frites et entama la tranche de viande saignante de la fourchette et du couteau.

— Elle t'a bien servi, dit Mary en contemplant l'assiette de son équipier d'un œil admiratif. Tu en as eu au moins deux fois plus que le type d'en face.

— Tu crois, demanda Fortin en glissant un œil en biais dans le plat du voisin.

— Et comment !

— Eh bien alors, je reviendrai.

Puis il changea de sujet :

— Si ça se trouve, notre tueur est sous clé et on est en train de se casser le tronc pour rien.

— Tu penses à ce pauvre Adrien Balen ?

— Ce pauvre Adrien Balen ? Il faut tout de même reconnaître qu'il se livre à des travaux d'aiguille sans modération !

— À propos d'aiguilles, j'ai eu le temps de jeter un coup d'œil au dossier. Il n'y en a pas deux pareilles. Elles sont longues de dix-neuf à vingt-quatre centimètres, toutes en acier. Deux se terminent par une boule d'acier poli, celles qui ont tué Albert Leterrier et Angèle Puy, ce sont les mêmes, une autre semble plus luxueuse car son cabochon est en améthyste.

— C'est celle qui a réglé son compte à la bonne femme des impôts ?

— Comme tu dis ! Elle a eu droit à une aiguille de luxe.

— Y a-t-il une raison, à ton avis ?

— Peut-être, mais je ne vois pas laquelle.

— Où est-ce qu'on achète ces outils ? demanda Fortin.

— Maintenant ? Cela ne doit plus guère se trouver que chez des antiquaires ou des brocanteurs.

— Peut-être qu'il faudrait mettre quelqu'un là-dessus, dit Fortin.

— Je vais demander à Damien, dit Mary.

— Si tu crois que Leroux va te le laisser faire ! s'exclama Fortin.

— Tu as raison. C'est pénible, on arrive dans une ville que l'on ne connaît pas, et au lieu d'être aidés par les types de terrain, ils nous mettent des bâtons dans les roues !

— C'est surtout Leroux, dit Fortin.

— Ouais, et ça tombe mal, c'est le type le mieux renseigné du commissariat. Mais on trouvera bien une autre équipe d'enquêteurs. Je vais en parler à Graissac.

Fortin regarda Mary par en dessous et demanda :

— Ne le prends pas mal, mais es-tu sûre que ta prévention contre Leroux ne te pousse pas à refuser l'évidence ?

— Et l'évidence serait la culpabilité de Balen ?

— En quelque sorte. Leroux l'a tout de même serré en flag !

— Oui, dit Mary avec humeur, il l'a serré en flag ! C'est ce que tout le monde s'évertue à me dire. Et après ?

Fortin la regarda, ahuri. Le flagrant délit, cette arrestation dont rêvent tous les policiers de la terre… Cette prise la main dans le sac qui ne laisse pas planer la moindre parcelle de doute sur la culpabilité d'un malfaiteur, Mary Lester la balançait allègrement, d'un revers de main en disant : « Et après ? »

— Je te dis, moi, que Balen n'est pas notre homme !

— Alors, c'est qui notre homme ?

— C'est peut-être bien une femme !

— Ouais, dit Fortin la bouche pleine, la mystérieuse dame aux cheveux gris.

Mary ne répondit pas, pourtant elle ne cessait d'y songer.

— Rien d'autre ? demanda-t-elle à Fortin.

— Euh… dit Fortin, je ne sais pas si ça peut avoir une incidence… Un détail…

— Vas-y ! ordonna-t-elle.

— Leterrier n'était pas blairé par ses collègues.

— Ah ?

— Le gars qui m'a sorti ces listes m'a même dit qu'il avait été viré.

— Viré ?

— Je m'entends. Comme on ne vire personne dans l'administration, il a été déplacé.

— C'est pour ça qu'on l'a nommé à la Tour de Bretagne ?

— Ouais, pour qu'il ne soit plus en contact avec le public. À la formation professionnelle, il avait simplement des dossiers à traiter. Il paraît que, dans son précédent poste, il envoyait les chômeurs sur les roses et qu'il se foutait même ouvertement d'eux.

— Tiens, tiens, dit Mary, qui s'assemble se ressemble !

— Que veux-tu dire ?

— Je veux dire que sa copine Angèle n'était pas des plus aimables, elle non plus.

Elle lui raconta son entrevue avec Véronique Lebrun, la sympathique laveuse de wagons.

— Finalement, dit Fortin, dans cette affaire il n'y a que les flics à être sympathiques !

— Tu oublies Leroux.

— Ah ouais, Leroux, dit Fortin en replongeant dans son assiette de frites.

Il leva les yeux pour rencontrer le regard de la petite serveuse au calot rouge qui apportait les desserts. Comme un collégien, il se mit à rougir et, lorsque la fille eut tourné le dos, il regarda furieusement Mary Lester qui se marrait et il s'exclama :

— Oh, ça va, hein !

17

Cédric Bignon sonna longuement à la porte vernie d'un appartement au second étage de la rue Jean-Jacques-Rousseau, que les Nantais appellent couramment la rue Jean-Jacques, s'offrant ainsi une familiarité à bon compte avec l'homme des *Confessions*.

C'était un immeuble ancien, de très grand standing, probablement un de ces hôtels particuliers bâti par un négociant ayant fait fortune dans le commerce des épices ou du bois d'ébène. La façade, ceinte d'un balcon courant sur tout le premier étage, donnait sur la place Graslin et faisait face au théâtre du même nom.

« Un emplacement exceptionnel », se dit Cédric Bignon en montant l'escalier de bois sombre aux larges marches couvertes en leur milieu d'un chemin de moquette rouge. Il en connaissait un rayon, sur les emplacements exceptionnels de la ville, pour l'excellente raison qu'il était agent immobilier et également promoteur.

L'immeuble comportait trois appartements, un par étage, chacun couvrant une superficie de deux cents mètres carrés.

Il sonna et attendit. Personne ne venant, Cédric Bignon insista, laissant son index peser sur le bouton de la sonnette qu'on entendait tinter au loin, dans le silence du couloir.

— Vieille vache ! grinça-t-il. Elle ne répondait déjà pas au téléphone et voilà que maintenant elle n'ouvre pas !

C'était un homme d'une bonne cinquantaine d'années, de taille moyenne, aux cheveux gris soigneusement coiffés, au visage bruni par des soleils artificiels. Il était vêtu avec une recherche très *british*, d'un costume de tweed gris très bien coupé et ses chaussures de cuir fauve cirées avec soin luisaient sur la moquette cramoisie.

Il appuya une nouvelle fois sur la sonnette tout en tendant l'oreille, guettant une trace de vie dans l'appartement. Mais l'immeuble tout entier restait silencieux. Seul le bruit de la circulation lui parvenait, assourdi par la porte de bois massif à deux battants donnant sur la rue.

Bignon leva les yeux au ciel en soupirant, comme si toute la misère du monde pesait soudain sur ses épaules. Il regarda sa montre d'un air excédé et redescendit les escaliers.

Le hall était pavé de dalles de marbre blanc relevées de cabochons de porphyre vert sombre. « La grande classe ! » pensa Bignon en ajoutant *in petto* : « De la confiture aux cochons ! »

Il s'apprêtait à sortir, de fort mauvaise humeur, lorsqu'il entendit un faible grincement provenant d'un angle obscur. Il s'arrêta brusquement et fit demi-tour, revenant à pas de loup vers une petite porte dissimulée sous l'escalier.

Sa bouche se tordit en sourire sardonique et il pensa :
« La vieille vache, elle s'est cachée dans la cave ! Je
vais lui foutre la trouille de sa vie. »

Peinte en vert sombre, la porte menant au sous-sol
se confondait avec les lambris courant à mi-hauteur
des murs. Il poussa la poignée doucement et la porte
s'écarta, avec un grincement sinistre, d'une vingtaine
de centimètres. Il ne put l'ouvrir davantage. Derrière,
quelque chose bloquait.

Cédric Bignon n'aimait pas qu'on lui résiste. Il
revint à l'assaut, chargeant de l'épaule, mais il n'y
avait rien à faire. Quelque chose était tombé derrière
la porte, quelque chose qu'il aurait fallu ôter pour pouvoir ouvrir.

La lumière était allumée et il ne voyait qu'une partie
des premières marches de l'escalier de bois descendant
à la cave. Il passa la tête dans l'interstice entre la porte
et l'huisserie pour tenter de voir ce qui bloquait, mais
c'était à peine si sa tête pouvait passer. Il y parvint
cependant, en dérangeant sa belle coiffure argentée,
et il essaya de tourner le cou pour mieux voir mais il
n'y parvint pas. Au contraire, une force irrépressible
repoussait le battant, lui coinçant le cou comme dans
un étau. Il essaya frénétiquement de dégager sa tête,
mais ça coinçait, ça bloquait derrière les oreilles et
chaque fois qu'il tirait, ça lui faisait affreusement mal.

La panique fit place à la fureur. « La salope !
grommela-t-il. Elle va me le payer. » Et soudain il ne vit
plus rien. Il pensa stupidement : « Quelqu'un a éteint. »
Il se sentait soudain tout drôle, tout faible, avec des
jambes de laine, comme s'il allait perdre connaissance.

La porte s'ouvrit lentement, il sentit qu'on le prenait par le bras, qu'on le soutenait et il s'abandonna à une sorte de fantôme dont il percevait vaguement la présence. D'atroces nausées lui tordirent l'estomac, d'autant plus douloureuses qu'il ne parvint pas à vomir. Puis il ne ressentit plus rien. Ses jambes le portaient encore ; il allait où on le menait, docilement, sans savoir qu'il franchissait la porte donnant sur la rue.

Il ne vit pas la lueur du soleil, il ne sentit pas sa caresse, pas plus qu'il n'entendit le bruit des voitures remontant vers la place Graslin. C'était pourtant une très belle journée d'hiver, rue Jean-Jacques-Rousseau.

L'épaule qui le soutenait lui fit soudain défaut et, abandonné à lui-même, il descendit la rue en pente, titubant comme un homme ivre. La grosse porte noire s'était refermée silencieusement et la silhouette qui lui avait prêté assistance se fondait dans le flot des passants qui remontait vers le théâtre.

Cédric Bignon fit encore quelques mètres d'une démarche hasardeuse, au grand dam des passants qui devaient s'écarter pour lui céder le passage, puis il buta contre une carrosserie, trébucha, s'allongea sur le capot de tout son long et glissa inexorablement à terre entre deux voitures en stationnement.

Une jeune femme poussant une voiture d'enfant vit deux jambes terminées par d'étincelantes chaussures de cuir débordant sur le trottoir. Elle pensa avec dégoût : « Encore un ivrogne ! » Mais elle réalisa aussitôt que les clochards ne ciraient pas leurs pompes avec autant de soin. Et lorsqu'elle vit le luxueux costume de tweed, elle mit sa main devant sa bouche et poussa un cri aigu.

Aussitôt un attroupement se forma, un agent en scooter s'arrêta, fit les premières constatations et appela du secours.

Lorsque le médecin du CHU se pencha sur Cédric Bignon, ci-devant agent immobilier à Nantes, celui-ci avait cessé de vivre depuis un bon quart d'heure.

Maurice Leroux coinça Mary Lester dans le couloir menant à son bureau. Il devait la guetter et, profitant de ce que Fortin était resté garer la voiture, il venait régler ses comptes.

— Tu es fière de toi, petite salope ? grinça-t-il.

Mary recula d'un pas, comme si elle se trouvait soudain en présence d'un serpent venimeux.

— Je ne suis pas dupe, poursuivit le capitaine de sa voix basse et rauque, tu m'as bien eu avec le coup des photos.

Elle fit l'étonnée :

— Le coup des photos ? Vous égarez les documents d'un dossier, vous m'accusez de les avoir dérobés et...

— C'est ça, fais ta maligne, dit-il hargneux.

Mary renifla ostensiblement et dit avec mépris :

— Vous avez encore bu, Leroux.

— Ouais, j'ai bu, dit le capitaine. Ouais, je bois. Mais ça ne m'empêche pas de savoir que cette gabardine, je ne l'ai pas mise depuis trois mois.

— Que vous croyez, dit-elle, encore un oubli. Vous avez bien oublié où vous aviez mis les photos. Boire ou enquêter, il faut choisir, mon vieux !

— Tu te prends pour une vedette, hein, dit-il, mais je vois clair dans ton jeu !

— Et qu'y voyez-vous ? demanda-t-elle sur un ton de défi.

La première surprise passée, elle avait retrouvé tout son sang-froid.

— Je vois que tu veux faire passer Leroux pour un con !

— Vous n'avez pas besoin de moi pour ça, vous y arrivez parfaitement tout seul.

Il essaya de la prendre par le col mais il n'était pas assez rapide. Elle recula de deux pas.

Il ricana de nouveau :

— Tu as peur, hein ?

— Oui, j'ai peur, vous êtes un type dangereux, Leroux.

— Encore plus que tu crois, grinça-t-il. Tu vas apprendre à me connaître. Le coup que tu m'as fait, tu vas me le payer au centuple.

Mary recula prudemment.

— Ici ?

— Ici, c'est chez moi, éructa-t-il. Tu vas regretter de n'être pas restée à Quimper-Corentin !

Mais que foutait Fortin ? Et personne ne passait dans ce maudit couloir.

Elle mit la main à sa poche et cliqua sur la touche appel de son portable. La dernière personne qu'elle avait appelée était Fortin.

Leroux se méprit :

— Cherche pas ton arme, dit-il, tu ne l'as pas sur toi ! Et même si tu la trouvais, ça me donnerait un motif de plus d'écraser ta jolie petite gueule de sainte-nitouche.

Elle tenta d'ironiser :

— D'ordinaire vous n'êtes pas beau, mais alors là, vous battez des records. Savez-vous que vous pourriez jouer dans des films d'épouvante, Leroux ? Avec un peu de bave au coin des lèvres... Peut-être qu'en mâchant un morceau de savon de Marseille à la place de votre mégot de cigare...

Il balança son poing qu'elle esquiva facilement, ce qui ne calma pas Leroux.

— Remarquez, côté haleine, le savon de Marseille pourrait améliorer les choses... Et on prétend que vous avez du flair ! Vous refoulez du goulot comme un charnier du Moyen Âge et vous ne vous en rendez même pas compte.

Elle persiflait, mais elle n'était pas plus tranquille que ça.

— Je t'aurai, où je voudrai, et quand je voudrai, dit-il le visage déformé par la haine. Tu n'auras pas une minute de répit. Je vais t'en foutre, moi, du charnier du Moyen Âge !

Elle essaya de gagner du temps :

— Vous ne voudriez pas, capitaine, me répéter tout cela devant le commissaire Graissac ?

— Graissac ! dit Leroux avec mépris. Graissac ! Du moment qu'il peut jouer au golf !

Il cracha son allumette par terre pour montrer en quelle piètre considération il tenait le patron.

Ignorant que Mary était en situation critique, Fortin discutait plaisamment avec le chef de poste de l'éventualité du transfert de Landreau, le gardien de but du FCNA à Arsenal, en Angleterre, lorsque son portable sonna.

Il le porta à son oreille et dit :

— Allô… Allô…

Il n'entendait rien. Il fronça les sourcils et réécouta attentivement. Il lui sembla entendre un bruit confus.

Puis il entendit nettement : « Je t'aurai, où je voudrai et quand je voudrai… »

— Nom de Dieu ! Mary…

Il cavala dans l'escalier sous les yeux ahuris du brigadier qui s'apprêtait à lui donner toutes les bonnes raisons que Mickaël avait de rester aux Canaris jusqu'à la fin de l'année.

Lorsqu'il arriva, Mary était acculée au bout du couloir. Elle se demandait vraiment si Leroux s'arrêterait à l'intimidation ou s'il avait l'intention de la frapper, avec une curieuse intuition pour la seconde solution.

Elle en était presque à regretter de l'avoir poussé à bout.

C'est alors que le capitaine Leroux se sentit prendre au col et par le fond du pantalon. Il eut l'impression d'être emporté par une trombe et il refit sa longueur de couloir à la vitesse grand V. La porte de son bureau était restée entrebâillée, Fortin, car la trombe s'appelait Fortin, l'ouvrit d'un coup d'épaule et, soulevant littéralement Leroux du sol, il le balança sur son siège par-dessus le bureau comme un vulgaire sac de patates.

Le gros capitaine fit un vol plané et fracassa sa chaise en tombant dessus. Kevin Damien qui tapait un rapport resta pétrifié par cette intrusion fracassante.

— Casse-toi ! lui ordonna Fortin d'une voix dure. Monsieur Leroux et moi on a à causer !

Le lieutenant s'éloigna prudemment et il trouva Mary dans le couloir :

— Qu'est-ce qu'il se passe ? demanda-t-il, abasourdi.

— C'est encore Leroux qui fait des siennes, dit Mary, il a essayé de me tabasser.

— Tu rigoles ? demanda Damien effaré.

— Je ne rigole pas du tout ! Heureusement que j'ai pu brancher mon portable, Fortin a tout entendu.

Des bruits bizarres sortaient du bureau de Leroux, quelques portes s'ouvrirent, des visages interrogateurs fixèrent Mary qui les rassura :

— Ce n'est rien, ce n'est rien !

Puis elle dit à Damien :

— Faut que j'y aille, sinon tu ne vas jamais retrouver ton chef en entier.

Elle ouvrit la porte, la referma derrière elle. Son regard embrassa la scène : derrière son bureau, Leroux, les yeux injectés de sang, se remettait difficilement sur ses pieds. Il avait perdu son chapeau et une calvitie blafarde luisait sous la lampe du plafond.

Devant lui, poings aux hanches, Fortin se tenait, massif comme une montagne, l'air mauvais.

— Alors Ducon, il paraît que tu adores frapper les femmes ?

Leroux, le souffle court, ne répondait pas. Il y avait des lueurs de meurtre dans ses yeux et s'il avait pu se saisir de son arme, il est probable que la carrière du lieutenant Fortin se serait arrêtée là. Mais Fortin ne le quittait pas du regard, prêt à lui allonger une mandale grand format au premier geste suspect.

Le temps avait paru s'arrêter. Plus personne ne bougeait.

C'est alors que la porte du bureau s'ouvrit à la volée et que le commissaire Graissac entra.

— Ah, fit-il avec satisfaction, vous êtes là ?

On ne savait trop à qui il s'adressait. Puis il prit conscience de la tension hostile qui régnait dans le petit bureau.

— Qu'est-ce qui se passe ici ?

— Simple discussion entre collègues, dit Mary.

Il la regarda comme s'il doutait de sa raison et répéta :

— Simple discussion ?

— En effet, j'expliquais au capitaine Leroux que, selon moi, Adrien Balen n'était pas responsable des trois morts que nous avons sur les bras.

Graissac s'était redressé de toute sa taille. Il croisait les bras et toisait les trois protagonistes sans aménité. Il finit par dire :

— Leroux n'étant pas de votre avis, il a cassé sa chaise pour marquer son désaccord, c'est cela ?

Leroux parut s'apercevoir qu'il tenait un pied de chaise dans la main, il le laissa tomber.

— Bon, dit Graissac, nous réglerons cette question ultérieurement. Filez rue Jean-Jacques, nous avons un nouveau cadavre sur les bras.

— Quoi ? dit Mary en regardant Fortin.

— Vous m'avez bien entendu, fit Graissac d'une voix tendue, un type, allongé entre deux voitures, avec une aiguille à chapeau enfoncée d'une tempe à l'autre.

226

Leroux paraissait pétrifié. Il se serait bien laissé tomber sur son siège, mais il n'avait plus de siège. Alors il demeura les poings appuyés sur la table devant lui, l'œil mauvais, le souffle court.

Mary prit Fortin par le bras et lui jeta :

— Viens !

Ils dévalèrent l'escalier et lorsqu'ils furent dans la voiture, Fortin laissa éclater sa rage :

— Je l'aurais tué, ce con !

18

Lorsqu'ils arrivèrent rue Jean-Jacques-Rousseau, le corps de Cédric Bignon avait déjà été enlevé. On avait tracé la forme de son corps à la craie blanche entre les deux voitures et la vie avait repris, comme s'il ne s'était rien passé.

L'agent avait relevé le nom des témoins, mais en fait, il n'y avait pas de témoin. La jeune femme qui avait donné l'alarme avait découvert le corps alors qu'il gisait à terre. Elle n'avait rien vu d'autre.

— C'est incroyable ! dit Mary. On tue un type en plein jour, dans une rue du centre de Nantes, et personne n'a vu quoi que ce soit !

Le jeune flic sur son scooter hasarda une hypothèse :

— Peut-être qu'il a été tué dans une voiture et qu'on a jeté son corps là !

Mary secoua la tête négativement :

— Je ne crois pas.

À nouveau elle secoua la tête négativement.

— Pourquoi le jeter en plein centre de Nantes, à trois heures de l'après-midi avec toutes les chances de se faire repérer, au lieu d'aller faire ça discrètement en Loire à la nuit tombée ?

Elle ajouta en regardant la silhouette tracée à grands traits à la craie blanche sur le bitume :

— Et si on l'avait balancé d'une voiture, comme vous dites, sa tête aurait été du côté du trottoir... Or, si j'en juge par ce crobard, ce sont ses pieds qui reposaient sur le trottoir.

Elle regarda le jeune flic :

— C'est vous qui avez dessiné la silhouette ?

— Oui, capitaine.

— Vous avez bien fait.

Elle regarda le capot de la voiture sur laquelle Bignon s'était effondré avant de rouler à terre :

— Qu'est-ce que c'est que ces traces ?

Elle regarda le jeune flic :

— Avez-vous demandé un relevé d'empreintes ?

— Non.

— Qu'est-ce que vous attendez ?

Le flic jeta sur elle un regard à la fois méfiant et rancunier.

Mary ne s'en soucia pas. Elle regarda les maisons autour d'elle et dit à Fortin :

— On n'y coupe pas d'une enquête de proximité, mon vieux. Quel côté tu prends ?

— Pfff ! fit Fortin dégoûté. Il ne manquait plus que ça. M'en fous, c'est toi le chef.

Elle se retourna vers le jeune flic et ajouta, en montrant la Volkswagen noire sur laquelle elle avait repéré des traces de mains :

— Cette bagnole ne doit pas bouger avant que l'identité judiciaire soit passée. Compris ?

— Oui, capitaine, dit l'agent.

Ils se farcirent chacun trois immeubles de quatre étages, secouant les sonnettes, le plus souvent en vain.

En plein milieu d'après-midi, les gens travaillaient ou vaquaient à leurs occupations. Quelques vieilles personnes ouvrirent, méfiantes, d'autres fois ce furent des employées de maison, des femmes de ménage.

Ils se retrouvèrent bredouilles au pied de l'immeuble. Personne n'avait vu quoi que ce soit d'étrange ou d'anormal. En revanche, la jeune personne qui avait garé sa « biteul », comme elle disait, et qui entendait la reprendre, s'exaspérait de l'opposition de l'agent montant courageusement la garde.

La donzelle commençait à faire du bruit et ce ne fut pas l'arrivée de Mary Lester qui la calma :

— De quel droit… glapit-elle.

Mary la doucha :

— Calmez-vous, je vous prie, dit-elle d'un ton glacial.

Elle tenta de lui expliquer les circonstances qui la contraignaient à agir de la sorte, mais l'autre s'exaspérait de plus en plus, parlait d'« abus de pouvoir », de « porter plainte » et « des gens haut placés » qu'elle avait dans ses relations.

Ce dernier argument avait le don d'exaspérer Mary Lester. Elle tenta une dernière fois de lui faire entendre raison :

— Écoutez, j'ai un meurtre sur les bras et il faut absolument que les empreintes qui sont sur le capot de votre voiture soient relevées. Si vous voulez qu'on gagne du temps, accompagnez-moi jusqu'à l'identité judiciaire. Dès qu'ils auront relevé les empreintes, je vous rends votre voiture.

Mais la fille ne voulait rien savoir :

— J'en ai rien à foutre de vos histoires. Et je n'ai pas de temps à perdre à vous conduire ici ou là, laissez-moi partir !

— Puisque vous le prenez sur ce ton...

— Je le prends comme je veux ! glapit la fille.

Mary lui tourna le dos, interpella le jeune flic qui ne savait où se mettre et lui ordonna :

— Appelez la fourrière et faites conduire ce véhicule à l'identité judiciaire.

Cela ne coupa qu'un instant le sifflet de la jeune femme qui sortit un portable en disant à Mary :

— À la fourrière ? Pour qui vous prenez-vous ? Vous allez voir !

Mary haussa les épaules. Mais elle resta sur place, attendant la dépanneuse. La fille, voyant sa détermination, remit son téléphone en poche et tenta de composer :

— Ça prendra combien de temps, cette affaire ?

— Juste le temps qu'il faut ! dit Mary sèchement. Si vous aviez voulu coopérer, à cette heure on y serait déjà, à l'identité judiciaire, les relevés seraient faits et l'affaire serait classée.

— Bon, dit la fille, dans ce cas...

Mary la regarda, feignant la surprise :

— Tiens, vous revenez à de meilleures dispositions ?

— Ai-je le choix ? demanda son interlocutrice en la toisant d'un air de souverain mépris.

— Oui, dit Mary avec ce petit sourire ironique qu'elle savait si exaspérant, on peut toujours attendre la dépanneuse... Ça prendra le temps que ça prendra, mais après tout, si vous préférez qu'il en soit ainsi... À vous de choisir.

Furieuse, la fille tapa du pied sur le bitume à la manière d'une enfant gâtée à qui on refuse un caprice. Sa bouche se crispa, comme si elle cherchait quelque chose de particulièrement désagréable à dire.

Soit qu'elle ne trouvât rien d'assez blessant, soit que la prudence lui conseillât de se taire, elle jeta d'une voix aiguë :

— J'ai assez perdu de temps ! Où faut-il aller pour en finir avec cette histoire ridicule ?

— À l'hôtel de police, place Waldeck-Rousseau.

Soudain, elle parut calmée et résignée à suivre Mary Lester.

— Bon… dit-elle.

— Je décommande la dépanneuse ? demanda Mary.

La fille hocha la tête affirmativement et déverrouilla les portières de la Volkswagen. Mary donna des instructions au jeune flic et monta à côté de Marion Bélier. Ainsi s'appelait la jeune fille qui était, lui dit-elle lorsqu'elle put lui arracher deux mots, étudiante en sociologie.

— Qu'est-ce que je fais ? demanda Fortin par la vitre que Mary ouvrait.

— On se retrouve à l'usine, dit Mary. Si tu y arrives avant moi, préviens le technicien, je ne voudrais pas faire attendre mademoiselle.

Mademoiselle ne fit rien pour laisser croire qu'elle appréciait cette prévenance. La bouche boudeuse, les mains crispées sur le volant, elle regardait fixement au-delà du pare-brise. Mary commanda :

— Quand vous voudrez.

La voiture fit le tour de la place Graslin et redescendit vers le fleuve.

Arrivée sur le quai de la Fosse, elle tourna à droite au lieu de prendre à gauche.

— Oh, dit Mary. Je vous ai dit qu'on allait au commissariat, place Waldeck-Rousseau, il fallait prendre à gauche !

— Ah oui ? dit la fille avec un sourire insolent.

La voiture accélérait en direction de Chantenay, Mary sentit une rage froide l'envahir.

— À quoi jouez-vous ? demanda-t-elle.

— Je vais où je veux avec MA voiture, dit la fille sur un ton de défi.

Comme elle s'arrêtait à un feu elle ajouta :

— Si ça ne vous convient pas, vous n'avez qu'à descendre.

Mary empoigna le frein à main entre les deux sièges et le serra à fond.

— Je crois qu'on ne s'est pas bien comprises toutes les deux, dit-elle d'une voix dangereusement calme. Je vous somme de conduire cette voiture au commissariat, place Waldeck-Rousseau !

Le feu était passé au vert, derrière la Volkswagen des voitures s'impatientaient. Marion Bélier essaya de desserrer le frein à main que Mary tenait fermement.

— Lâchez ça !

— Que non ! dit Mary.

Derrière, on klaxonnait ferme, des voitures entreprenaient des manœuvres de dépassement et crachaient des injures au passage. Une fourgonnette qui s'était collée au pare-chocs de la Volkswagen et n'arrivait pas à se dégager entreprit de la pousser. Il y eut un léger choc et Marion Bélier, qui devait chérir sa belle carrosserie, sortit de son véhicule en poussant des glapissements hystériques.

— Non mais, ça ne va pas ?

Le chauffeur livreur, mal embouché lui aussi, répondit vertement :

— Tu n'as qu'à avancer, espèce de connasse ! C'est vert ! On ne va pas passer l'hiver ici, non ?

— Je ne pouvais pas…

— Comment, tu ne pouvais pas ? Regarde, ta bagnole part toute seule.

Profitant de la sortie de Marion, Mary s'était glissée à la place du chauffeur et avait démarré en souplesse.

— Ma voiture ! hurla la jeune femme. Au voleur, au voleur !

Elle se mit à courir derrière la Volkswagen qui s'arrêta quelques mètres plus loin. Elle se jeta sur la portière avant avec fureur :

— Rendez-moi ma voiture !

Mary Lester très calme avait baissé la vitre et braquait sur elle un pistolet automatique.

— Montez ! ordonna-t-elle d'une voix glaciale.

La fille recula d'un pas, sonnée.

— Qu'est-ce…

— Montez ! redit Mary.

Mais Marion Bélier paraissait au bord de la crise de nerfs. Elle se mit à reculer doucement, si bien que Mary eut peur qu'elle ne fasse un geste inconsidéré et qu'elle soit happée par une voiture. Elle jura, remit le Ruger dans son étui, sortit, empoigna la fille trop choquée pour opposer une résistance, lui passa les menottes et la fit entrer à l'arrière de la Volkswagen. La voiture n'ayant que deux portes, elle serait tranquille jusqu'à l'identité judiciaire. Heureusement il faisait beau, car s'il s'était mis à pleuvoir, toutes ces manœuvres auraient été vaines : les empreintes du capot auraient été irrémédiablement effacées par la pluie.

Mary atteignit la place Waldeck-Rousseau sans que Marion Bélier se soit manifestée une seule fois. Elle arrêta la voiture peu avant le portail menant à la cour du commissariat et demanda à sa passagère :

— Ça y est, vous êtes calmée ?

L'autre ne répondit pas.

— Je peux vous enlever les menottes ?

— Non, dit Marion, je veux les garder !

— Ce que tu es contrariante ! fit Mary avec lassitude.

— Et je ne vous permets pas de me tutoyer !

— Chochotte ! dit Mary en sortant de la voiture.

Elle ouvrit la porte du passager et prit rudement sa passagère au col :

— Je ne sais pas ce qui me retient de t'en coller une bonne ! gronda-t-elle. Allez, tends les mains !

Marion se méprit :

— C'est ça, dit-elle d'une voix de martyre, frappez-moi !

En disant ça, elle se reculait comme si l'espoir de recevoir une bonne baffe qui laisse des traces et la crainte d'avoir mal se livraient, en sa jolie tête perturbée, un combat incertain.

Mary lui prit les mains, récupéra ses menottes et claqua la porte.

Lorsqu'elle s'arrêta sur le parking du commissariat, Fortin l'attendait avec un flic de l'identité judiciaire.

— Eh bien, qu'est-ce que tu as foutu ? Tu es passée par Saint-Nazaire ?

— Presque. Mademoiselle Chochotte faisait des difficultés pour me suivre. J'ai dû prendre des mesures énergiques.

Sous les yeux de Fortin qui tentaient de voir si les mesures énergiques n'avaient pas laissé trop de traces, Marion sortit de la Volkswagen, très droite, et se dirigea vers la porte du commissariat d'un pas résolu.

— Oh là ! dit Fortin inquiet. Ça sent l'embrouille !

— Ne t'inquiète pas, dit Mary.

Elle s'attacha à suivre le travail du technicien qui s'affairait sur le capot noir et luisant de la Volkswagen.

— Alors ? demanda-t-elle.

— Il y a tout ce qu'il faut ! dit le flic.

— Parfait, dit Mary, gardez-moi ça au chaud, je vous en apporte d'autres, il faudra comparer.

Et à Fortin :

— Tu viens ?

Le technicien demanda :

— Qu'est-ce que je dis à la fille ?

— Qu'on en a fini, qu'elle peut reprendre sa bagnole quand elle veut.

Ils remontèrent dans la Twingo et Fortin demanda :

— À l'hôpital ?

Mary le regarda, stupéfaite :

— Pfff ! siffla-t-elle. Tu es en progrès, mon grand !

— Pourquoi ? demanda Fortin.

— D'ordinaire tu demandes : « Où on va ? » Maintenant tu trouves tout seul. Bravo !

— Je suppose, dit le grand lieutenant, que tu veux comparer les empreintes relevées sur le capot de la Volkswagen avec celles du macchabée…

— Bien déduit !

— Et comme à l'heure actuelle le macchabée doit être à l'hôpital…

Mary se carra dans son siège, s'assura que sa ceinture était bien bouclée et dit :

— Tu sais qu'il y a des moments où tu m'épates ?

— Fous-toi de ma gueule ! La prochaine fois je te laisserai te débrouiller avec Leroux !

Elle le regarda avec de grands yeux surpris :

— Tu ferais ça, Jipi ? Non-assistance à personne en danger ? Tu sais que ça peut coûter cher ?

— Ce qui va coûter cher, dit Fortin, c'est ce que la pisseuse que tu as secouée dans sa Volkswagen va raconter à Graissac. Je prévois une tonne d'emmerdes de ce côté-là !

Comme elle ne répondait pas, il s'exclama :

— Forcément, tu ne dis rien !

— Chaque chose en son temps, mon gros, voilà ce que je dis. L'important, ce sont les empreintes. Il faut les comparer à celles du macchabée. Les pleurnicheries de mademoiselle Chochotte peuvent attendre.

Ce en quoi Mary Lester se trompait. À l'instant précis où elle disait ces mots, le commissaire Graissac était en grande conversation avec son homologue du chef-lieu du Finistère, le divisionnaire Fabien, patron en titre de Mary Lester. Graissac avait entamé les hostilités par cette phrase dont il avait souvent l'usage depuis quelque temps :

— Mon vieux Lucien, je suis bien embêté !

— Encore ! s'était exclamé Lucien Fabien. Je te prête mon équipe de choc et tu n'y trouves pas ton compte ? J'avais pourtant cru comprendre que tu avais des affinités avec Mary Lester.

— Parlons-en ! s'était exclamé Graissac.

— Paraît même qu'elle t'a fait gagner un parapluie au golf dimanche dernier.

— Comment sais-tu ça, toi ?

— Tu sais bien que dans la police on sait tout !

— Ce n'est pas ce parapluie qui va me mettre à l'abri quand les catastrophes qu'elle provoque vont commencer à faire leur effet.

Le commissaire Lucien Fabien riait silencieusement au téléphone. Il prit un air étonné :

— De quoi tu me parles, Jean-Albert ?

— Tu sais qui sort de mon bureau à l'instant ? avait demandé Jean-Albert Graissac.

— Pas encore, mais tu vas me le dire.

— Marion Bélier !

— Je devrais connaître ?

— La fille de Gédéon Bélier.

— C'est pas un politicard, ça ?

— Comme tu dis, un sénateur, oui, et vice-président du Conseil régional par-dessus le marché. Rapporteur de la commission des lois…

— N'en jetez plus, l'interrompit Fabien, je suppose que la liste de ses titres est plus impressionnante que les casiers de Mesrine et de Pierrot le Fou réunis. Que lui arrive-t-il à cette charmante jouvencelle ? Car je suppose qu'elle est charmante ?

— Je n'en sais rien, je ne l'ai vue que furieuse.

— Hum ! fit-il en connaisseur. Elles ne sont jamais aussi charmantes que lorsqu'elles sont furieuses.

— Je n'ai pas eu le temps de m'en rendre compte, figure-toi ! Elle venait porter plainte contre TA Mary Lester.

— Voilà un possessif qui me paraît abusif, mon cher Jean-Albert ! Vu qu'elle est sous TA responsabilité – à TA demande –, c'est TA Mary Lester à toi. Ne délocalise pas le problème. De quoi se plaint-elle, cette fille de Bélier ?

— Oh, presque rien, dit Graissac d'un ton faussement patelin : arrestation arbitraire – mademoiselle Bélier a été braquée au pistolet, menottée –, vol de voiture, menaces, voies de fait, etc., etc. Alors, tu vois, tu peux faire de l'esprit !

— Bigre, dit Fabien, elle se déchaîne TA Mary Lester ! Et que dit-elle pour sa défense ?

— Elle ne dit rien, justement, elle a disparu, s'exaspéra Graissac en changeant de ton.

— À part ça, ça va ?

— Non, ça ne va pas ! Elle s'est prise de bec avec mon meilleur flic que TON gorille a fait passer pardessus son bureau.

— Tu veux sans doute parler du lieutenant Fortin.

— De Fortin, oui ! Il n'a pas l'air d'avoir inventé la poudre…

— Ça non, dit Fabien, mais en cas de problèmes, comment dire… physiques…

239

— Pour la castagne, quoi, s'exaspéra Graissac.

— Pour la castagne, c'est le mot que je cherchais, il ne craint personne.

Fabien s'amusait comme un petit fou tandis que Graissac montait en régime.

— Des voies de fait, dans mon commissariat !

— Et qui est la victime ?

— Mon meilleur enquêteur, le capitaine Leroux.

— Quelque chose de cassé ?

— Une chaise !

— Une chaise ? dit Fabien, jouant les indignés. Nom de Dieu, il ne va pas s'en tirer comme ça ! Je vais la défalquer de sa paye ! Mais qu'est-ce qui lui a pris ? Qu'est-ce cette chaise lui avait fait ?

— Il s'agit bien de la chaise, rugit Graissac. Arrête de te foutre de ma gueule, Lucien !

— Tu as raison, dit Fabien avec une fausse contrition. Ce n'est pas charitable. Ce Leroux...

— C'est lui qui a été chargé de l'enquête, alors tu comprends...

— Je comprends qu'il n'a pas apprécié de voir un autre flic, et une femme en plus, venir sur ses brisées.

— Probablement. Depuis leur arrivée, Lester et lui sont comme chien et chat.

— Ah ! Si Leroux a contrarié Lester... Peut-être même qu'il l'aurait menacée.

— Je n'en sais rien, moi !

— Tu devrais le savoir, Jean-Albert, car s'il a menacé Lester, TON Leroux a pris des risques, de gros risques. C'est bien simple, Fortin ne supporte pas qu'on élève la voix contre le capitaine Lester. Et alors, s'il a levé la main... Oh là là ! Il aime vivre dangereusement, TON Leroux ! Et tu dis qu'en dehors de la chaise il n'y a rien de cassé ?

— Pas que je sache.

— Eh bien tu diras à TON Leroux qu'il s'en tire bien, et que, désormais, il faudra qu'il soit bien poli et bien correct avec le capitaine Lester.

— Désormais ? souffla Graissac. Parce que tu t'imagines que je vais les garder ?

Fabien répondit à la question par une autre question :

— Où en est l'enquête ?

— Parlons-en ! Depuis cet après-midi, j'ai un quatrième cadavre sur les bras !

— Même méthode ?

— Oui, les tempes percées de part en part... Une épingle à chapeau, une nouvelle fois.

— Fâcheux !

— Le mot est faible !

— Et tu dis que tu n'arrives pas à joindre Mary Lester ?

— Non. Son portable est sur répondeur.

La voix de Fabien se fit solennelle :

— Alors là, je te dis Jean-Albert, c'est tout bon !

— Ah, tu trouves, toi ?

— Absolument ! Crois-en ma vieille expérience, la souris tient une piste. Laisse flotter, ne lui serre pas la bride, tu as tout à y gagner.

— Et pour la petite Bélier ?

— Laisse flotter aussi. Entends Mary avant de faire quoi que ce soit.

— Si j'arrive à lui mettre la main dessus.

— Ne t'inquiète pas, ce n'est pas la peine de lancer un avis de recherche. Elle sera là quand il faudra.

— Et si le sénateur se manifeste ?

— Présente-lui tes respects.

— Si tu crois que ça va suffire !

— Dis-lui qu'une enquête est en cours. Ça ne mange pas de pain et ça gagne du temps. L'enquête en cours est au policier ce que la commission d'enquête est au politique : le moyen de faire refroidir un sujet brûlant et de faire retomber le soufflé. D'ici qu'elle aboutisse, cette enquête, Mary aura déniché ton assassin et le sénateur (qui aura eu le temps d'oublier l'accès d'humeur de sa gamine), accompagné du ministre, viendra en personne te féliciter.

— Tu crois ? fit Graissac, ébranlé.

— Bien sûr ! Mais maintenant, si tu préfères me la renvoyer, c'est à toi de voir.

— Je connais le sénateur Bélier, dit Graissac, il n'est pas homme à oublier si facilement.

— Et moi, je connais Mary Lester, fit Fabien du tac au tac.

— Tu es devenu bien optimiste, Lucien ! soupira Graissac.

— Ah, fit Fabien avec bonhomie, avec l'âge... Allez, salut, Jean-Albert.

Il raccrocha et confia avec un petit sourire malicieux, à son image qui se reflétait dans le sous-verre d'une affiche accrochée au mur de son bureau :

— Je le constate tous les jours, avec l'âge, je supporte de mieux en mieux les maux d'autrui.

19

Cédric Bignon reposait dans un sac plastique blanc sur un chariot de la morgue. Pour un type qui avait toute sa vie voué un culte aux belles voitures anglaises, quelle triste fin ! Il accomplissait son dernier parcours sur le chariot de monsieur Tout-le-monde. À la morgue, plus question de marques !

C'est fou ce que les choses vont vite, pensa Mary Lester en contemplant le corps de l'agent immobilier prêt à plonger dans son tiroir réfrigéré.

En commençant cette belle journée ensoleillée, Cédric Bignon avait dû avoir quelques préoccupations propres à sa profession : qui fallait-il arroser pour obtenir tel permis de construire en zone protégée ? Comment décider un acheteur potentiel à signer pour une maison sise en zone inondable ? Où garer sa Jaguar ?

Et maintenant...

Maintenant il reposait paisiblement, le visage détendu, avec, pour toute trace de mort violente, un petit carré de sparadrap sur chaque tempe.

Le médecin qui avait tenu à accompagner Mary et Fortin portait une blouse blanche à la pochette de laquelle était épinglé un badge indiquant qu'on était en présence du docteur Choucroun.

Le docteur Choucroun avait les mains enfoncées dans les poches de sa blouse, comme s'il craignait les pickpockets. Son regard curieux et mobile courait rapidement de Mary au macchabée, du macchabée à Mary.

Son visage très brun, ses traits tout en rondeur annonçaient une ascendance orientale. Il portait de toutes petites lunettes ovales à la monture d'acier sur un nez busqué, et d'épais cheveux noirs jaillissaient en touffes sur les côtés de sa tête tandis que le milieu de son crâne était affecté par une calvitie précoce mais prononcée.

Derrière les lunettes, des yeux très bruns, très vifs, très interrogateurs. Il avait de petits mouvements de tête soudains, comme un oiseau inquiet qui cherche du regard l'endroit d'où le matou va jaillir pour lui voler dans les plumes.

Par moments, on aurait dit qu'il faisait des mines, qu'il prenait la pose et hop, un nouveau mouvement brusque d'automate mû par un imprévisible ressort détruisait cette illusion.

— Il était mort lorsqu'il est arrivé chez vous ? demanda Mary en regardant le macchabée.

Le médecin hocha la tête.

— Oui, il était même mort avant qu'on ne l'embarque dans l'ambulance.

Il avait une curieuse voix chantante qui sentait bon le fenouil et la garrigue. Pas la tonalité qui convenait pour les lieux et la circonstance.

— Dans l'état actuel des choses, que pouvez-vous nous dire ?

— Voici l'arme du crime, dit le docteur Choucroun en montrant une longue aiguille terminée par une petite boule jaune reposant dans une cuvette d'inox.

— Une aiguille à chapeau, dit Mary en la prenant par son milieu.

— Oui, de l'acier pour la tige, de l'ambre pour la boule.

Mary examina la petite boule jaune sous la lumière froide qui tombait du plafond.

— De l'ambre ? répéta-t-elle. Vous êtes sûr ?

Le docteur Choucroun hocha la tête avec assurance :

— Oui.

Il ajouta, avec un demi-sourire :

— À l'époque où les dames utilisaient cet accessoire, on n'avait pas encore inventé le plastique.

Comme Mary le regardait d'un air surpris, Choucroun hocha la tête en souriant.

— Mon père était bijoutier...

— Où ça ?

— À Beyrouth.

— Vous m'en direz tant !

Il prit l'aiguille des mains de Mary en disant avec courtoisie :

— Vous permettez ?

Mary la lui tendit et Choucroun l'examina en connaisseur.

— Un objet d'une facture assez ancienne, je dirais.

Mary le regardait, intéressée.

— Vous l'avez dit, il y a bien longtemps qu'on ne met plus de chapeaux extravagants nécessitant de tels artifices pour tenir sur une tête.

245

— Hélas ! dit le docteur Choucroun en laissant tomber l'épingle dans le bassin d'inox, où elle tinta.

Et comme Mary le regardait curieusement, il ajouta, les mains jointes, la tête penchée sur le côté comme un saint de vitrail :

— Ce que ce monde barbare a gagné en commodité, il l'a perdu en élégance.

— Que de nostalgie, docteur ! dit Mary.

— Eh oui, je suis un nostalgique de la Belle Époque, des Bugatti, des traversées transatlantiques qui duraient six jours en paquebot de luxe, des robes de Poiret et des chapeaux extravagants.

Il ajouta, avec un petit air malicieux :

— Liste non exhaustive.

— Je vois, dit Mary en souriant.

Elle en oubliait presque le lieu sinistre où elle se trouvait, et surtout pourquoi elle s'y trouvait.

— Mais lui ne devait plus rien voir, ajouta le docteur en montrant son patient figé pour l'éternité.

— Que voulez-vous dire ?

— Regardez, dit l'homme de l'art en montrant les pansements. L'aiguille est entrée par ici – il montrait la tempe gauche – et ressortie par là. Il montrait maintenant la tempe droite.

Avant qu'on lui pose la question, il précisa avec un sourire ravi :

— Je le sais, c'est moi qui l'ai enlevée. Il est probable, ajouta-t-il, qu'au passage l'aiguille a lésé le nerf optique.

— Dans ce cas, que se passe-t-il ? demanda Mary.

— C'est comme si on coupait le courant, dit le médecin. Noir absolu immédiatement.

— Merde ! dit Fortin impressionné.

— Mais dites donc docteur, j'ai l'impression que ce coup a été porté avec une précision chirurgicale.

— Vous avez dit le mot, mademoiselle. Une précision chirurgicale.

— On peut donc penser, dit Mary, que la victime connaissait son meurtrier. Assez bien en tout cas pour ne pas s'en méfier, pour le laisser s'approcher et frapper…

— Non, non, non, dit Choucroun d'un air réjoui. On aurait cru qu'il chantonnait.

Mary le regarda avec surprise et le médecin, fier de son effet, sourit.

— On lui a immobilisé la tête, dit-il.

Mary, qui avait envisagé cette hypothèse, demanda, intéressée :

— Vous pensez qu'il y a plusieurs agresseurs ?

— Possible, dit Choucroun. Mais je n'en sais rien. Toujours est-il qu'on lui a coincé la tête dans quelque chose de dur.

— De dur !

Le docteur Choucroun s'approcha du cadavre et ouvrit la fermeture éclair du sac plastique de manière à dégager le cou de la victime.

— Regardez ! Ici, là, on voit des marques rouges.

En effet, sous les oreilles, la chair restait marquée car des fragments de peau s'étaient arrachés.

— Évidemment, dit le docteur Choucroun, dès lors que la tête est immobilisée, il devient facile d'enfoncer l'aiguille d'une tempe à l'autre.

— Le problème étant de l'immobiliser, bien entendu, dit Mary.

— Cela va de soi, fit le docteur.

— Ça rentre sans difficulté ? demanda Fortin avec une grimace. Il était presque aussi blafard que le carrelage qui couvrait les murs de la pièce.

Le bon docteur eut un sourire radieux et prononça une phrase inintelligible.

— Pardon ? dit Mary.

— Excusez-moi, fit Choucroun courtoisement, par moments je pense en libanais.

— Et en français ça voudrait dire ?

— Comme dans du beurre ! fit-il avec un bon sourire en faisant une petite courbette.

— Essayez, fit-il malicieusement, lorsque vous prendrez votre petit-déjeuner. Une aiguille et le beurre, vous verrez, ça rentre très facilement !

Il surveillait du coin de l'œil le grand Fortin et semblait se réjouir de la faiblesse que manifestait ce costaud devant un type qui ne pourrait plus faire de mal à personne. Soudain, Fortin se précipita vers les toilettes sous le regard ironique du docteur Choucroun qui dit à Mary d'une voix candide :

— Il est très sensible, n'est-ce pas ?

Elle s'efforça de sourire, mais ce fut un bien pâle sourire.

— Dites-moi, docteur, fit-elle d'une voix étranglée, ce genre de blessure tue en combien de temps ?

— Il faudra attendre les résultats de l'autopsie pour avoir plus de précisions, dit-il prudemment.

— Mais vous pouvez tout de même me dire si la mort est immédiate…

— Elle n'est pas immédiate, je pense.

— Donc, la victime a pu faire quelques pas avant de s'effondrer.

— Oui… Un peu à la manière d'un canard dont on coupe la tête et qui continue à déambuler pendant un certain temps. Mais, corrigea-t-il, il n'aurait pas fait des kilomètres dans cet état !

— Pas des kilomètres, mais plusieurs mètres ?

— Assurément.

— Bon, dit Mary. J'attends votre rapport d'autopsie, mais en attendant, pouvez-vous me confier ses empreintes digitales ?

— Sans aucun problème, dit le docteur Choucroun. Si vous voulez bien me suivre dans mon bureau…

— Pas le moindre doute, capitaine, dit le technicien de l'identité judiciaire. Les empreintes qu'il y avait sur le capot de la Volkswagen sont bien celles de votre victime.

— Je l'aurais parié, dit Mary, mais maintenant j'en ai la certitude.

— Hum… fit le technicien prudemment, le patron vous a demandée à plusieurs reprises ; si j'étais vous, j'irais voir ce qu'il veut.

— Si j'étais vous, j'irais aussi, dit Mary. Mais voilà, Mercier, je ne suis pas vous et il se trouve que je sais ce qu'il veut. Croyez-moi, ça n'a rien d'urgent. Tu viens, Fortin ?

Mercier jeta un regard plein d'incompréhension et d'appréhension à Fortin, un air de dire : « Elle prend des risques, la gamine ! » Le grand lieutenant écarta les mains en signe d'impuissance, d'un air de dire : « C'est comme ça ! », avant d'emboîter le pas à Mary Lester.

Elle s'installa dans la Twingo à la place du passager et ordonna à Fortin :

— Rue Jean-Jacques-Rousseau, au trot !

Pendant le trajet, elle se rencogna dans son siège et dit à Fortin :

— J'adore avoir un chauffeur !

La rue Jean-Jacques avait retrouvé l'activité habituelle d'un jour de beau temps.

Personne n'aurait pu se douter qu'un homme était mort sur ce trottoir quelques heures auparavant.

Mary se campa sur le trottoir, regarda l'alignement de maisons et dit : « c'est ici ».

— C'est ici, quoi ? demanda Fortin.

— C'est ici que notre gazier a été tué.

— Pardi, on le sait bien ! dit Fortin.

Mary précisa :

— Non, on pensait que c'est ici qu'il est mort, mais jusqu'à présent on ne savait pas où il avait été tué. Comment verrais-tu les choses, toi, Jipi ?

— Ben… dit Fortin avec embarras, je serais assez d'accord avec le flic qui a été le premier sur les lieux…

— Tu penses qu'on l'a tué ailleurs et jeté là ?

— Pourquoi pas, puisque personne n'a rien vu !

Mary secoua la tête négativement :

— Ça ne tient pas. Tu veux connaître ma version ?

— Vas-y !

— Le type a été tué dans une de ces maisons. Son ou ses agresseurs l'immobilisent, comment, je l'ignore, et lui enfoncent l'aiguille dans la tête. À ce moment, Bignon n'est pas encore mort. Il n'y voit plus, mais, comme dit le docteur Choucroun, il peut marcher quelque temps, comme un canard dont on a coupé la tête. Tu as déjà vu un canard dont on a coupé la tête, Jipi ?

— Non, dit Fortin d'une voix âpre, il faut être cinglé pour faire des trucs pareils !

— Tu as raison, dit Mary, il faut être cinglé… Ou avoir très faim ! Moi non plus je n'en ai jamais vu, mais il paraît que la pauvre bête court au hasard, et pour cause : elle ne peut pas voir où elle va. Donc, poursuivit-elle, Bignon a son aiguille dans le cerveau, il va comme un canard sans tête. Quelqu'un le guide jusqu'à la rue et le lâche sur le trottoir. As-tu remarqué que la rue Jean-Jacques est en pente ? Naturellement, il suit cette pente à l'aveuglette si je puis dire, déjà inconscient, heurtant là un mur, ici une voiture en stationnement, et puis il finit par s'affaler sur le capot de la Volkswagen de mademoiselle Bélier. Là il s'écroule entre deux voitures et il meurt.

Elle regarda de nouveau les immeubles aux fenêtres closes et dit :

— Mon vieux Jipi, il va falloir qu'on se refasse tous ces appartements, et finement !

— Pfff ! J'ai déjà donné ! Et puis ce soir ma belle-sœur a invité des voisins en mon honneur.

Il regarda sa montre :

— Il est déjà dix-neuf heures.

— Eh bien va, puisque tu préfères la compagnie de ta belle-sœur à la mienne.

— Ce n'est pas ce que je veux dire, fit Fortin au supplice, mais merde, comprends-moi !

— Tu n'as pas besoin de jurer pour ça !

— Je peux prendre ta voiture ?

— Tu peux, oui.

Fortin tenta de lui faire une bise qu'elle esquiva, comme si elle était fâchée, mais lorsqu'il se fut éloigné de dix pas elle lui jeta :

— Bonne soirée, vieux, et surtout n'abuse pas du chou-fleur !

Elle allait traverser la rue lorsqu'une voiture banalisée freina brutalement devant elle. Damien était au volant, Leroux à la place du passager. Il ôta son tronçon de cigare répugnant de sa bouche et éructa :

— Le patron veut te voir, ma belle. Ton carrosse est avancé.

— Je le sais bien, lui dit-elle, mais j'ai à faire. Demain…

— Il a dit tout de suite ! fit Leroux menaçant.

Il brandit les menottes :

— Ou tu montes de ton plein gré, ou je te colle les pinces. Comme tu veux, tu choisis !

Mary regarda une dernière fois les façades grises. Il ne servirait à rien de faire de la résistance. Leroux serait trop content de lui passer les menottes.

Elle ouvrit la porte arrière et s'installa. Leroux se retourna à demi et grinça :

— On devient raisonnable, dirait-on !

Elle regarda droit devant elle, sans répondre.

20

C'est un Leroux triomphant qui accompagna Mary Lester jusqu'au bureau du commissaire Graissac.

Il frappa à la porte, l'ouvrit et s'effaça pour faire entrer Mary.

— Le capitaine Lester, monsieur le commissaire, dit-il avec de la jubilation dans la voix.

Avant de refermer la porte, il lui glissa au passage en parlant d'un seul côté de la bouche :

— Un partout, Lester.

Le commissaire Graissac était assis derrière son bureau. Il indiqua du doigt une chaise et ordonna :

— Asseyez-vous.

Mary obtempéra et attendit.

— Capitaine, dit Graissac d'un ton glacial, j'ai souhaité vous voir…

Ça ne venait pas bien, le commissaire avait du mal à formuler sa phrase.

— J'ai souhaité vous voir car je ne suis pas content.

— Je m'en doute.

— Vous vous en doutez ?

Il essayait d'être sarcastique.

— Évidemment ! On fait rarement intercepter un officier de police pour lui dire qu'on est content ! Donc, vous n'êtes pas content.

— Et vous savez bien pourquoi.

— Il se peut... Dites voir ?

— Mademoiselle Bélier est venue cet après-midi porter plainte nommément contre vous.

— Ah ah ! Voilà qui est intéressant.

— C'est tout ce que vous trouvez à dire ?

— En attendant de connaître le motif de cette plainte, oui.

— Elle vous accuse, entre autres, de menaces de mort, d'abus de pouvoir, de vol de voiture, de voies de fait...

— Rien que ça ! dit Mary. Si je comprends bien, je vais en prendre pour vingt ans !

— Je vous conseille d'abandonner cette attitude, dit sévèrement Graissac. Mademoiselle Bélier est la fille du sénateur Bélier...

— C'est donc à ça qu'elle faisait allusion en parlant de ses relations haut placées ! Tant d'arrogance pour un simple sénateur, avec les manières qu'elle a faites, je m'attendais pour le moins à avoir un ministre d'État sur le dos, fit Mary avec désinvolture. Vous permettez ?

Sans attendre la réponse, elle tira à elle une chaise et s'assit.

— Faites comme chez vous ! fit Graissac, choqué en la regardant comme s'il n'en croyait ni ses yeux, ni ses oreilles.

— Merci, dit-elle en ouvrant son duffel-coat. J'ai trotté toute la journée et je commence à en avoir plein les bottes ! Ouf ! Ça fait du bien de s'asseoir !

Le commissaire Graissac en resta coi un instant, éberlué par cet aplomb tranquille, puis il reprit, néanmoins troublé par la désinvolture du capitaine Lester :

— Le sénateur Bélier est également vice-président du Conseil régional et rapporteur des lois...

— Et c'est, bien sûr, ce qui autorise mademoiselle sa fille à s'estimer au-dessus desdites lois.

Cette fois, Graissac se fâcha tout rouge :

— Ça suffit, capitaine Lester ! Vous êtes d'une inconscience... D'une insolence...

Il en bredouillait.

— Je ne vous permets pas...

— Vous ne me permettez pas de poursuivre mon enquête ?

Le pauvre commissaire en resta une nouvelle fois sans voix, puis il demanda, exaspéré :

— Ai-je dit cela ?

— Mieux que ça, vous l'avez fait !

Graissac cherchait des yeux un témoin – absent, hélas ! – qui aurait pu constater le délabrement mental du capitaine Lester.

— Vous me faites arrêter comme une voleuse à la tire par un flic douteux alors que j'étais sur une piste.

— De qui parlez-vous ?

— Si c'est du flic douteux, de Leroux bien sûr !

— Leroux est mon meilleur élément, protesta Graissac.

— Compliments ! dit Mary. Qu'est-ce que ça doit être, les autres !

— Je ne vous permets pas...

— De poursuivre mon enquête. J'ai compris, monsieur.

Elle se leva, déposa sa plaque et son arme sur le bureau de Graissac.

— Qu'est-ce que vous faites ?

— Je vous rends mon tablier ! Je l'ai déjà fait, suite à une intervention politique, et puis monsieur Fabien a su me persuader que les choses n'étaient plus comme avant, que je pouvais revenir. Seulement monsieur Fabien s'est trompé, et moi aussi. J'ai été naïve. Au moins, la dernière fois j'avais été sacquée par un ministre. Maintenant, c'est par un sénateur. Les choses ne s'arrangent pas au beau pays de France ! À ce train, bientôt un conseiller municipal pourra faire révoquer un flic parce qu'il aura fichu une contredanse à sa belle-mère.

Elle regarda Graissac dans les yeux sans ciller :

— Sans moi, monsieur !

Graissac s'était rassis, comme s'il venait de prendre un coup sur la tête.

— Je vais encore vous dire une chose, monsieur Graissac, reprit Mary en se levant, si cette greluchonne s'était appelée Ginette Tartempion, fille de Lulu Tartempion, chômeur de longue durée, au lieu d'être née Bélier, fille de sénateur… Si elle avait circulé dans une R 5 hors d'âge et non dans une « biteul » de l'année, vous auriez applaudi à son incarcération pour entrave à l'action de la force publique, tentative de destruction de preuves dans une affaire criminelle, outrage à policier dans l'exercice de ses fonctions et refus d'obtempérer. Maintenant…

— Maintenant quoi, fit Graissac.

— Maintenant ça passera par la presse avant d'arriver à la justice.

— Que voulez-vous dire ?

— Je veux dire que mon journal sera ravi d'avoir les détails de l'enquête sur le tueur de Nantes, et de publier le nom du coupable avant même que le commissaire Graissac le connaisse.

Elle ajouta :

— Avec les photos, bien entendu !

— Votre journal ?

Graissac s'était levé. Les poings posés sur son sous-main, penché en avant, il était devenu plus pâle :

— De quoi parle-t-on ?

— De *Paris Flash*.

Graissac tenta d'ironiser :

— *Paris Flash* ! Rien que ça !

Mais ça tomba à plat.

— Le commissaire Fabien ne vous a pas dit que pendant le temps où j'ai quitté la police j'ai fait du journalisme et que j'ai écrit pour ce titre ? Vous seriez bien le seul à l'ignorer ! Eh bien, je vais reprendre ces fonctions auxquelles monsieur Fabien m'avait convaincue de renoncer. C'est mieux payé que la police et on est mieux considéré.

— Attendez ! s'écria Graissac paniqué.

— Attendre quoi ? J'ai assez perdu de temps et d'énergie avec votre « meilleur élément ». Le bonjour, monsieur.

— Capitaine Lester !

La voix s'était faite suppliante.

257

— Ceci n'est qu'un malentendu ! Je m'entretenais de cette affaire cet après-midi avec mon ami Fabien et...

— Et vous lui avez expliqué comment j'étais traitée dans votre commissariat ?

Graissac ne répondit pas directement à la question. Il poursuivit la phrase que Mary avait interrompue.

— Et il me disait... enfin, il me conseillait de vous laisser la bride sur le cou.

Mary se retourna, la main sur la poignée de la porte :

— J'ai l'impression que c'est un conseil que vous n'avez pas entendu !

— Comment pouvez-vous dire cela ?

— Comment pourrais-je dire le contraire ? Vous me faites arrêter en pleine rue...

— Vous exagérez... Bien entendu, je souhaitais avoir des nouvelles de l'enquête...

— Demandez-les à Leroux ! Pour un peu, il me mettait les pinces !

— Vous savez bien que Leroux s'est planté tout du long dans cette affaire.

Mary lâcha la poignée de la porte et, les poings sur les hanches, fit deux pas vers le bureau :

— Ah, vous vous en êtes enfin rendu compte ?

Graissac se recula dans son fauteuil de bureau en soupirant d'une voix lasse :

— Où en êtes-vous, capitaine ?

Mary eut l'impression qu'il avait épuisé toute son énergie à essayer de faire le méchant.

Elle faillit lui répondre qu'il le lirait sans tarder dans son journal habituel, puis elle se dit qu'il ne fallait peut-être pas pousser le bouchon trop loin. Graissac n'était pas un méchant, il ne méritait pas qu'on le traite trop cavalièrement.

Mary se radoucit :

— C'est en bonne voie, monsieur. Et si j'avais pu rester sur le terrain, pardonnez-moi de me répéter, au lieu d'être arrêtée comme une voleuse, nous aurions gagné du temps.

— Excusez-moi.

Ah… Si le commissaire s'excusait, ça changeait tout ! Il poussait la carte et le pistolet vers elle.

— Allons, reprenez ça !

Un baroud d'honneur s'imposait :

— Je ne sais si je dois.

— Allons, capitaine Lester, un bon geste. Si vous souhaitez réellement démissionner, faites-le auprès de Fabien. S'il pense que c'est de ma faute, il m'en voudra éternellement.

Mary rempocha sa carte et son arme.

— Mais, monsieur Graissac, dit-elle calmement, monsieur Fabien ne m'a jamais donné motif à démissionner. C'est même lui qui m'a convaincue de reprendre ma démission.

Elle s'appuya au dossier de la chaise et prit une profonde inspiration.

— Maintenant que les choses se sont décantées, je vais vous raconter ce qui m'a amenée à agir comme je l'ai fait avec mademoiselle Bélier.

Elle laissa la phrase en suspens, et, voyant que Graissac attendait avec impatience, elle poursuivit :

— Le corps de notre quatrième victime, Cédric Bignon, gisait entre deux voitures en stationnement rue Jean-Jacques-Rousseau. Or, il y avait des traces de mains sur le capot d'une Volkswagen Beetle noire, là où notre homme était tombé. Je voulais simplement que l'on relève ces empreintes pour les comparer à celles de la victime.

— Vous pensiez que l'homme aurait été agressé dans la rue Jean-Jacques et qu'il se serait écroulé entre deux voitures ?

— Exactement.

— Mais à cette heure la rue Jean-Jacques…

— Est très fréquentée, oui monsieur. Comme l'était le passage Pommeraye lors de l'assassinat de Corinne Pagès, comme l'était le tramway lors de l'exécution d'Angèle Puy… Seul Albert Leterrier est mort dans un endroit relativement désert. Mais si fréquentés qu'aient été ces lieux, nous n'avons trouvé aucun témoin de ces agressions. Or, je sais comment on a tué Corinne Pagès, je sais comment on a tué Angèle Puy et je commence à entrevoir comment on a tué Cédric Bignon. Ce que j'ignore en revanche, c'est pourquoi on les a tués, et surtout qui les a tués. Mais quand on saura pourquoi, on saura qui.

— Comment allez-vous opérer ?

— Avec votre permission, monsieur ?

— Vous l'avez.

— La routine, monsieur, la bonne vieille routine. L'enquête de proximité.

Graissac se leva, toujours embarrassé et dit :

— Bon, eh bien… Eh bien…

Puis il lui tendit la main.

— Sans rancune, Mary ?

Tiens, elle était redevenue Mary, comme le dimanche, sur le golf.

— Sans rancune, monsieur, dit-elle en lui serrant la main.

— Pour ce qui est de mademoiselle Bélier, dit-il, ne vous en faites pas, au besoin j'expliquerai les choses au sénateur.

Elle le regarda avec un sourire désarmant.

— S'il y a une chose pour laquelle je ne me suis jamais fait de souci, c'est bien pour celle-là, monsieur.

Elle se pencha sur le bureau de Graissac, s'y appuyant des deux mains :

— Mais si vous voyez le sénateur, expliquez-lui, s'il vous plaît, que sa ravissante fille n'est pas au-dessus des lois et que quand un policier lui demande – poliment – de se plier à certaines contraintes, elle n'a pas à monter sur ses grands chevaux et à se prévaloir de sa parentèle, si glorieuse soit-elle, pour s'y soustraire.

— Je n'y manquerai pas, dit platement Graissac.

Promesse que Mary ne prit évidemment pas pour argent comptant.

21

Elle sortit et la porte se ferma doucement sur elle. Au bout du couloir Leroux barrait le chemin, la regardant arriver, le cigare aux lèvres en ricanant. Il devait la guetter depuis son entrée chez le patron. Peut-être était-il déçu de n'avoir pas entendu d'éclats de voix.

— On dirait que tu es moins fière quand ton gorille n'est pas là.

Mary ne répondit pas. Elle s'arrêta devant lui et leva les yeux en montrant un point au plafond. Leroux, intrigué, suivit le doigt en levant la tête. Alors, d'un brusque coup de genou, Mary lui écrasa l'entrejambe. Il tomba à genoux en couinant de douleur.

Elle le regarda un instant se tordre en se tenant le bas-ventre et lui jeta :

— Deux à un, connard. À moi de servir.

Elle fit un grand pas pour l'éviter et poursuivit dignement son chemin.

Le lieutenant Kevin Damien se tenait devant le bureau de Mary Lester, et celle-ci consultait le rapport qu'il lui avait remis.

— Ainsi, dit Mary songeuse, vous avez fait le tour des antiquaires et brocanteurs susceptibles de vendre ce genre d'article...

— Oui, dit Damien, c'est même là que Leroux nous a ordonné de gratter en tout premier lieu. Buisson et Lejeune, deux lieutenants, s'y sont collés avec moi, et je peux vous dire que ça n'a pas été de la tarte. Vous n'avez pas idée du nombre de brocanteurs qu'il y a dans l'agglomération.

— Et alors ? demanda Mary.

— Beaucoup d'énergie dépensée en vain, dit Damien avec une grimace. Les aiguilles à tête d'acier seraient relativement courantes et ne présentent pas de valeur. En revanche, celles qui ont une tête fantaisie sont recherchées par certains collectionneurs et atteignent des cotes étonnantes.

— Mais encore ?

— Une épingle telle que celle qui a tué Corinne Pagès peut aller chercher dans les trois cents euros.

— Deux mille balles, traduisit Fortin qui était encore en délicatesse avec la monnaie nouvelle. C'est une arme de luxe. Un bon tournevis un peu affûté ferait aussi bien l'affaire pour cent fois moins cher.

Mary regarda son collègue avec intérêt.

— Mais tu as raison !

— Quels sont ces collectionneurs ? demanda Fortin à Damien. Vous avez obtenu des noms ?

— Bof, il y en a toute une liste ! Mais ça n'est pas très significatif car en général les commerçants n'ont retenu que les noms des clients qui ont payé par chèque.

— Et alors ?

— Si tu avais de mauvaises intentions, dit Damien, tu irais payer une arme par chèque alors que tous les brocanteurs préfèrent le liquide ? Avec un chèque on peut retrouver ta trace, avec le liquide...

Il eut un geste de la main évoquant un poisson filant dans l'eau et fit :

— Pfuittt...

Damien se tourna vers Mary :

— Maintenant, si vous souhaitez qu'on aille voir ces collectionneurs, on peut s'y coller.

— Je ne crois pas que ce soit nécessaire, du moins dans l'immédiat, dit Mary. J'imagine mal un collectionneur abandonnant ces objets de prix... Un collectionneur est très attaché à ses collections, il ne les sème pas ainsi à tout vent.

— Sauf, dit Fortin, s'il y a un message à faire passer.

— Précise, demanda Mary, curieuse.

Le lieutenant Fortin l'intriguait par ses réflexions judicieuses, pour ne pas dire astucieuses, auxquelles elle n'était pas habituée.

— Il y a peut-être quelqu'un à Nantes, dit Fortin, qui sait d'où viennent ces aiguilles. C'est peut-être un avertissement pour cette personne.

— Une sorte de chantage ? demanda Damien.

— Une sorte, comme tu dis.

— Non, dit Mary, ça ne colle pas ! Un mort, deux à la rigueur, mais quatre ! Il serait un peu dur à la détente, le type menacé, et le maître chanteur aurait une drôle de constance.

— Ça, pour de la constance, il en a, dit Damien, quatre semaines, quatre morts ! De la constance et de la régularité.

— Il tient le rythme, fit Fortin admiratif, comme s'il évoquait un exploit sportif. Dis donc, ajouta-t-il à l'intention de Mary, et si on le défiait ?

Elle regarda le lieutenant. Il en avait des idées, ces temps-ci. Ça devait être le chou-fleur.

— Explique-toi.

— On dit qu'on tient le meurtrier…

— Adrien Balen ?

— Oui, on a un coupable tout désigné sous la main.

— Et alors ? demanda Damien.

— Et alors, dit Mary songeuse, ça peut provoquer le tueur. Si c'est un malade, ça peut le pousser à une faute qui lui serait fatale. C'est pas bête, Jean-Pierre. D'un autre côté…

— D'un autre côté quoi ? demanda Fortin.

— D'un autre côté, ça nous amène à faire une publicité à ces meurtres. Jusqu'à présent la presse ne les a pas montés en épingle – si j'ose dire –, je ne suis pas sûre que le patron serait d'accord pour qu'on opère de la sorte.

— Non ! Le patron n'est pas d'accord ! Le maire non plus, d'ailleurs.

Le commissaire Graissac se tenait sur le pas de la porte, la mine soucieuse.

— Car je viens d'avoir monsieur le maire au téléphone, et il est particulièrement bouleversé par ce quatrième meurtre commis en pleine ville. Savez-vous ce qu'il y a la semaine prochaine à Nantes, capitaine Lester ?

— Non monsieur.

— La *Folle Journée*. Ça vous dit quelque chose ?

265

— Ce sont des journées consacrées à la musique classique, non ? J'ai vu des affiches les annonçant…

— En effet ! Les musiciens et les chefs d'orchestre les plus prestigieux de la planète seront à Nantes la semaine prochaine. Je ne voudrais pas voir fleurir un cinquième cadavre à cette occasion.

— Dans une semaine, dit Fortin, on est mal !

— Que voulez-vous dire ? fit Graissac inquiet.

— Damien, dit Fortin, nous faisait remarquer à l'instant la régularité du tueur : quatre meurtres en quatre semaines. Il est possible que la semaine prochaine…

— Ah non ! fit Graissac. Ne venez pas me dire que…

Il frémit rétrospectivement à cette perspective et redit avec force :

— Non ! Non ! Et non ! Où en êtes-vous, Lester ?

— Guère plus avancée, patron.

— Pourtant hier vous m'aviez dit…

— Je vous ai dit que j'avais des vérifications à faire, oui. Je vais m'y attacher dès maintenant.

— Faites vite !

Il se tourna vers Damien :

— Où est Leroux ?

— Je ne l'ai pas vu ce matin, monsieur.

— J'espère qu'il n'est pas malade ! Je veux tout le monde là-dessus. Tenez-moi au courant heure par heure.

Le commissaire parti, les trois flics se regardèrent, perplexes.

— Cette *Folle Journée*, ça draine combien de personnes en ville ? demanda Mary.

266

— Je ne sais pas, dit Damien. Quelques dizaines de milliers, sûrement.

— Rien que ça ! fit Fortin accablé.

— Autre chose à laquelle je n'avais pas pensé, dit Damien, à propos des aiguilles...

— Oui...

— La maison Peignon a récemment vendu une partie de ses collections.

— C'est qui, Peignon ? demanda Fortin.

Damien le regarda, surpris qu'on puisse ignorer cette institution nantaise.

— C'est une boîte qui louait des costumes pour le cinéma, le carnaval, le théâtre. Il y avait des milliers de déguisements, de toutes les époques, paraît-il, et ce serait bien étonnant qu'il n'y ait pas, parmi cette collection, qui a été dispersée je vous le rappelle, des chapeaux des années folles, avec les épingles qu'il faut pour les faire tenir.

— Voilà qui ne nous arrange pas, dit Mary. Je suppose que la vente d'une collection aussi prestigieuse a attiré des amateurs de la France entière.

— Je pense, oui.

Fortin les ramena sur le terrain :

— C'est à Nantes qu'on tue des gens, pas dans la France entière. Du moins, modula-t-il, avec des épingles à chapeau.

— Qu'est-ce qu'on fait, Mary ? demanda Fortin.

Il paraissait inquiet. Mary Lester n'allait-elle pas lui demander de se renseigner sur les acheteurs des costumes « Belle Époque » ?

Comme si elle avait lu dans ses pensées, elle ajouta :

— Pour bien faire, il faudrait rechercher les acheteurs des costumes susceptibles d'avoir été vendus avec des épingles à chapeau. Pour bien faire… Mais nous n'avons pas le temps, alors… ajouta Mary pensivement.

Elle regarda sa montre puis revint vers les deux lieutenants :

— Alors, les vieilles recettes : enquête de proximité, messieurs !

Et elle ajouta :

— On ne peut pas y aller tout de suite. C'est trop tôt. À dix heures trente.

— Rue Jean-Jacques-Rousseau ?

— Rue Jean-Jacques-Rousseau, exactement. À propos, c'était comment ta soirée ?

— Chiant, fit Fortin avec une grimace. Mon beauf avait invité des copains à lui, tous syndicalistes, et ils n'ont pas arrêté de me bassiner avec leurs indices, les actions déterminantes qu'ils allaient mener pour donner enfin le bonheur à la classe ouvrière… Tu vois le travail !

— Et le chou-fleur, il était bon ?

— Au gratin, pas mauvais. Mais…

Il regarda Mary :

— Comment as-tu su que Monique allait faire du chou-fleur ?

— C'est simple, tu m'as dit que son appartement sentait le chou-fleur en train de cuire.

— Ça, c'est vrai, ça pue !

— Et j'ai vu dans le journal hier matin que le chou-fleur était en promotion chez Leclerc. Comme tu m'as dit qu'ils étaient radins... Élémentaire, mon cher Fortin !

— Ça, pour être radins... En plus, il y a un petit connard de prof de maths qui est venu me chatouiller sur mon boulot, les méthodes fascistes de la police, les droits de l'homme et je ne sais encore quels grands principes. Je n'ai jamais ressenti une grande affection pour les profs, surtout pour les profs de maths, dit-il avec rancune. Les profs de maths ! Si je n'avais pas eu faim, parole je lui foutais ma gamelle sur la tête. Je te jure, il y a des nains qui abusent de leur faiblesse !

Pendant ce temps Mary continuait de feuilleter son dossier. Elle resta soudain en arrêt sur un feuillet, puis elle s'exclama :

— Nom de Dieu ! Ce que je peux être bête !

Fortin la regarda, intrigué :

— Qu'est-ce qui t'arrive ?

— Cédric Bignon, dit-elle.

— Le macchabée d'hier ?

— Oui.

Elle regarda Fortin :

— C'était le petit ami de Corinne Pagès.

— L'inspectrice des impôts ?

— Elle-même. Voilà pourquoi Cédric Bignon était le seul à n'avoir pas été redressé !

— Il n'a pas gagné au change, dit Fortin, il a été refroidi !

Et il ajouta :

— Un coup tordu pour ne pas être redressé, c'est un comble !

Mary se leva d'un bond :

269

— Viens ! dit-elle à Fortin.

— Où ça ?

— Rue du Calvaire.

— Qu'est-ce qu'il y a rue du Calvaire ?

— B&B, mon cher Jipi.

Et, devant son air ahuri, elle précisa :

— Il ne s'agit pas d'une marque de whisky, mais bien du siège social du cabinet immobilier de feu Cédric Bignon.

22

Ils dévalèrent l'escalier et démarrèrent en trombe dans la Twingo. Il n'y avait évidemment pas une place autour de l'immeuble où travaillait l'agent immobilier. Mary ordonna à Fortin :

— Entre donc dans la cour, c'est bien le diable s'il n'y a pas un parking à l'intérieur.

Il y en avait une, en effet, avec une plaque annonçant que l'emplacement appartenait à la société *B&B Immobilier*.

— Ça doit être la place de Bignon, dit Mary. Il n'en aura pas besoin aujourd'hui. Il stationne dans un endroit bien plus frais que celui-ci !

Délaissant l'ascenseur, elle grimpa l'étage et sonna à la porte où luisait une plaque de cuivre bien astiquée.

La porte s'ouvrit dans le claquement d'une gâche électrique. Une secrétaire assise devant un écran d'ordinateur leur demanda d'un air ennuyé :

— Vous avez rendez-vous ?

C'était une jeune et jolie personne qui, comme nombre de personnes de son état, paraissait fort imbue de sa fonction. Elle devait se faire un plaisir de faire attendre les solliciteurs. Or, cette fille avec son duffel-coat et son copain et son blouson de cuir râpé n'étaient sûrement pas venus pour acheter un des appartements de luxe que commercialisait le cabinet.

Mary lui rabattit son caquet vite et bien.

— Non, mais je n'en ai pas besoin, dit-elle en montrant sa plaque. Police !

La secrétaire eut l'air encore plus ennuyée. Elle rajusta ses lunettes d'un geste machinal et demanda :

— C'est à propos de…

— De la mort de monsieur Bignon, oui.

— Peut-être voulez-vous voir monsieur Briand ?

— Qui est monsieur Briand ?

— L'associé de monsieur Bignon.

— Et vous êtes la secrétaire ?

— L'assistante…

— Ah, pardon… Le changement est partout.

— Que voulez-vous dire ?

— Je veux dire que quand j'ai commencé dans la police, j'étais inspecteur. Maintenant je suis capitaine. Mon père était sourd, maintenant il est malentendant, et vous vous étiez secrétaire et maintenant vous êtes assistante.

Elle eut un geste de la main :

— C'est mieux, assistante, n'est-ce pas ?

La fille, stupéfaite, la regardait. Qu'est-ce que c'était ce numéro ? Elle l'aurait bien éjectée s'il n'y avait pas eu ce gorille, derrière elle. Comme on peut se tromper ! Elle aurait eu bien plus de facilité à congédier Fortin qu'à éjecter Mary Lester.

— Alors ce ne sera pas nécessaire de déranger monsieur Briand, du moins dans l'immédiat. Je voudrais voir le planning de votre patron le jour de sa mort.

La fille hésita, dit quelque chose comme :

— Je ne sais…

Et Mary trancha dans le vif :

— Oh si, vous savez ! Vous savez que vous ne devez rien cacher à la police.

Elle la regarda dans les yeux :

— À moins que…

Elle se pencha vers la fille sans la quitter des yeux.

— Il y a peut-être des secrets ?

— Mais non ! dit la fille.

— Des cadavres dans les placards… dit Mary d'un ton lugubre en regardant autour d'elle d'un air soupçonneux.

La fille commençait à paniquer :

— Qu'est-ce que vous allez imaginer ?

— Ah ! dit Mary, vous ne savez pas ce que je peux être désagréable lorsqu'on me dissimule quelque chose ! Croyez-moi, la vérité, il n'y a que ça de vrai.

L'assistante prit un agenda, tourna quelques pages d'une main tremblante et le présenta à Mary.

— Voici.

— À la bonne heure ! dit Mary. Je n'en attendais pas moins de vous !

Elle prit l'agenda des mains de l'assistante et vit trois rendez-vous notés au crayon. L'un avec un banquier, pour déjeuner à *La Cigale*, l'autre avec un entrepreneur de bâtiment au siège de son entreprise, à Rezé, et le troisième avec le commissaire aux comptes de la firme à dix-huit heures.

La déception dut se voir sur le visage de Mary.

L'assistante en profita pour reprendre du poil de la bête. Elle osa demander d'une voix hésitante :

— Si vous me disiez ce que vous cherchez, je pourrais peut-être vous aider.

— Et comment, que vous pouvez m'aider ! Je me demande ce que faisait votre patron rue Jean-Jacques-Rousseau peu avant midi.

— Vous avez l'explication sous les yeux, dit la fille.

Elle souligna du doigt le rendez-vous de midi :

— Monsieur Bignon avait rendez-vous avec monsieur Lodelinsart, le fondé de pouvoir de sa banque, à *La Cigale*.

— Et alors ? demanda Mary qui ne voyait pas où on voulait en venir.

La fille les regarda, Fortin, puis Mary, comme si elle avait affaire à des demeurés.

— Nous ne sommes pas de Nantes, dit Mary, nous avons été détachés...

Le visage de la fille s'éclaira. Non, elle n'avait pas affaire à des débiles mentaux.

— Alors ça s'explique, dit-elle avec un pâle sourire. *La Cigale* en fait est place Graslin, soit en haut de la rue Jean-Jacques. Monsieur Bignon avait garé sa voiture dans le parking de la place du Commerce. De là, la rue Jean-Jacques était sur son chemin pour gagner le restaurant.

Vue comme ça, l'explication était d'une lumineuse évidence.

Mary consulta son plan et grommela :

— Sur son chemin... sur son chemin... fallait tout de même y aller et ce n'était pas la ligne droite. Monsieur Bignon est-il venu ici hier matin ?

— Oui, il a pris connaissance du courrier, passé quelques coups de téléphone, et il est parti vers onze heures.

— Pour aller à son rendez-vous avec monsieur...

— Lodelinsart...

— C'est ça, Lodelinsart.

Mary regarda l'agenda et dit, en pointant une ligne de l'index :

— Je vois ici : « Lodelinsart, douze heures trente, *La Cigale* ».

La secrétaire la regardait, sans comprendre.

— En effet, bredouilla-t-elle.

— Combien faut-il de temps pour aller de vos bureaux à *La Cigale* ? demanda Mary.

— Ça dépend.

— Si on y va à pied ou en voiture, d'accord. Et puisque monsieur Bignon a pris sa voiture, ça dépend aussi de l'heure et des embouteillages, je sais. Mais à onze heures on n'est pas aux heures de pointe. Ça roule tout à fait correctement. Moi je dirais qu'il faut à peine cinq minutes.

— Ça se peut, dit la secrétaire sans se mouiller. Moi je viens toujours en tramway, alors...

— Qu'est-ce qui peut pousser un chef d'entreprise dont le temps est précieux à partir à un rendez-vous une heure et demie avant ce rendez-vous situé à cinq minutes de ses bureaux ?

275

La mimique de la secrétaire indiquait qu'elle n'en savait rien. Le patron allait et venait, il n'avait tout de même pas de comptes à lui rendre ! Elle tenta une explication :

— L'entretien qu'il devait avoir avec monsieur Lodelinsart était très important. Il avait trait à un crédit important pour la réalisation d'un programme immobilier d'une cinquantaine d'appartements. Monsieur Bignon avait horreur d'arriver en retard. Il disait que ça vous plaçait sur un pied d'infériorité vis-à-vis de votre interlocuteur.

Mary balaya l'objection. Les considérations de feu Cédric Bignon sur la ponctualité ne l'intéressaient pas.

— Tout ça est bel et beau, mais quatre-vingt-dix minutes d'avance, ça ne vous paraît pas beaucoup ?

La fille haussa les épaules en signe d'ignorance.

— B&B, dit Mary, ça veut dire Bignon et...

— Et Briand. C'est l'associé. Enfin, c'était...

— Où est-il ce monsieur Briand ?

— Mais à son bureau.

— Ici ?

— Oui.

— Dites-moi, madame...

— Mademoiselle Blottereau, dit l'assistante.

— Pardon ! Mademoiselle Blottereau, reprit Mary, qui dirige effectivement cette affaire ?

— Chacun a sa partie, bien évidemment, monsieur Briand, qui est un ancien inspecteur des impôts...

— Redites-moi ça ! fit Mary.

Mademoiselle Blottereau la fixa, craintivement : Avait-elle dit une bêtise ?

276

— Monsieur Bernard Briand, précisa-t-elle d'une voix hésitante, s'occupe de la partie administrative, des permis de construire, de la gestion, tandis que monsieur Bignon travaille avec les architectes et fait plutôt du commercial.

— D'accord, dit Mary, mais vous m'avez dit aussi qu'il était un ancien de l'administration fiscale ?

— En effet, dit la secrétaire en se demandant si, des fois, cette ancienne appartenance ne tombait pas sous le coup de la loi.

— D'ici ? De Nantes ? demanda Mary.

— Ben oui…

— Qui occupe ces bureaux, en plus de vous et de ces messieurs ?

— Personne !

— L'agence ne tourne qu'avec vous trois ? Ça me paraît un peu court, non ?

— Nous avons aussi un cabinet d'études dirigé par un architecte qui emploie quatre dessinateurs.

— Où est-il, ce cabinet d'études ?

— Aux Salorges.

Mary écarquilla les yeux :

— Où ça ?

— Aux Salorges. Dans d'anciens entrepôts de sel qui ont été reconvertis en locaux commerciaux.

Et elle ajouta, pour mieux situer l'endroit :

— Ce n'est pas très loin de la Chambre de commerce.

— Pourquoi ces deux sites ? Ça ne doit pas vous faciliter les choses.

— Faute de place, dit mademoiselle Blottereau. Un atelier de dessin requiert beaucoup d'espace. Quand monsieur Bignon a créé son agence, il s'est installé dans ce local. À l'époque il ne faisait que de la vente et de la location. Il a démarré seul. Lorsqu'il a entrepris de faire de la promotion, il m'a recrutée mais il s'est vite aperçu que je ne suffirai pas à la tâche.

— C'est alors qu'il s'est associé avec monsieur Bernard Briand, ancien inspecteur des impôts.

— Voilà !

— Et l'affaire a pris de l'ampleur.

— Oui. Monsieur Briand a gardé dans l'administration des amitiés qui sont très utiles.

— Pour obtenir des permis de construire en zone sensible, par exemple.

— Entre autres choses.

— Et les locaux s'étant révélés trop exigus, les dessinateurs se sont installés aux Salorges.

— Oui.

— Vos patrons n'ont jamais pensé à regrouper leurs activités ?

— Si, mais il fallait trouver le local idoine.

— Et ils ne l'ont pas trouvé ?

— Je crois que monsieur Bignon avait un projet place Graslin.

— Place Graslin ? dit Mary épatée. On ne regarde pas devant la dépense ! Mais que va-t-il se passer maintenant que monsieur Bignon n'est plus ?

L'assistante haussa les épaules.

— Je suppose que monsieur Briand va continuer...

— Seul ?

— Avec les collaborateurs qu'il a maintenant, je pense. C'est une bonne équipe.

278

Visiblement elle se comptait parmi ces collaborateurs et n'envisageait pas le moins du monde d'être licenciée.

— Ils n'ont jamais démérité, ajouta-t-elle sur la défensive.

— Je n'en doute pas. Et on ne change pas une équipe qui gagne, n'est-ce pas ? Pouvez-vous m'annoncer à monsieur Briand ?

Mademoiselle Blottereau acquiesça de la tête en décrochant le téléphone. Elle appuya sur une touche et attendit. Mary vit au cours de cette attente son front se plisser et elle regarda Mary, perplexe.

— Il ne répond pas, dit-elle.

Elle insista, et soudain son visage se rasséréna.

— Monsieur Briand, c'est la police.

Une porte s'ouvrit à la volée et monsieur Briand parut.

C'était un quinquagénaire sanguin avec une carrure de rugbyman et une bedaine de sumotori, dont le cou faisait un bourrelet sur une chemise bleu ciel au col trop serré.

— La police ! dit-il d'une voix étranglée en desserrant sa cravate et en défaisant son bouton de col.

Il semblait très agité.

Mary sortit sa carte :

— Capitaine Lester.

Il haletait légèrement, comme s'il recherchait son souffle, et Mary se demanda pourquoi il était bouleversé de la sorte. Enfin il se reprit et dit à Mary et à Fortin :

— Si vous voulez bien me suivre...

Ils pénétrèrent dans un vaste bureau sans aucun luxe dont les murs étaient couverts d'étagères supportant des piles de dossiers.

— Asseyez-vous, proposa-t-il en montrant deux chaises.

Il s'épongea le front avec une serviette de papier qu'il roula en boule et jeta dans la corbeille à papier.

— Je suis bouleversé par cette affaire. Ce pauvre Cédric... Qui a bien pu faire ça ?

— Nous sommes ici pour essayer de le découvrir, dit Mary. Avec votre aide, bien entendu.

— Elle vous est tout acquise.

Son regard courait furtivement de Mary à Fortin, de Fortin à Mary. Un regard d'homme traqué, pensa Mary.

— Que craignez-vous ? demanda Mary d'une voix calme.

Briand explosa :

— Vous en avez de bonnes ! On me tue mon associé et vous me demandez ce que je crains ? Mais je crains pour ma peau, madame !

— Vous pensez qu'on pourrait s'en prendre à vous aussi ? demanda Fortin.

— Est-ce qu'on sait, avec un pareil cinglé.

— Pourquoi dites-vous « un » ? demanda Mary.

— Pour rien, dit Briand interdit. J'ai dit ça comme ça !

Son regard affolé allait de Mary à Fortin et de Fortin à Mary qui lui demanda, toujours très calme :

— Il y a longtemps que vous travailliez avec monsieur Bignon ?

— Bientôt dix ans.

— Et que faisiez-vous avant ?

— J'étais inspecteur des impôts.

— Ici, à Nantes ?

— Oui.

— Et vous avez lâché l'administration pour devenir promoteur immobilier.

— En effet.

— Ce n'est pas commun, comme cursus.

— C'est moins rare que vous le pensez.

Il émit un petit rire grinçant :

— Vous ne vous demandez pas ce qui pousse un homme ou une femme de bon sens à devenir inspecteur des impôts ?

— Les mêmes motivations probablement que celles qui poussent un homme ou une femme de bon sens à devenir flic. C'est notre choix, monsieur. Je doute qu'une explication sur la naissance de votre vocation fasse avancer l'enquête.

— Je vais vous le dire quand même. Quand on vient d'une famille pauvre, il est plus facile d'embrasser une carrière dans l'administration fiscale que de devenir expert-comptable libéral.

Il rit de nouveau de manière amère et ajouta :

— Les études sont payées par l'administration ! Seulement vous devez à cette administration un temps de service assez long pour vous scléroser et vous empêcher d'aller ailleurs exercer vos talents. C'est aussi comme ça dans la police ?

— Sûrement pas, dit Mary, tout le monde sait que les flics sont des brutes incultes, alors, les études... Mais enfin, on sait quand même lire et écrire.

— Vous... vous plaisantez, je suppose !

— Bien sûr, monsieur Briand. Merci de vous en être rendu compte. Enfin, vous avez eu l'opportunité d'en sortir. C'est dans le cadre de vos activités fiscales que vous avez connu monsieur Bignon ?

— Tout à fait. J'ai eu à faire une vérification de ses comptes.

— Un contrôle fiscal !

— Si vous préférez. J'ai été stupéfait de ce que pouvait gagner Bignon à l'époque.

— A-t-il eu un redressement ?

— Oui, mais minime. Des plus-values qu'il avait oublié de déclarer. Il était de bonne foi. Les textes n'étaient pas très clairs et pouvaient être interprétés de diverses manières. Ça ne portait pas sur des sommes importantes. Il a payé et, par la suite, nous sommes restés en relation. Bignon était un commercial redoutable, avec un flair extraordinaire pour dénicher les affaires juteuses. Mais c'était un gestionnaire déplorable. Un jour, je lui ai parlé de ses revenus considérables et il m'a dit qu'il comptait les doubler dès qu'il pourrait faire de la promotion, c'est-à-dire construire des immeubles et les vendre. Je pensais qu'il se vantait, comme le font ces commerciaux qui sont souvent un peu hâbleurs, mais non. Il était sur une affaire particulièrement intéressante, un pâté de vieilles maisons fort bien placées qu'on pouvait avoir pour une bouchée de pain. À l'époque mes beaux-parents venaient de décéder et ma femme avait hérité d'un patrimoine assez important. Le temps que je devais aux impôts était révolu, alors, avec l'accord de mon épouse, j'ai réalisé son avoir et je suis entré de moitié dans les affaires de Cédric Bignon.

— En abandonnant l'administration.

— En effet.

— Vous ne le regrettez pas ?

Briand éclata d'un rire sans joie.

— Comment le regretterais-je ? Vous voulez rire ? Ici je gagne trois fois ce que j'avais aux finances et le travail est cent fois plus plaisant.

Il ajouta :

— Si vous croyez que c'est drôle d'aller fouiller dans les affaires des gens...

— Non, ce n'est pas toujours drôle, nous en savons quelque chose, pas vrai Fortin ?

Fortin acquiesça de la tête, ce qui fit grincer sa chaise.

— Corinne Pagès, dit Mary à Briand, ça vous dit quelque chose ?

— N'est-ce pas cette femme que l'on a retrouvée morte passage Pommeraye ?

— Si.

— J'ai eu à la connaître dans le cadre de ses fonctions.

— C'était une de vos anciennes collègues ?

— En effet. Mais elle a été nommée à Nantes après que j'ai quitté l'administration.

— Donc vous ne l'avez pas connue dans l'exercice de votre précédente profession.

— Non.

— Mais, puisque vous vous occupez des écritures, c'est bien à vous qu'elle a eu affaire ?

— En effet. Elle a épluché nos comptes pendant près de trois mois, mais elle n'a rien trouvé de répréhensible.

— Ce qui veut dire, fit Mary, que vous êtes ou extrêmement habile, ou extrêmement honnête.

— Ça peut aussi vouloir dire les deux, fit Briand. Je me flatte en effet de bien connaître mon métier et de le faire avec conscience. Et, bien que ces deux mots puissent paraître antinomiques, je me flatte aussi d'être un promoteur honnête.

— Je vous en fais mes compliments, dit Mary. Cependant madame Pagès avait une liaison avec votre associé. Cette relation n'aurait-elle pas pu l'amener à une certaine indulgence dans son inspection ?

Briand ne répondit pas. L'évocation de la relation intime entre Bignon et l'inspectrice des impôts paraissait le gêner.

— Vous le saviez que Bignon et Corinne Pagès… ?

Briand hocha la tête et dit avec une certaine retenue :

— Ce n'est pas salir sa mémoire de dire que Cédric était un homme à femmes. Dès qu'il y en avait une dans son périmètre, il ne pouvait s'empêcher de jouer le jeu de la séduction. Pour tout vous dire, je ne me mêlais pas de sa vie privée et je n'ai jamais fait le compte de ses conquêtes.

— D'accord, vous faisiez des comptes, mais pas ceux-là !

Briand hocha la tête et Mary demanda :

— Il était célibataire ?

— Divorcé, depuis bien longtemps.

— Des enfants ?

— Non.

— Donc, il était libre.

— Comme le vent.

— Vous êtes marié, monsieur Briand. Avez-vous des enfants ?

— Non. Pourquoi ?

— Pour rien en particulier.

Mary se tut et réfléchit. Elle sortit un plan de Nantes et le consulta quelques instants, puis elle dit :

— Une chose m'intrigue, monsieur Briand. Pourquoi monsieur Bignon a-t-il pris sa voiture pour aller à son rendez-vous ? D'abord, où se gare-t-il d'ordinaire ?

— Dans la cour de cette maison, nous avons chacun un emplacement réservé.

Briand ajouta :

— Je ne vois pas ce qu'il y a d'étonnant...

— Eh bien si, pour se rendre à *La Cigale*, place Graslin, Bignon prend sa voiture et se gare au parking du Commerce.

— Je ne vois pas...

— Si. Il y a un autre parking plus proche, le parking Graslin.

— Il était peut-être complet.

— Dans ce cas, il aurait plus vite fait de revenir se garer sur le parking privé de cette maison où il était aussi proche à pied de *La Cigale*.

— Je ne vois vraiment pas où vous voulez en venir, dit Briand d'un air las. Il n'y a pas loin de la rue du Calvaire à *La Cigale*. Bien sûr, en bonne logique, Cédric aurait eu intérêt à y aller à pied. Mais il y a un paramètre qui vous échappe, mademoiselle, Cédric

285

adorait se déplacer en voiture dans Nantes. Avez-vous vu sa voiture ?

— Non.

— C'est une Jaguar vert bouteille, du dernier modèle, avec des sièges de cuir brun, un tableau de bord en bois précieux, douze cylindres…

— Je sais qu'elle va être à vendre, dit Mary, mais ce n'est pas la peine de nous faire l'article, nous ne sommes pas preneurs. À moins que toi, Jipi ? dit-elle en se retournant vers Fortin.

— Merci, ça consomme trop, dit Fortin.

Briand négligea l'objection.

— Pour un type comme Bignon qui a commencé dans la vie en vendant des tracteurs d'occasion chez *Renault Motoculture*, c'était le signe de la réussite. J'ajoute qu'après le déjeuner il avait rendez-vous à l'autre bout de la ville et que…

— Laissons cela, dit Mary. J'ai appris que monsieur Bignon avait l'intention d'emménager dans de nouveaux locaux, place Graslin.

— Ce n'est pas un secret, dit Briand, nous avions acheté en viager tout le premier étage d'un immeuble près de *La Cigale*.

— Nous ? s'étonna Mary.

— Enfin, la société !

— Ah, ce n'est donc pas Bignon, en nom propre, qui a procédé à cet achat.

— Il a mené la négociation, mais par la suite il a fait transférer le viager sur la société. Ce sont des pratiques courantes, les sociétés commerciales évoluent…

— Bien sûr, dit Mary d'un ton conciliant, les secrétaires deviennent des assistantes, et les contrôleurs des impôts des agents immobiliers.

Briand regarda Mary avec inquiétude, comme s'il cherchait une menace dans cette phrase anodine. Mais comme il avait l'air perpétuellement inquiet...

— Eh bien voilà, dit Mary.

— Voilà quoi ? demanda Briand en regardant Mary, puis Fortin d'un air ahuri.

— Voilà pourquoi il est parti plus tôt ! Il aura décidé d'aller rendre visite à votre vendeur !

— Je crains fort que non, dit Briand, le vendeur est mort !

— Épatant ! Vous entrez donc enfin en possession de l'appartement !

— Non, car il y avait une clause d'usufruit.

— Ah ! Ça se complique ! dit Mary en fronçant les sourcils. Expliquez-moi ça !

— Le vendeur avait une amie qui lui servait de dame de compagnie. Lorsque le contrat a été rédigé, il a exprimé le désir que cette amie, s'il mourait avant elle, puisse profiter de l'appartement jusqu'à la fin de ses jours.

— Et la vieille amie vit toujours !

— Voilà !

— Et l'appartement ne se libère pas.

— Non, dit Briand.

— Ce qui vous contrarie.

Briand hésita :

— Bien évidemment, dit-il. Nous avions projeté de regrouper le cabinet de dessin et de maquettes place Graslin.

Mary fit mine de s'indigner :

— Ah ! ils ne sont pas arrangeants ces vieux qui refusent de mourir quand ils deviennent encombrants ! Ils ne comprennent rien aux affaires.

Briand la regardait, perplexe. Qu'est-ce que ça voulait dire ? Mary poursuivit :

— Donc, monsieur Bignon a été rendre une visite de courtoisie à cette vieille dame.

— On peut le dire comme ça.

— Oui, on peut le dire comme ça, mais si on disait qu'il la harcelait pour l'inciter à quitter cet appartement on serait plus près de la vérité, non ?

Monsieur Briand atténua le propos :

— Disons qu'on lui avait proposé une solution raisonnable : un appartement plus petit. Pour une femme seule, deux cents mètres carrés ça fait beaucoup. Le tout assorti d'une indemnité, bien sûr !

— Et elle a refusé ?

— Têtue comme une bourrique.

Mary se leva :

— Il ne nous reste plus qu'à rencontrer cette bourrique... Oh, pardon, cette dame. Au fait, comment s'appelle-t-elle ?

— Maillard, Sophie Maillard.

23

L'entrée de l'immeuble où habitait madame Maillard s'ouvrait sur le haut de la rue Jean-Jacques-Rousseau. La façade était en ravalement et un échafaudage métallique bardé de feuilles de protection en plastique vert montait jusqu'au toit.

On accédait à l'entrée de l'immeuble en passant sous l'échafaudage. On pouvait aussi suivre le trottoir sous une sorte de tunnel métallique mais les passants méfiants préféraient pour la plupart emprunter le trottoir d'en face.

Mary et Fortin pénétrèrent dans un hall luxueux dallé de marbre blanc et montèrent à l'étage par un large escalier aux marches de chêne ciré garnies d'une épaisse moquette rouge en leur milieu.

— Dis donc, c'est un peu rupin ici, fit Fortin à mi-voix.

Il semblait impressionné par la majesté des lieux.

— Un peu, ouais, dit Mary.

Elle s'arrêta devant une belle porte en chêne ciré et dit en consultant la sonnette :

— Il n'y a pas de nom, mais ça doit être ici.

Elle appuya sur le timbre et une lointaine sonnerie tinta dans l'appartement. Il n'y eut pas de réponse. Mary insista, puis, voyant que la porte restait close, elle tapa du poing contre le battant. Les coups résonnèrent dans toute la cage d'escalier et, enfin, elle entendit un frôlement derrière la porte.

— Vous ne pouvez pas me laisser tranquille ! dit une voix en colère.

— Police, dit Mary. Ouvrez, madame Maillard.

Elle entendit un pêne qui jouait, puis un autre, un troisième et la porte s'entrebâilla, retenue par une chaîne de sécurité. Un œil noir luisait dans l'ombre.

— Police ? répéta une voix méfiante.

Mary tendit sa carte.

— Capitaine Lester.

Les yeux noirs examinèrent la carte de police avec une attention suspicieuse. Enfin, Mary entendit tomber la chaîne de sécurité et la porte s'ouvrit plus grand. Mary se trouva en présence d'une grande femme maigre, aux cheveux roux couverts d'un fichu de pilou, qui serrait un châle de grosse laine contre sa poitrine.

— Qu'est-ce qui se passe ? demanda-t-elle d'une voix angoissée.

— Pouvons-nous entrer, madame Maillard ?

La femme eut un moment d'hésitation, puis elle se recula :

— Bien sûr.

Mary, suivie de Fortin, pénétra dans un hall de belle taille, meublé de fauteuils de style. Au plafond, un lustre de cristal éteint. Le peu de jour qui parvenait à éclairer chichement l'endroit venait d'une porte ouverte sur un grand salon vers où madame Maillard les guida.

Au passage, Fortin admira la porte d'entrée bardée de verrous et visiblement blindée. Un vrai coffre-fort, cet appartement.

— Par ici...

Le grand salon faisait bien six mètres sur huit et donnait directement sur la place Graslin. On apercevait les colonnes blanches du théâtre à travers les hautes fenêtres garnies de rideaux de dentelle.

Mary ressentit l'impression de se trouver dans un décor de théâtre, justement, ou encore, dans un musée. Mais elle n'était que dans un salon bourgeois décoré avec un goût très sûr.

Au sol, un plancher de bois rares marqueté avec art, couvert çà et là de tapis précieux, où se posaient les pieds des meubles de collection. Aux murs, des toiles de maître, avec l'école flamande très présente en des scènes maritimes, mais aussi des lithos de Mucha, de Toulouse-Lautrec.

Dans une vitrine sur laquelle était posée une lampe champignon de Gallé, Mary aperçut une merveilleuse collection de pots d'apothicaires avec, au milieu, à la place d'honneur, un vase lécythe à figures rouges. Et puis une panoplie d'armes blanches aux lames d'acier luisant : des cimeterres, des colichemardes, un grand badelaire, quelques braquemarts et un échantillonnage étendu de toutes sortes de poignards, dagues, kriss, navajas et stylets.

Mary n'avait pas assez d'yeux pour admirer toutes ces merveilles. Une vitrine signée Gallé contenait une collection de vases de... Gallé, dont une rarissime et admirable bouteille japonaise à col soliflore en verre à trois couches et une demi-douzaine d'œufs de Fabergé dont le plus petit aurait suffi à payer dix Jaguars comme celle de Bignon. Elle revint enfin vers madame Maillard qui se tenait debout, recroquevillée sur elle-même, aussi curieuse qu'anxieuse de savoir ce qu'on lui voulait.

— C'est magnifique, dit Mary.

Fortin, comme un éléphant dans un magasin de porcelaine, n'osait pas bouger.

Soudain Mary prit conscience qu'il faisait un froid de gueux dans l'appartement. Elle frissonna et demanda :

— Vous ne chauffez pas ?

La vieille dame secoua la tête négativement sans s'expliquer sur les raisons qui la poussaient à vivre dans cette glacière.

À bien la regarder, elle s'aperçut que madame Maillard n'était pas si vieille qu'elle avait paru au premier abord. À peine la soixantaine. Mais elle était si maigre… Peut-être qu'elle ne mangeait pas non plus. Était-ce par avarice ? Elle paraissait également avare de ses mots.

— Connaissez-vous monsieur Bignon ? demanda Mary.

Les yeux noirs de la femme étincelèrent.

— Oui. Pourquoi ?

— Parce qu'il est mort.

Le cœur de la femme parut avoir un raté, elle haleta :

— Vraiment ?

— Vraiment. Il a été assassiné hier, peu avant midi dans la rue Jean-Jacques, juste en bas de chez vous.

Les yeux de madame Maillard se fermèrent et deux grosses larmes coulèrent sur ses joues fanées.

— Dieu soit loué ! dit-elle avec ferveur en joignant les mains.

Puis elle se laissa tomber dans un fauteuil. Mary regarda Fortin, stupéfaite.

— Madame Maillard, dit-elle sévèrement, vous vous rendez compte de ce que vous dites ? Un homme est mort, assassiné !

— Pas un homme, dit-elle, un démon ! Un démon qui ne cessait de me tourmenter.

Mary regarda Fortin comme si elle n'en croyait pas ses oreilles.

Elle demanda gravement :

— Madame Maillard, où étiez-vous hier entre onze heures et midi ?

— À l'hôpital, dit Sophie Maillard.

— À l'hôpital ? redit Mary.

— Oui. Je suis un traitement au CHU. Un cancer… On me fait des séances de rayons. Hier l'ambulance est venue me chercher à neuf heures et elle m'a ramenée à dix-neuf heures.

Elle eut un rire sans joie :

— Ne me demandez pas si j'ai tué ce salaud. Je n'en aurais jamais eu la force. Mais ma foi, si j'avais pu… J'espère que vous n'attraperez jamais celui qui s'est chargé de cette bonne œuvre !

En disant ça, ses beaux yeux noirs lançaient des éclairs.

— Je vois que votre ressentiment est profond, madame, dit Mary. Si vous m'expliquiez un peu ?

— Expliquer quoi ? demanda madame Maillard en levant les yeux au ciel.

— Eh bien, par exemple, pourquoi ce somptueux appartement n'est pas chauffé !

— Tout simplement parce que chauffer deux cents mètres carrés avec des plafonds hauts de trois mètres coûte cher.

— Je veux bien le croire, dit Mary, mais il semble que vous ne manquiez pas de moyens. Vous êtes ici chez vous ?

— En quelque sorte.

— Qu'entendez-vous par « en quelque sorte » ?

— Je veux dire que, si j'ai la jouissance de cet appartement – avec tout ce qui s'y trouve – jusqu'à ma mort, je n'ai pas la liberté de disposer des trésors qu'il renferme. Je n'en suis que l'usufruitière.

— Et tout ça ? dit Mary en promenant son regard sur le vaste salon.

— J'en suis la dépositaire, la gardienne.

— La vente d'un seul de ces tableaux...

— Me permettrait de me chauffer pendant dix ans, je sais.

— Alors ?

— Asseyez-vous, proposa madame Maillard en montrant un fauteuil près du sien.

Mary obtempéra pendant que Fortin, craignant de casser du bois, refusait d'un signe de tête.

— Je vais avoir soixante ans, dit madame Maillard, et ça fait trente-six ans exactement que je vis dans ces murs. J'ai eu un ami dans ma vie, un être merveilleux qui s'appelait Arnaud de La Chézine. Arnaud, fils unique d'une riche famille de négociants nantais, avait exactement trente ans de plus que moi lorsque je l'ai connu. J'étais venue au Théâtre Graslin jouer une pièce de Marivaux, *Le Jeu de l'amour et du hasard*, avec une troupe de Paris. Arnaud de La Chézine était passionné de théâtre, comme il l'était de tous les arts. Au souper d'après spectacle j'ai été placée à sa table et de ce jour, nous ne nous sommes jamais quittés.

— C'est une belle histoire d'amour, dit Mary.

— Pas comme vous le croyez. Arnaud n'était pas attiré par les femmes, si vous voyez ce que je veux dire.

— Je vois parfaitement.

— Néanmoins je lui étais indispensable, comme lui m'était indispensable.

— Il est mort ?

— Voici neuf ans. Mais à la fin de sa vie, il était ruiné. Enfin, pas au sens que l'on donne d'ordinaire à ce mot. Il avait englouti sa fortune – qui était considérable – dans les collections que vous voyez ici. Il a donc été contraint, pour pouvoir manger, de vendre cet appartement en viager.

— À Cédric Bignon.

— Exactement.

— Et les collections ?

— À ma mort, elles reviendront au musée Dobrée. Arnaud a voulu que je puisse finir mes jours dans ce cadre où nous avions été heureux ensemble.

— Donc, si je comprends bien, à la mort d'Arnaud de La Chézine, Cédric Bignon s'est trouvé libéré de la rente viagère qu'il lui servait.

— Exactement.

295

— Mais il ne pouvait prendre possession des lieux puisque vous en aviez l'usufruit.

— Voilà.

— C'est donc la raison pour laquelle il vous persécutait.

— « Persécutait » est bien le mot qui convient.

— En somme, vous vivez misérablement sur un trésor considérable.

— Pas considérable, colossal. Vous n'avez vu qu'une pièce, je pourrais vous en montrer onze autres, toutes débordantes de tableaux, de tapisseries, de statues, de manuscrits rares... Toute la fortune de La Chézine est là, en tableaux, en bijoux, en meubles rares, en objets précieux. Et ce n'est pas rien, la famille de La Chézine fut, au XIXe siècle, une des plus grosses fortunes de Nantes. Arnaud, dernier du nom, a recherché les objets les plus rares toute sa vie. Je lui ai promis, sur son lit de mort, que pas un objet de ses précieuses collections ne serait détourné du legs fait au musée Dobrée.

— Monsieur Bignon aurait pu, moyennant indemnité, vous proposer de vous reloger dans un appartement plus conforme à vos besoins.

L'œil noir de Sophie Maillard étincela :

— Que savez-vous de mes besoins ? demanda-t-elle durement.

Un instant désarçonnée, Mary dit d'un ton détaché :

— Je parlais du besoin de tout être humain de se chauffer, s'habiller, se nourrir...

— Ce ne sont pas mes préoccupations principales, dit Sophie Maillard d'un ton définitif. Toute ma vie est ici, et je n'ai aucune envie d'aller finir mes jours dans une HLM de banlieue.

— Vous craignez pour les collections ?

— Certainement !

— Je suppose qu'un inventaire en a été dressé.

— En effet. Mais Bignon ne se serait pas privé de détourner des pièces et il aurait eu beau jeu d'affirmer, par la suite, que c'était moi qui les avais vendues à mon profit.

— Tout de même, dit Mary, votre ami vous a fait un cadeau empoisonné.

Sophie Maillard fronça les sourcils :

— Que voulez-vous dire ?

— Eh bien, il vous laisse sans ressources dans ce somptueux appartement, au milieu de toutes ces richesses… Si ce n'est pas là ce qu'on appelle un cadeau empoisonné…

— Mais à l'époque où il a pris ces dispositions je n'étais pas sans ressources. Je travaillais, mademoiselle.

— Que faisiez-vous ? Vous avez continué à monter sur les planches ?

— Non, le Marivaux de 1967 au théâtre Graslin de Nantes a été ma représentation d'adieu. Ensuite, je suis devenue costumière.

Mary eut un trait de lumière :

— Vous avez travaillé chez Peignon !

— Comment l'avez-vous appris ?

— Parce que, quand on dit « costume » à Nantes, on pense Peignon.

— On pensait, mademoiselle, on pensait. La maison Peignon m'a licenciée l'an dernier.

— Et vous vous êtes retrouvée avec les minima sociaux.

— Même pas ! Quand on habite un appartement comme celui-ci, on n'a pas droit aux minima sociaux.

— Vous vivez de quoi, alors ?

— De mes maigres économies.

— Ce qui explique…

— Que je n'allume pas, que je ne chauffe pas…

— Que vous ne mangez pas, compléta Mary.

Sophie Maillard dit d'assez mauvaise grâce :

— Je n'ai pas faim. Un peu de pain, quelques fruits, des conserves… Tout va bien.

Mary n'était pas convaincue que tout allait si bien que la vieille dame voulait le dire, mais que pouvait-elle faire ? Sophie Maillard n'avait-elle pas un alibi en béton pour ce qui concernait la mort de Cédric Bignon ?

Les deux policiers redescendirent le bel escalier, chacun perdu dans ses pensées, tandis que les verrous de Sophie Maillard claquaient dans leurs gâches.

— Eh bien, fit Fortin à mi-voix, si elle clamse là-dedans, la vieille, ça ne sera pas de la tarte pour ouvrir.

— Et ça pourrait bien arriver, dit Mary, tu as vu, elle a la mort entre les dents.

— Il était un peu salaud, ce Bignon, tout de même, d'aller la persécuter !

— Tu es un grand naïf, Jipi, dit Mary. Quand les intérêts financiers entrent en jeu, la pitié, que dis-je, l'humanité la plus élémentaire n'a plus cours.

24

Ils sortirent sur le trottoir et Mary s'arrêta soudain.

— Dis donc…

— Qu'est-ce que tu as vu ? demanda Fortin.

— Rien, dit Mary. On devrait faire une expérience, Jipi.

— Quelle expérience ?

— Viens !

Elle entra de nouveau dans l'immeuble :

— Suppose que je sois aveugle…

— Ouah !

— Pas la peine d'aboyer ! Suppose que je sois devenue aveugle ici, dans cette entrée. Tu me suis ?

— Pas bien, dit Fortin l'air inquiet.

Qu'est-ce qu'elle allait encore inventer ?

— Tu me conduis dehors, tu descends le trottoir jusqu'au bout de l'échafaudage…

— Ouais…

Il avait l'air de plus en plus inquiet.

— Là, tu me lâches et tu remontes jusqu'à la porte.

— D'accord. Et toi, tu fais quoi ?

— Moi, je continue à descendre le trottoir et toi, tu observes les passants.

— J'observe les passants.

— Oui. C'est pas trop dur ?

— Non. Mais quel est le but de la manœuvre ?

— Je t'explique tout de suite après.

Mary ferma les yeux, se laissa conduire jusqu'à la porte par Fortin qui la soutint pour descendre les marches, elle fit quelques pas et soudain elle sentit que Fortin la lâchait. Elle continua ainsi les yeux clos, les mains tendues devant elle. Elle se sentit bousculée, quelqu'un maugréa sur son passage et, lorsqu'elle sentit une carrosserie de voiture sous ses mains, elle ouvrit les yeux. Elle était à quelques pas de l'endroit où Cédric Bignon s'était effondré.

Sous l'échafaudage, Fortin l'observait. Elle lui fit signe de venir la rejoindre.

— À quoi tu joues ? demanda-t-il intrigué.

— On appelle ça une reconstitution, Jipi. Je sais maintenant où Bignon s'est fait aérer le cerveau !

— Tu sais ? Mais...

— Mais d'abord, qu'est-ce que tu as vu ?

— Ben... Je t'ai vue descendre au radar !

— Je ne te parle pas de moi ! fit-elle agacée.

— De qui, alors ?

— Mais des passants !

— Les passants ?

— Oui ! Quelle a été leur réaction ?

— Eh bien, ils se sont écartés, sauf un jeune qui ne faisait pas attention et qui t'a un peu bousculée.

— Et quand nous sommes sortis appuyés l'un contre l'autre ?

— Personne n'a prêté attention à nous. Ils s'en foutent, les passants, ils pensent à leurs affaires, à leurs rendez-vous, ils regardent droit devant eux et ils filent sans se préoccuper de ce qui se passe de droite ou de gauche.

— Voilà ce que je voulais t'entendre dire : ils s'en foutent bien, ils regardent droit devant eux et ils filent à leurs affaires.

— Qu'est-ce que ça prouve ?

— Ça prouve qu'en pleine journée, rue Jean-Jacques-Rousseau à Nantes, un type peut mourir sur le trottoir dans l'indifférence générale.

— Et où s'est-il fait planter ?

— Dans l'entrée de madame Maillard !

— Et par qui ?

— Ça, mon grand, je ne le sais pas encore, mais mon petit doigt me dit que maintenant cela ne saurait tarder. Viens !

Elle remonta le trottoir et ouvrit la porte menant au hall.

— C'est ici que Cédric Bignon s'est fait agresser.

Fortin regarda une nouvelle fois la spacieuse entrée, le marbre à cabochons du sol, l'escalier qui montait vers les étages avec les barres de cuivre du chemin de moquette qui luisaient dans l'ombre. Il eut une moue sceptique.

— Tu es sûre ? demanda-t-il.

— Ça ne peut pas être ailleurs.

— Il n'y a aucune trace.

— Non, tout est nickel.

Elle sortit son porte-clés et promena le fin rayon lumineux de sa minuscule lampe électrique sous l'escalier. C'est alors qu'elle vit la porte de la cave.

— Une porte, Jipi !

Elle souleva le loquet et poussa, la porte joua librement en grinçant lugubrement. Un escalier de bois brut descendait vers le sous-sol. Elle trouva un interrupteur, l'actionna et une ampoule nue s'alluma.

— Qu'est-ce qu'il y a là-dedans ? demanda Fortin.

— Probablement ce qu'il y a dans toutes les caves, dit Mary. Des vieilleries dont on ne sait plus que faire et qu'on hésite cependant à balancer à la poubelle.

L'escalier était raide. Elle descendit précautionneusement, suivie de Fortin, et ils arrivèrent dans un sous-sol cloisonné de planches à claire-voie. Dans les box ainsi aménagés, des caisses vides, deux vieux vélos couverts de poussière, des casiers à bouteilles... Bref, tout ce qu'on peut trouver dans une honnête cave.

Les portes étaient closes par des chaînes dont les cadenas semblaient n'avoir pas été forcés.

— Qu'est-ce que tu cherches ?

— Si je le savais...

L'air sentait le moisi, la vieille poussière mais le ciment du sol avait été balayé récemment.

— Il n'y a rien à trouver là-dedans ! dit Fortin.

— J'ai peur que tu aies raison, dit Mary dépitée. Pourtant je sens que...

Elle n'acheva pas sa phrase, elle fit demi-tour et remonta lentement l'escalier et là, sur la dernière marche, dans un recoin qu'elle n'avait pas pu voir en descendant, elle aperçut une tache blanche. Elle braqua le faisceau de sa lampe électrique, c'était une boule de papier. Fortin voulut se baisser pour la prendre, Mary le retint.

— Doucement, Jipi.

Elle sortit de sa poche un gant de caoutchouc fin comme une peau et l'enfila. Puis elle se baissa et ramassa la boule de papier.

— Qu'est-ce que c'est ? demanda Fortin.

— Un mouchoir de papier roulé en boule.

Elle revit la scène dans le bureau de Briand, l'associé de Cédric Bignon angoissé, fébrile, épongeant son front couvert de sueur avec un mouchoir de papier, le roulant en boule et le balançant à la corbeille.

Pourquoi était-il si angoissé, si fébrile ? Était-ce vraiment qu'il avait peur qu'après son associé on s'en prenne à lui ? Ou était-ce le mot « police » qui l'avait mis dans cet état ? Dans ce cas, qu'avait-il à se reprocher puisqu'il se prévalait d'une rigoureuse honnêteté ? Bizarre.

Elle revint à Fortin et fit le geste de s'éponger le front, de rouler le mouchoir en boule et de le jeter vers une poubelle absente.

— Ça ne te dit rien ?

Fortin secoua la tête négativement.

— Un mouchoir sale, c'est un mouchoir sale !

— Pas celui-là ! On en a vu un pareil il n'y a pas longtemps.

— Putaing ! comme si soudain la grâce l'éclairait. Le mouchoir de Briand !

— Tu y es, mon grand !

Elle prit un autre gant dans sa poche, l'ouvrit et y glissa la boule de papier.

— Et voilà, dit-elle, direction le labo.

— Tu crois qu'on va trouver quelque chose là-dessus ?

— Dans un mouchoir on laisse en général assez de sécrétions pour qu'on puisse déterminer une empreinte génétique.

— Et c'est ici qu'il…

— Qu'il aurait zigouillé son associé, oui mon vieux, et je crois même savoir comment.

Elle fit sortir Fortin dans le hall, puis elle éclaira d'une lumière rasante le chambranle de la porte de la cave.

— Regarde ! dit-elle.

— Des poils, dit Fortin.

— Plutôt des cheveux, Jipi, et je te paye mon billet que ce sont même des cheveux appartenant à Cédric Bignon. Appelle l'identité judiciaire !

Fortin fit le numéro et Mary lui prit l'appareil des mains :

— Allô, Mercier ? Venez toutes affaires cessantes avec votre matériel en haut de la rue Jean-Jacques-Rousseau !

— C'est que… tenta de protester Mercier.

— J'ai dit tout de suite, coupa Mary. Préparez votre bazar, je fais confirmer cet ordre par le patron dans les minutes qui suivent.

Elle entendit un vague grommellement au téléphone. Mercier, en bon fonctionnaire, détestait être dérangé dans sa routine. Elle coupa la communication sans en tenir compte et reforma immédiatement un autre numéro.

— Allô, patron ? Je viens de découvrir l'endroit où Bignon s'est fait tuer.

— Quoi ?

Le commissaire Graissac avait poussé un tel rugissement qu'elle dut écarter l'appareil de son oreille.

— Où êtes-vous, Lester ?

— À l'angle de la place Graslin et de la rue Jean-Jacques-Rousseau. J'ai demandé à Mercier de venir m'y rejoindre toutes affaires cessantes. Comme il n'avait pas l'air très motivé, je vous suggère de confirmer cet ordre le plus tôt possible.

— Nom de Dieu ! J'arrive avec lui !

Mercier tirait bien un peu la gueule, mais en présence du patron il n'osa pas récriminer.

Mary commença par lui donner le mouchoir protégé par le gant de latex. Mercier le prit au bout d'une de ces petites pinces à ressort que l'on nomme brucelles et le glissa dans un étui de plastique transparent qu'il scella avec soin. Ensuite il écrivit consciencieusement les références sur une étiquette qu'il colla non moins soigneusement sur l'étui qu'il rangea dans une mallette.

Il ne se pressait pas, le bougre, Mary eut envie de le secouer mais il était important que les procédures soient parfaitement respectées afin qu'ultérieurement, il n'y ait pas de doute sur la validité des preuves. Ensuite, sans se presser davantage, il examina attentivement le chambranle de la porte à la lumière d'un projecteur sur pied et, toujours avec ses brucelles, il préleva plusieurs cheveux et un fragment de matière qu'il enferma également dans un étui transparent.

Il agissait sans hâte, en artisan consciencieux, conscient d'exaspérer cette jeune Mary Lester qui croyait que c'est si facile de bousculer des habitudes.

Il lui ferait bien voir combien elle se trompait. C'est pas aux vieux singes qu'on apprend à faire la grimace ! Puis il projeta une poudre noire sur la porte et releva plusieurs empreintes digitales.

Quand tout ceci fut fait, il demanda, avec un soupçon d'ironie :

— Ce sera tout pour votre service, capitaine ?

— Pour le moment, oui, dit Mary. Mais quand vous aurez fait parler tout ça, je veux les résultats aussitôt.

— Et bien sûr, c'est pour hier !

On continuait à faire dans l'ironie.

— Pour demain à la première heure ça suffira.

— Vous ne me demandez pas si j'ai autre chose en cours ? Bien entendu, les autres enquêtes peuvent attendre.

— Mercier, dit Mary, avec son plus beau sourire, vous commencez à me gonfler.

Elle se tourna vers le commissaire qui, à mi-étage, examinait l'escalier, et demanda à voix forte et claire :

— Patron, Mercier voudrait vous entendre confirmer que ces analyses sont vraiment prioritaires et que les autres enquêtes peuvent attendre.

— Mais bien sûr ! dit Graissac en descendant quelques marches. Comment, vous êtes encore là, Mercier ? Mais vous devriez être déjà au labo, en train d'exploiter ces indices !

Mercier balança un coup d'œil rancunier à Mary Lester et grommela :

— C'est que je vais y passer la nuit, moi !

— Passez-y le temps qu'il faudra, mon vieux, c'est un dossier prioritaire.

Sa courtoisie naturelle reprenant le dessus, il ajouta :

— Je vous le demande comme un service personnel...

Puis, se souvenant qu'il était le patron, il conclut :

— Et si ça ne suffit pas, je vous en donne l'ordre formel !

Ah, mais c'est qu'on ne rigolait plus !

Mercier, aidé par Fortin, ramassa son matériel en silence tandis que Graissac demandait à Mary :

— Et maintenant, capitaine, si vous me fournissiez quelques explications ?

— Voilà comment je vois les choses, dit Mary.

Elle s'était assise sur la troisième marche des escaliers et Graissac s'était campé devant elle.

— Hier matin, Cédric Bignon quitte son bureau à onze heures. Il a rendez-vous à douze heures trente, pour un déjeuner d'affaires, avec monsieur Lodelinsart – un banquier – au restaurant *La Cigale*. Mademoiselle Blottereau, assistante de Bignon, a retenu la table. Or, pour venir de son bureau de *B&B Immobilier*, rue du Calvaire, à *La Cigale*, il faut cinq minutes à pied. Pourquoi monsieur Bignon prend-il sa voiture et va-t-il se garer au parking du Commerce qui est plus loin de *La Cigale* que son bureau ? Son assistante prétend qu'il avait d'autres rendez-vous dans l'après-midi et ce serait la raison pour laquelle il aurait pris sa voiture. Son associé, Bernard Briand, pense, lui, que Bignon adorait se montrer en ville dans sa belle Jaguar verte. Et moi...

— Et vous ? reprit Graissac.

— Moi, je pense qu'il avait un autre rendez-vous ici même avant d'aller déjeuner.

— Rendez-vous avec qui ?

— Rendez-vous n'est d'ailleurs pas le mot qui convient : Bignon faisait une visite dans cette maison.

— Une poule ? demanda Graissac en clignant de l'œil d'un air égrillard.

— Je vois que la réputation de Bignon est parvenue jusqu'à vos oreilles, monsieur le commissaire. C'est bien une femme que Bignon vient visiter, mais il ne s'agit pas d'un rendez-vous galant.

— Alors ?

— Alors il s'agit d'une visite de harcèlement.

— De harcèlement ? je ne comprends pas. Qui harcelait-il ?

— Une dame Maillard qui occupe le premier étage de cet immeuble. Sophie Maillard.

— Et pourquoi la harcelait-il ? Elle refusait ses avances ?

— Non. Elle occupait un appartement que Bignon convoitait.

— Elle ne voulait pas le vendre ?

— Elle n'avait pas à le lui vendre, il en était déjà propriétaire.

— Elle occupait l'appartement avant qu'il ne l'achète et il ne pouvait pas la virer ?

— C'est ça, dit Mary. En réalité, Bignon avait acheté cet appartement en viager à un certain Arnaud de La Chézine. Ça vous dit quelque chose ?

— C'est une très vieille famille de Nantes.

— En effet. Et ce monsieur de La Chézine avait une amie à qui il a donné le droit d'usufruit sur cet appartement.

— Donc, Bignon ne pouvait pas la contraindre à partir, dit Graissac.

— Exactement. Comme il envisageait de regrouper son cabinet d'immobilier et de promotion dans cet appartement, il a tenté une transaction avec la dame Maillard. Sans succès.

— Et il est venu à plusieurs reprises pour l'intimider.

— Voilà. Sauf que madame Maillard n'emploie pas le mot « intimider », mais « persécuter » qui me paraît plus conforme à la réalité.

— Et madame Maillard, exaspérée, a fini par tuer son persécuteur.

— Ce serait trop facile, soupira Mary Lester. Non, madame Maillard n'a pas porté la main sur Bignon.

— Elle a un alibi ?

— Hélas oui.

Graissac fronça les sourcils :

— Pourquoi hélas ?

— Parce que madame Maillard a passé la journée d'hier à l'hôpital où elle subit des séances de rayons pour soigner un cancer. C'est une femme qui est très malade, très affaiblie, je ne la vois pas agresser un quinquagénaire en pleine santé comme l'était Bignon. D'ailleurs, je vais vous montrer comment il est mort.

Elle se leva et fit signe à Fortin :

— Viens par ici, lieutenant.

Mercier avait disparu avec son matériel, ils étaient tous trois dans ce hall où il ne passait pas grand monde. La rumeur de la rue, le bruit de la circulation leur arrivait très atténué.

— Bignon, dit Mary, comme il le fait deux ou trois fois par semaine, vient harceler madame Maillard. Je suppose qu'elle ne lui ouvre pas sa porte toutes les fois qu'il se présente, mais il sonne et doit la menacer à travers le battant. Hier, il n'y avait personne, et pour cause. Alors il redescend l'escalier et, arrivé dans le hall, il voit de la lumière dans l'escalier de la cave. Il pense que madame Maillard y est et trouve l'endroit opportun pour la terroriser. Il pousse la porte, elle résiste. Venez par là, monsieur le commissaire.

Elle le fit passer sur les marches de la cave et dit à Fortin :

— Tu vas essayer d'entrer, mais n'appuie pas comme une brute, hein ! Appuie comme Bignon.

— Et il appuyait comment, Bignon ?

— Raisonnablement.

— Me voilà avancé, grommela le grand lieutenant.

Néanmoins, il obéit. Mary avança alors le pied et cala la porte.

— Essaye de passer la tête ! commanda-t-elle.

On vit la tête de Fortin passer par l'étroit espace entre la porte et le chambranle.

— Voilà, selon moi, comment c'est arrivé.

Et elle commanda à Fortin :

— Ne bouge pas !

Elle se tourna vers le commissaire qui paraissait aussi intrigué qu'intéressé.

— La porte est bloquée, que fait Bignon ? Il passe la tête pour essayer de voir ce qui la bloque. Et celui qui la bloque pousse le battant.

— Mollo ! gueula Fortin, tu me coinces !

— Voyez, patron, même un costaud comme Fortin ne peut plus bouger.

Elle prit son stylo-bille et fit mine de le planter dans la tempe de Fortin.

— Voilà, rien de plus facile quand la victime est immobilisée.

— Mais alors, il tombe ! dit Graissac.

— Non, dit Mary, selon le médecin légiste, son nerf optique est lésé, il ne voit plus clair, mais il peut continuer à vivre quelques minutes. Comme un canard à qui on a coupé la tête, nous a dit le docteur Choucroun.

Elle relâcha la pression sur la porte et la tête de Fortin disparut. Elle le retrouva dans le hall où il se frottait l'arrière des oreilles.

— Excuse-moi, lui dit-elle, je ne t'ai pas fait trop mal ?

— Bien assez, grommela-t-il.

— Et ensuite ? demanda Graissac.

— Ensuite l'agresseur conduit Bignon qui n'y voit plus, qui doit être inconscient même s'il marche encore, sur le trottoir et il le lâche dans le flot des passants. Bignon marche quelques instants en suivant la pente de la rue Jean-Jacques-Rousseau et il finit par s'effondrer entre deux voitures.

— Sans que personne ait rien vu ? C'est invraisemblable ! dit Graissac.

— Peut-être quelqu'un a-t-il vu quelque chose, mais personne n'est venu témoigner. Et j'ajoute que j'ai reconstitué la scène avec Fortin avant que vous n'arriviez, j'ai joué les aveugles en zigzaguant sur le trottoir comme a pu le faire Bignon, je peux vous assurer que personne ne s'en est inquiété !

— Puisque cette personne…

— Madame Maillard…

— C'est ça, puisque madame Maillard n'a pas pu commettre ce crime, elle peut l'avoir commandité !

— Ça ne tient pas, patron. D'abord elle est fauchée. Elle ne peut pas payer son chauffage et à peine a-t-elle de quoi manger. Ensuite, comment une vieille dame malade aurait-elle connu un tueur ? Et enfin, enfoncer des aiguilles dans la tête des gens, reconnaissez-vous là une méthode de tueur à gages ?

— Non, admit Graissac. Mais alors, qui ?

Mary ne répondit pas, elle regarda Graissac :

— Il va me falloir une commission rogatoire, patron.

— Où voulez-vous perquisitionner ?

— Chez feu Cédric Bignon.

— À son domicile ou au cabinet ?

— Aux deux.

— Bien. Je ne pense pas toucher le juge d'instruction aujourd'hui, mais demain matin…

— Demain matin, ça ira. Il faudra d'ailleurs que je passe prendre les résultats d'analyse auprès de Mercier.

25

Le commissaire partit et Mary remonta vers la place Graslin en compagnie de Fortin. La nuit commençait à tomber et la circulation était dense dans le centre-ville. Montant de la rue Crébillon, les voitures attendaient patiemment leur tour de s'engager dans la rue Racine ou dans la rue Voltaire.

La place Graslin était le cœur d'un quartier voué au théâtre où l'on trouvait encore une rue Scribe, une rue Gresset. Quant à l'auteur qui aurait fait fortune s'il avait touché des droits chaque fois qu'on le citait, Cambronne, en dépit de la concision de son œuvre, il bénéficiait d'un magnifique cours arboré où les chiens étaient bannis « même tenus en laisse ». Probablement pour qu'ils n'oublient pas, aux pieds des arbres, des souvenirs fumants, en hommage canin à la mémoire du maître des lieux.

— Que fais-tu ce soir ? demanda Mary à son coéquipier.

— Que veux-tu que je fasse ? Je vais rentrer à Trentemoult.

— Bouffer du chou-fleur ?

— Arrête ! dit-il d'un air dégoûté. Le chou-fleur, ça va, mais la compagnie des potes de mon beauf, c'est pas un cadeau. Et je ne vais pas me jeter dans cette mêlée, dit-il en montrant les embouteillages, tiens, je t'offre un pot, en attendant que ça se passe.

— Bonne idée, dit-elle.

Malgré l'affluence, ils eurent la chance de voir une table se libérer. À cette heure, le *Molière* faisait recette. Fortin commanda une bière et Mary un thé. Ils contemplèrent en silence la place bordée d'immeubles aux façades de pierre blanche, les gens qui se pressaient sur les trottoirs, et puis, dans l'établissement, la clientèle des amoureux qui se regardaient dans les yeux, oubliant le reste du monde, des retraités qui cochaient le journal des courses, de groupes d'étudiants discutant de leurs cours, cahiers étalés sur la table, de rombières en fourrure sirotant leur thé en faisant des mines.

Face au *Molière*, de l'autre côté de la place, *La Cigale* brillait de tous ses feux. Le garçon les servit et Fortin posa quelques pièces dans la soucoupe contenant la note.

— Et si je t'invitais ce soir ? dit Mary.

Le visage de Fortin s'éclaira :

— Ça, c'est une autre bonne idée !

— Je trouve aussi ! On va aller là.

Elle montrait la façade couverte de céramiques du restaurant emblématique de Nantes.

— *La Cigale* ?

— Oui, et crois-moi, Jipi, on l'a bien mérité.

Par-dessus le flot des voitures, on voyait sur le trottoir l'écailler disposer son étal, présentant ses huîtres plates et creuses de différentes origines dans leurs bourriches, et les crustacés sur un lit de glace.

— Ça me donne faim, dit Fortin.

Mary forma le numéro du restaurant sur son portable et retint une table.

— Tu ne préviens pas ta belle-sœur ?

— Si, tu as raison.

Elle le taquina :

— Tu lui dis que tu es avec moi ?

Il la regarda de travers :

— Tu n'es pas folle ?

Et puis elle l'entendit parler :

— Monique ? Oui, c'est Jean-Pierre. Je ne dînerai pas avec vous ce soir... Il y a un pot au commissariat... Un collègue qui part en retraite... Oui, c'est ça... Laisse la clé comme d'habitude... Je t'embrasse...

Il coupa la communication et dit avec satisfaction :

— Une bonne chose de faite !

— Ce que tu peux être menteur tout de même !

— Ah, tu peux parler, fit-il indigné. Et toi...

— Pour ce qui me concerne, c'est toujours pour la bonne cause !

— Eh bien moi, si ce n'est pas pour la bonne cause, c'est pour de bonnes raisons ! fit-il avec conviction.

Ils traversèrent la place et poussèrent la porte de verre donnant sur la salle de restaurant.

Un maître d'hôtel attentionné les conduisit à une petite table d'angle d'où ils pouvaient observer toute la salle.

— C'est donc ici, dit Mary, que Bignon traitait ses affaires. Il avait du goût, l'animal !

Elle demanda au maître d'hôtel qui leur présentait les cartes :

— Vous connaissiez monsieur Bignon ?

L'homme prit une mine de circonstance :

— Bien sûr ! C'était un très bon client, madame. Doublé d'un homme charmant. Quel drame !

Mary se demanda s'il n'allait pas se mettre à pleurer. Comédie ou regrets de pourboires somptueux à jamais envolés ? Les deux probablement.

— C'est terrible, cette mort, dit-elle d'un air entendu.

— Terrible, en effet. Et inquiétant, acquiesça le majordome sans quitter une mine funèbre, particulièrement accordée à son frac noir et à sa chemise blanche.

— Que voulez-vous dire ?

— Il paraît que ce n'est pas la première victime de ce genre d'agression, dit le maître d'hôtel d'un air mystérieux.

— C'est vrai ? demanda Mary d'une voix naïve. Mais on ne va plus oser sortir le soir !

Le maître d'hôtel considéra la carrure de Fortin avec respect et dit :

— Si je peux me permettre, je pense qu'avec un garde du corps comme monsieur, vous n'avez rien à craindre. D'autant que monsieur Bignon a été tué en plein jour !

Il se pencha vers Mary :

— Vous le connaissiez ?

— J'ai la cousine de ma belle-sœur qui est secrétaire à l'agence.

— Mademoiselle Blottereau ?

— Oui, elle vient parfois chez vous ?

— Parfois, avec monsieur Briand.

— Ah, Briand, l'associé de Bignon !

— Pardonnez-moi, dit le maître d'hôtel.

On l'appelait à une autre table. Il s'éloigna dignement et Fortin demanda à Mary :

— Comme ça, l'assistante de Bignon est la cousine
de ta belle-sœur ? persifla Fortin. Et c'est moi qui me
fais traiter de menteur ? Réprobateur, je me demande
où tu vas chercher tout ça !

— Ça, mon vieux Jipi, c'est ce qu'on appelle un
pieux mensonge.

Il continua de persifler :

— Pour la bonne cause !

— Exactement !

— Et ça sert à quoi ?

— Ça m'aura au moins servi à savoir que Briand
et la Blottereau… Hé hé ! Ça ouvre des perspectives !
Je me demandais pourquoi elle n'avait pas l'air plus
affectée que ça par la mort de son patron. Et pourquoi
elle semblait si assurée de conserver son emploi.

Elle revint à la carte pour choisir une douzaine
d'huîtres de La Tremblade et une cuisse de canard aux
mogettes, ces haricots vendéens si savoureux. Fortin
qui n'avait pas de problèmes de digestion ni de cholestérol opta pour une douzaine d'escargots et une bavette
à l'échalote avec des pommes de terre frites. Le maître
d'hôtel leur avait recommandé un saumur-champigny
qui se révéla parfait.

Le restaurant se remplissait. Fortin indiqua à Mary
un groupe d'hommes qui investissait une table ronde.

— Regarde, le staff des Canaris, l'entraîneur, le
président, Robert Budzynski, un ancien international
et aussi l'ancien entraîneur…

— Je suis sûre que tu préférerais être à leur table qu'à la mienne.

— Ouais, mais ils ne m'ont pas invité, eux.

— Charmant !

Fortin n'entendit pas le reproche. Le nez en l'air, il admirait le haut plafond aux poutres peintes, les motifs de céramique sur les murs, les verres gravés, les balustres du fond de la salle. Sur les tables nappées de blanc, la vaisselle étincelait sous le feu des luminaires.

En ce temple de la vie frivole, chaque tableau peint par des artistes qu'on qualifiait en leurs temps de « libertins » évoquait des scènes légères où de charmantes demi-mondaines posaient dans des drapés à la transparence suggestive.

Ici, un siècle plus tôt, les riches armateurs rencontraient leurs maîtresses après le théâtre, tandis que les épouses, confinées dans leurs splendides hôtels à mascarons du quai de la Fosse, jouaient les Pénélope. Le décor était demeuré tel qu'alors.

— Finalement, dit Mary, c'est aussi chargé en décoration qu'une église espagnole. La différence est qu'on n'y célèbre pas les mêmes divinités.

— Je n'ai jamais été dans une église espagnole, dit Fortin en regardant d'une mine gourmande les escargots qu'on venait de lui servir. Mais même sans connaître, je préfère être ici.

Il se pencha pour mieux humer la cassolette brûlante.

— Depuis le temps que je n'ai pas mangé d'escargots ! s'exclama-t-il. Quand j'étais gamin, on allait en chercher et on les vendait à la charcutière du coin de la rue. Et elle nous demandait toujours : « Ils ne viennent pas du cimetière, j'espère ? » Elle avait peur de perdre ses clients s'ils venaient à apprendre que les escargots venaient du cimetière.

— Et d'où venaient-ils ?

Fortin s'esclaffa :

— Du cimetière, pardi ! C'est là qu'il y en avait le plus.

— Tu vois, tu mentais déjà.

— Oh ! là aussi c'était pour la bonne cause !

— Pour acheter des Chamallows ?

— Ouais, et des Carambar.

Ils se regardèrent un moment en silence, perdus dans leurs souvenirs de gamins.

— Tout ça pour finir dans la police, dit Fortin.

— Tu n'es pas bien dans la police ?

— Si, concéda-t-il, finalement, je ne me plais pas mal à Quimper.

— Pas à Nantes ?

— Mais si, je me plais bien à Nantes aussi !

— Peut-être qu'un jour tu auras une promotion et que tu viendras ici, ou à Rennes.

— Parle pas de malheur, dit-il. Leur promotion, ils peuvent se la mettre…

— Reste poli, Jipi, on est dans le monde !

Puis elle ajouta, songeuse :

— Demain, à la première heure, on passe à l'usine prendre la commission rogatoire concernant *B&B Immobilier* et ensuite nous irons rendre visite à ce brave monsieur Briand et à sa sympathique « assistante ».

— Quelle histoire, tout de même, dit Fortin en sauçant son beurre d'ail avec gourmandise.

Il dégusta la languette de pain ainsi imbibée en fermant les yeux et ajouta :

— Ce « piqueur » qui est plutôt « piqué », cette arme insolite mais redoutablement efficace, l'épingle à chapeau...

— Ça, pour être efficace ! dit Mary.

— Et, au final, selon toi, on tient un criminel, mais un seul.

— Un seul, oui.

— Il nous reste donc trois crimes impunis sur les bras.

— Tu comptes bien.

— Oui, je compte bien. Et toi ? Tu as une idée ?

— Peut-être, mais c'est si vague, si ténu...

— Et si demain on découvre une nouvelle victime ?

— Demain est un autre jour, dit Mary en bâillant. Chaque chose en son temps, maintenant c'est l'heure d'aller dormir. Passe me prendre à l'hôtel demain à huit heures trente.

Fortin accompagna Mary jusqu'à son hôtel qui n'était qu'à deux pas du restaurant, et il lui fit la bise avant de reprendre le chemin de Trentemoult.

26

— Voici la commission rogatoire, dit le commissaire Graissac à Mary Lester.

Le commissaire avait dû se lever de bonne heure et la découverte qu'avait faite Mary Lester la veille lui avait insufflé un regain de courage et d'énergie. Ce n'était plus le même homme maintenant qu'il tenait un coupable.

Mercier était également dans le bureau, une liasse de feuilles à la main.

— À vous, Mercier, dit Graissac.

Le technicien se racla la gorge et posa ses lunettes de myope sur le bout de son nez.

— Tout d'abord, les empreintes digitales de Bignon sont les mêmes que celles que j'ai recueillies sur le capot de la Volkswagen. Elles correspondent également aux spécimens que j'ai prélevés sur la porte de cave, dans l'immeuble sis en haut de la rue Jean-Jacques. Par ailleurs, les cheveux et le fragment de peau qui étaient restés collés sur le chambranle appartiennent aussi à Bignon. C'est indiscutable.

— Ces résultats, dit Graissac, confirment donc votre hypothèse quant au lieu du meurtre.

— Et pour ce qui est du mouchoir ? demanda Mary à Mercier.

— J'y ai trouvé suffisamment de matière pour déterminer un ADN, dit le technicien, mais n'ayant pas d'éléments auquel les comparer, je ne peux vous en dire plus pour le moment.

Il ajouta :

— Je me suis quand même assuré que ce n'est pas Bignon qui s'est servi de ce mouchoir.

— Ça, je m'en doutais, dit Mary. Cependant, avec les éléments dont vous disposez, vous pourriez, le cas échéant, identifier un suspect qui l'aurait utilisé ?

Mercier répondit sans l'ombre d'une hésitation :

— Sans aucun doute !

Mary le regarda, les yeux brillants :

— Merci, Mercier, vous avez fait du bon boulot !

— Toujours à votre service, dit-il mi-figue, mi-raisin.

Et il sollicita son congé auprès du commissaire :

— Je peux disposer, patron ? J'ai d'autres affaires sur le feu.

— Merci Mercier, vous pouvez y aller.

Mary se leva à son tour.

— Il ne nous reste plus qu'à aller chercher notre suspect. Pouvons-nous avoir une voiture avec un chauffeur ?

— Bien sûr ! Je vais donner des ordres.

Il prit le téléphone et, après avoir échangé quelques phrases, il raccrocha en disant :

— Damien va vous accompagner.

— Leroux n'y voit pas d'objection ?

— Pas la moindre, dit Graissac. Le capitaine Leroux est en arrêt de travail pour une semaine.

— Le pauvre, dit Mary, j'espère que ce n'est pas trop grave !

Le commissaire Graissac la regarda en hochant la tête d'un air entendu, d'un air de dire : « N'en rajoutez pas trop quand même, Lester ! »

Il parut sur le point de dire autre chose sur le sujet, mais il renonça avec un imperceptible mouvement d'épaules, se contentant de recommander :

— Faites-moi savoir quand vous serez de retour, je voudrais assister au premier interrogatoire du suspect.

— Bien patron.

Ils sortirent et trouvèrent Damien dans le parc aux voitures. Il les attendait au volant d'un break banalisé dans la cour du commissariat. La porte d'angle s'ouvrit et le break, empruntant la rue Desaix, traversa le pont de la Motte-Rouge, longea le port de plaisance sur l'Erdre, remonta le cours des 50-Otages et fila vers le centre-ville.

Ils arrivèrent rue du Calvaire et Damien se plaignit :

— C'est toujours pareil, où vais-je trouver à me garer ?

— Droit devant ! dit Mary en montrant le porche qui abritait les locaux de *B&B Immobilier*.

— C'est privé, pour peu que ce soit le parking d'un avocat, on n'a pas fini de se faire engueuler !

— T'inquiète pas, dit Mary en montrant une place libre, celle de feu Bignon. Celle-là, son proprio n'est pas près de venir te la réclamer.

La voiture s'immobilisa et les trois flics en sortirent.

— Jipi, reste là, et si tu aperçois Briand, tu l'arrêtes.

— Tu penses qu'il pourrait essayer de se barrer en douce ?

— Je n'en sais rien, je préfère jouer la sécurité. Si tu le vois passer, hop ! La main au collet !

Elle regarda le lieutenant :

— Toi, Kevin, tu viens avec moi.

Ils escaladèrent l'étage au pas de charge et Mary appuya sur le bouton de la sonnette avec vigueur. Avec un bruit sec, la gâche électrique joua et Mary poussa la porte.

— Vous ! s'exclama l'assistante qui pâlit en l'apercevant.

— Nous ! dit Mary arborant son meilleur sourire. Monsieur Briand, je vous prie.

— Je vais voir s'il est là, dit la fille en prenant son téléphone.

— Vous savez bien qu'il est là !

— Je... Je ne l'ai pas encore vu ce matin, bredouilla la fille.

— Comme vous mentez mal. Ne vous donnez pas cette peine, regardez plutôt ça.

Elle posa un formulaire sur le sous-main de mademoiselle Blottereau.

— Qu'est-ce que c'est ?

— Vous ne savez pas lire ? Qu'est-ce qu'il y a d'écrit là-dessus ?

Et, comme l'assistante restait muette, elle énonça, en épelant les syllabes, comme à l'école maternelle :

— Co-mmi-ssion ro-ga-toire.

Puis elle répéta normalement :

— Commission rogatoire. Vous ne savez pas ce que ça signifie ?

L'assistante secoua la tête, paniquée.

— N... Non !

— Ça veut dire que je peux fouiller tous vos bureaux, tous vos dossiers et même... – elle tapota sur le moniteur de l'ordinateur –... et même dans la mémoire de cette petite bête.

La fille regardait Mary comme si elle était le Diable, cherchant auprès du lieutenant Damien un secours qui ne vint pas.

Damien, bien campé sur ses jambes, les mains derrière le dos, regardait opérer Mary Lester avec curiosité.

— Alors, dit Mary, ce bon monsieur Briand, il est là ou il n'est pas là ?

La porte s'ouvrit avec fracas et Fortin fit son entrée, poussant un Briand haletant, suant et éperdu devant lui.

— Il est là !

— Où l'as-tu cueilli ?

— Dans la cour, monsieur s'apprêtait à jouer la fille de l'air avec ça.

Il montrait un porte-documents de cuir noir qu'il tenait dans la main gauche.

— Pas mal, le coup de l'escalier dérobé, monsieur Briand, dit Mary. Pas mal, mais c'est loupé. Qu'y a-t-il dans cette serviette ?

— Des documents administratifs, dit Briand trop vite. J'allais à l'Enregistrement et...

— Et vous allez vous retrouver au poste, en garde à vue !

Briand joua l'indignation :

— Mais… Pourquoi ? Vous n'avez pas le droit…

Il se tourna vers mademoiselle Blottereau :

— Céline, téléphonez immédiatement à maître…

— Personne ne téléphone à personne, dit Mary en posant une main sur l'appareil. En temps utile vous pourrez appeler votre conseil. En attendant, nous avons à causer.

Mary posa la serviette sur le bureau de la secrétaire qui s'écarta comme si elle avait la peste et l'ouvrit. Elle contenait plusieurs chemises de couleurs différentes que Mary fit glisser les unes par-dessus les autres. L'une d'entre elles retint son attention. Elle portait sur une étiquette rouge la mention : « Erdre Loire Sécurité ».

— Qu'est-ce que c'est que ça ? demanda Mary.

Briand ne répondant pas, elle ouvrit le dossier.

— Une agence de détectives privés ! s'exclama-t-elle.

Elle parcourut un document :

— Ainsi, monsieur Briand, vous faisiez suivre votre femme ?

— Ça ne vous regarde pas ! dit Briand furieux.

Quelques photos représentant un couple attablé dans un restaurant s'échappèrent d'une enveloppe.

— Et ça ? redemanda Mary.

Elle regarda l'agent immobilier.

— Est-ce que ce serait votre femme, Briand ? Avec Bignon ?

— Ça concerne ma vie privée, dit Briand en s'efforçant une nouvelle fois de paraître digne, ça ne vous concerne pas !

— Oh si, ça me concerne, dit Mary. Ça éclaire notre affaire d'un nouveau jour !

Briand menaça :

— C'est de l'abus de pouvoir ! Ça va vous coûter cher, je connais…

— Oui, vous connaissez tout le monde, le coupa Mary, et moi je ne connais personne.

Elle ramassa les documents et referma la serviette :

— Nous examinerons ça plus tard.

Elle regarda Briand et ajouta :

— C'est un avantage, vous savez, de ne connaître personne quand on est flic. Ça évite de se laisser impressionner par les assassins.

— De quoi ? dit Briand en essayant de se libérer de la poigne de Fortin.

— Vous m'avez bien entendue, monsieur Briand, j'ai bien parlé d'assassin…

Elle se tourna vers Céline Blottereau qui pleurnichait dans son mouchoir.

— Quant à vous, mademoiselle, je vous embarque aussi !

— Mais je n'ai rien fait, pleurnicha la fille.

— Eh bien, si vous n'avez rien fait, vous n'avez rien à craindre. Kevin, trouve-moi les clés et ferme la boutique !

— Tu ne perquisitionnes pas ? demanda Fortin.

— Inutile, dit-elle, je suis sûre que tout ce qu'il y avait de compromettant dans les papiers de monsieur Briand est là-dedans.

Elle tapotait sur la serviette de cuir noir.

— N'est-ce pas, monsieur Briand, demanda-t-elle à l'agent immobilier qui était devenu tout pâle. L'Enregistrement, c'te bonne blague ! Vous alliez détruire ces documents, voilà la vérité ! Merci d'avoir fait la sélection. Vous vous rendez compte, s'il nous avait fallu fouiller dans toute votre paperasse ? Remarquez, ce sera fait tout de même, mais pas par nous, par des spécialistes de la brigade financière. Allez, on roule, Kevin, le patron nous attend !

Grande fut sa surprise en arrivant au commissariat de voir le capitaine Leroux qui semblait les attendre. Et, contrairement à ce que craignait Mary, il ne se montra pas agressif.

— Beau travail, Lester. Le patron m'a expliqué…

— Je croyais que vous étiez en arrêt maladie.

Un sourire contraint tordit la bouche du capitaine Leroux et il dit du bout de ses dents jaunes :

— Une mauvaise chute, ça va maintenant.

Il ajouta, en regardant férocement Briand :

— Alors, c'est toi, salopard, qui nous as fait tant courir ?

Briand tentait de retrouver un peu de dignité, ce qui n'était pas commode avec les menottes.

— Je ne vous permets pas…

— Humph ! fit Leroux dans un rire sans joie. Il ne me permet pas…

Il poussa Briand devant lui.

— Avance, Ducon !

Il regarda la fille. La panique se lisait dans ses yeux :

— Et celle-là, qu'est-ce qu'elle a fait ?

— Peut-être complice, dit Mary, je ne sais pas jusqu'à quel degré.

— Eh bien, on va voir tout ça ! souffla Leroux avec une jubilation qu'il avait du mal à dissimuler. Par ici.

Le groupe monta à l'étage. Leroux ouvrait la marche en traînant la patte, suivi de Briand, de Céline Blottereau et du lieutenant Kevin Damien.

Mary et Fortin venaient en serre-file. Fortin interrogea Mary discrètement en montrant Leroux d'un mouvement de tête :

— Qu'est-ce qu'il vient faire dans le paysage, ce connard ?

— C'est pour la photo finale, dit Mary. Il essaye de sauver la face, c'est humain. Et puis, le patron nous a dit de coopérer, alors, coopérons !

Leroux s'arrêta devant la porte du commissaire Graissac et dit à Briand :

— Tu as du pot, eu égard à ton rang, tu vas être interrogé par le patron lui-même.

Puis il toqua et ouvrit la porte. Leroux s'effaça pour faire entrer Briand et son assistante, mais Mary retint Céline Blottereau.

— Pas vous, mademoiselle.

Et, s'adressant à Damien, elle dit :

— Conduis donc mademoiselle Blottereau dans ton bureau et commence à prendre sa déposition.

Elle accompagna la recommandation d'un clin d'œil complice et Damien comprit immédiatement que c'était là une manœuvre pour que l'assistante ne puisse pas assister à l'interrogatoire de son patron.

Leroux passa devant Mary sans s'excuser.

— Toujours galant, capitaine, ironisa Mary à mi-voix.

Leroux fit celui qui n'entendait pas. Sans doute ignorait-il jusqu'au sens du mot.

Graissac s'était levé pour accueillir les arrivants. Il considéra Briand en silence et ordonna :

— Veuillez vous asseoir, monsieur.

27

Le fait de s'être fait donner du « Monsieur » par le commissaire principal sembla ranimer le courage de Briand.

— Avant toute chose, dit-il avec une solennité dérisoire, je tiens à protester contre cette arrestation arbitraire. J'exige la présence de mon avocat !

— Vous exigez... dit le commissaire. Vous n'attendez même pas de savoir de quoi vous êtes accusé ?

— Il le sait bien, patron, dit Mary.

Briand se tourna vers elle, furieux :

— Je sais bien quoi ?

— Que vous êtes accusé d'avoir assassiné votre associé. Ce n'est pas si vieux, ça fait à peine trois jours, dit-elle d'une voix tranquille. Un meurtre, ça ne s'oublie pas si facilement, tout de même !

— À moins que ce ne soit une habitude, dit Leroux d'une voix éraillée et lasse. Après tout, ça ne fait jamais que son quatrième assassinat ! Un de plus, un de moins... C'est de la routine pour cet homme-là !

— Mais qu'est-ce que vous me chantez ? demanda Briand.

Il avait beau jouer l'indignation, dans le rôle de l'honnête homme accusé à tort, il n'était pas convaincant. À nouveau la sueur luisait sur son front, une sale sueur d'angoisse qui sentait l'aigre.

— C'est la deuxième partie du programme qu'on vous chante là, comme vous dites, monsieur Briand, dit Mary. Mais, commençons par le commencement et revenons à la première, si vous le voulez bien. Monsieur Bignon est mort, d'une mort affreuse, et puisque vous ne semblez plus vous souvenir dans quelles circonstances, je vais vous raconter comment ça s'est passé.

Le regard affolé de Briand semblait demander : « Dans quel traquenard suis-je tombé ? »

— Tout d'abord, dit Mary sans se soucier de l'attitude outragée du prévenu, monsieur Bignon vous a sorti d'une situation médiocre dans l'administration pour vous faire gagner, vous me l'avez vous-même avoué, « trois fois plus d'argent qu'avant ».

— Et alors, fit hargneusement Briand, ce n'est pas un délit d'améliorer sa situation, que je sache !

— Il y a la manière. Vous m'avez bien dit que vous gagniez trois fois plus qu'aux impôts ou j'ai mal entendu ?

— Je l'ai dit, reconnut Briand, mais sans l'argent que j'ai apporté à la société, jamais Bignon n'aurait pu développer ses affaires comme il l'a fait.

— Je vous le concède. Mais notons au passage qu'il s'agissait de l'argent de votre femme.

— Elle était d'accord !

— Je vous le concède aussi, puisque vous utilisez l'imparfait. On éclaircira les modalités de cet accord plus tard si besoin est. Cependant, vous étiez confiné dans un second rôle. Pour le monde des affaires, *B&B*

332

Immobilier, c'était Bignon. Vous, Briand, vous n'étiez qu'une sorte de comptable, bien utile, certes, mais vous restiez un homme de l'ombre. Et puis vous m'avez dit que Bignon était un homme à femmes, ce que je crois volontiers.

Elle regarda Briand :

— A-t-il été l'amant de mademoiselle Blottereau ?

— Est-ce que je le sais, moi ? maugréa Briand.

— Mais oui, vous le savez ! Vous savez tout, Briand, vous êtes tapi dans votre bureau mais rien ne vous échappe. De votre ancienne fonction vous avez gardé un œil inquisiteur et un talent pour voir ce que l'on veut vous cacher.

Elle prévint un geste de protestation de Briand :

— Ne vous en défendez pas, j'ai la même déformation professionnelle. Vous saviez aussi, puisque vous avez mandaté un détective privé pour la surveiller, que Bignon était l'amant de votre femme.

— Monsieur le commissaire, dit Briand le mufle fermé, on s'attaque ici à ma vie privée, ce qui est inadmissible. Je réclame une dernière fois mon avocat, et, hors de sa présence, je ne répondrai plus à vos questions.

Cela étant dit, il s'enferma dans un mutisme hautain. Leroux fit un pas en avant, le poing fermé, mais Mary prévint son intervention :

— Laissez, capitaine !

Elle savait que la menace n'aurait pas d'effets sur Briand. On était en présence d'un notable connaissant la loi, sûr de ses droits, qui recevrait bientôt l'assistance d'un maître du barreau. Ça changeait des petits loubards de banlieue et de leurs avocats commis d'office.

333

Graissac regarda Mary d'un air interrogateur, semblant demander : « Et maintenant, qu'est-ce qu'on fait ? »

Mary reprit la main.

— Vous pouvez bien vous taire, monsieur Briand, je vais vous dire comment je vois les choses : Bignon a probablement été l'amant de son assistante. Puis il l'a laissée tomber, car c'était un homme qui courait d'aventures en aventures. Un collectionneur, en quelque sorte. Je ne serais pas surprise qu'on trouve chez lui un petit carnet avec les notes qu'il attribuait à ses maîtresses.

Et, devant l'air indigné de Briand, elle assura :

— Mais si, ça se fait, monsieur Briand. Pour revenir à la rupture avec son assistante, il est probable que Céline Blottereau lui en a tenu rigueur. Et quand je dis rigueur, le mot est faible. Les hommes sous-estiment toujours ce dont est capable une femme jalouse. Pour se venger, elle s'est jetée dans vos bras.

Elle vit Briand tressaillir, il parut sur le point de dire quelque chose, mais il se retint. Elle insista :

— J'ai bien dit pour se venger ! Vous ne pensiez tout de même pas que vous deviez cette conquête à votre charme personnel ?

Briand ne répondit pas mais il jeta à Mary un regard de bête blessée. Peut-être, après tout, en dépit de sa courte taille, de son embonpoint et de sa propension à transpirer à la moindre émotion, s'était-il fait des illusions sur ses capacités à séduire une jeune femme ayant vingt ans de moins que lui. Si c'était le cas, Mary venait de le replacer durement en face de la réalité.

— Entre-temps, poursuivit-elle, Bignon s'est attaché à séduire votre femme et, les photos le prouvent, il est parvenu à ses fins. Alors, vous avez pris peur : si cette liaison perdurait, le couple Bignon/votre épouse possédait cent pour cent de la société. Que deveniez-vous dans cette hypothèse ? Au mieux on vous gardait comme comptable, avec un salaire de comptable, confiné dans l'obscure pièce de service avec, quotidiennement, votre infortune sous le nez. Au pire on vous renvoyait aux impôts. Deux éventualités qui ne vous souriaient guère. Quel recours aviez-vous ? Aucun. Maintenant, si Bignon disparaissait, tout s'arrangeait : vous récupériez votre femme et la part de Bignon. Donc, l'entreprise vous appartenait et vous deveniez le numéro un dans la boîte.

Elle mit un papier sous le nez de Graissac :

— Regardez, patron, il n'aurait même pas eu à changer le papier à en-tête. *Bernard Briand Immobilier, Bignon & Briand* ! Les initiales sont les mêmes.

Elle revint vers l'agent immobilier qui avait le visage plus fermé que jamais :

— Mais à mon avis, monsieur Briand, ça ne pouvait pas marcher.

Briand tressaillit de nouveau et parut sur le point de parler, Graissac le fit pour lui :

— Pourquoi ? demanda-t-il.

— Parce qu'il lui restait deux femmes sur le dos, patron. Madame Briand et Céline Blottereau qui n'aurait pas manqué de réclamer ses dividendes.

— Quels dividendes ? demanda de nouveau Graissac.

— Eh bien, être dédommagée pour ses faux témoignages, par exemple ! Comme dans tous les immeubles de cette époque, l'immeuble de la rue du Calvaire bénéficie d'un escalier de service qui donne dans le bureau de monsieur Briand. On n'en aperçoit pas la porte, elle doit être dissimulée derrière des étagères, mais, nous l'avons vu lors de son interpellation, Briand n'hésitait pas à l'utiliser. Si je n'avais pas pris la précaution de laisser Fortin dans la cour, Briand se serait débiné avec les documents qui sont dans cette serviette et qui l'accablent. Il les aurait détruits, mais ç'aurait été en vain, monsieur Briand. Vous n'en auriez pas moins été accusé du meurtre de votre associé.

Briand se décida à parler :

— Encore cette accusation stupide ?

— Vous parlerez d'accusation stupide quand j'en aurai fini, dit Mary.

Briand croisa les jambes et prit la position d'un homme excédé contraint d'entendre des balivernes.

— Allez-y, dit-il, vous m'avez fait perdre ma matinée, alors…

— Alors je crains fort de vous faire perdre vos vingt prochaines années aussi. Le jour du meurtre de Cédric Bignon, mademoiselle Blottereau vous signale que votre associé vient de sortir après avoir tenté de téléphoner à Sophie Maillard, cette vieille dame qu'il harcèle depuis quelque temps pour récupérer un appartement digne d'abriter les bureaux et tout le personnel de *B&B Immobilier*. Elle sait que s'il est parti à son rendez-vous avec le banquier à *La Cigale* avec plus d'une heure d'avance, c'est pour faire une visite à l'appartement qu'il a acheté. C'est pour une nouvelle tentative d'intimidation contre la vieille dame, qui, en toute légalité, occupe les lieux. Là, il y a une chose que j'ignore.

— Tiens, persifla Briand, madame Je-sais-tout a un trou ?

— Oui. Je ne sais pas si, préméditant ce meurtre, vous avez également tué Albert Leterrier, Angèle Puy et Corinne Pagès...

— Vous oubliez Henri IV et Kennedy ! ironisa Briand.

— Ou, poursuivit Mary négligeant l'interruption, si vous avez entendu parler de la série de meurtres « à l'épingle » et que vous vous êtes dit qu'un de plus serait forcément attribué au précédent meurtrier.

— Ça ne tient pas debout ! dit Briand. J'ignorais tout de ces crimes et d'ailleurs, je n'ai pas bougé de mon bureau.

— À quelle date ? demanda Leroux. Vous savez la date de crimes que vous n'avez pas commis alors que la plupart des gens l'ignorent ?

— Je m'en fous, de la date, dit Briand, je passe mes journées au bureau. C'est facile à vérifier, non ?

— Non, justement, dit Mary. Grâce à l'escalier de service et à la complicité de mademoiselle Blottereau, vous pouviez commodément vous absenter sans que personne le sache. Donc, dès que vous apprenez que Bignon se rend chez Sophie Maillard, vous sortez incognito, vous filez place Graslin qui est à deux pas et vous guettez Bignon. Je ne sais pas non plus comment vous arrivez à l'attirer dans l'escalier de la cave et à lui

337

coincer la tête, mais toujours est-il que vous le faites. La tête de Bignon immobilisée, vous lui enfoncez une épingle à chapeau dans la tempe. Bignon ne meurt pas tout de suite. Il ne tombe pas tout de suite non plus. Vous avez le temps de le guider jusqu'au trottoir et de le lâcher. Là, il descend comme un homme ivre car il n'y voit plus et il finit par tomber entre deux voitures. Vous remontez jusqu'à l'agence à pied et vous regagnez votre bureau incognito.

Briand, le souffle court, le front luisant de sueur, desserra son nœud de cravate et ouvrit le bouton de sa chemise. Puis il regarda le commissaire.

— Quel ramassis de conneries ! Pourquoi ne l'aurais-je pas laissé dans la cave ? C'était tellement plus simple ! Aller sur la rue, c'était courir le risque de me faire repérer !

— Parce qu'il y avait une relation entre cet immeuble et vous ! Parce que nous n'aurions pas manqué de remonter jusqu'à *B&B Immobilier* et à savoir les relations conflictuelles que vous entreteniez avec Sophie Maillard.

— J'avais de très bons rapports avec madame Maillard ! protesta Briand. Vous pouvez le lui demander.

— Je n'y manquerai pas.

Elle revint à son propos :

— Le corps découvert dans la rue, rien ne reliait plus cet assassinat à l'immeuble. Il y avait bien eu un autre assassinat tout près, passage Pommeraye…

La sueur coulait sur le visage gras de Briand.

Mary sortit un paquet de mouchoirs de papier de sa poche et le lui tendit. Il le prit après un mouvement d'hésitation et s'épongea le front et le visage. Puis il le roula en boule et chercha un endroit où le jeter.

Mary prit la corbeille du commissaire et la lui tendit.

— Merci, dit Briand.

Puis il regarda Mary, comme s'il regrettait de l'avoir remerciée. Il grommela :

— Bien évidemment, dit-il, mon avocat ne fera qu'une bouchée de ces assertions gratuites. Une nouvelle fois, je vous somme de me laisser lui téléphoner.

— Tout à l'heure, dit Mary. Et mes assertions, comme vous dites, ne sont pas gratuites. On a relevé les traces de Cédric Bignon sur la porte de la cave : empreintes digitales, cheveux, fragments de peau. Indiscutablement, quelqu'un lui a coincé la tête dans cette porte.

— Et qui vous dit que c'est moi qui étais derrière cette porte ?

— Ça, monsieur Briand, dit Mary.

Elle avait repêché le mouchoir roulé en boule dans la corbeille et le tenait au bout d'un stylo-bille.

— Ça... dit-il bêtement.

— Oui, monsieur Briand, un mouchoir en papier que vous avez oublié sur les lieux.

Il se cabra :

— Hé là ! Vous m'avez piégé ! Je viens de m'en servir. C'est comme ça que vous fabriquez des preuves ?

— Je ne vous parle pas de ce mouchoir, mais d'un autre, exactement pareil à celui-là ! Je l'ai recueilli hier sur les lieux du crime en présence du lieutenant Fortin.

— Qu'est-ce qui prouve que c'est à moi ? Des mouchoirs en papier, il s'en jette des milliers chaque jour à Nantes.

— C'est sûr. Mais celui-là nous a permis de relever une empreinte génétique. Vous savez ce que c'est qu'une empreinte génétique ? Il nous suffira, pour vous confondre, de comparer cette empreinte avec celle qui est sur ce mouchoir.

Briand eut un mauvais réflexe, il tenta de se jeter sur Mary.

— Rendez-moi ça ! glapit-il.

— Ne faites pas l'enfant, dit Mary en reculant d'un pas. Votre empreinte génétique, on l'aura quand on voudra. Vous feriez mieux de soulager votre conscience.

Briand eut un regard de bête traquée puis il fondit en sanglots.

— Ce salaud, ce sale maquereau, il n'a eu que ce qu'il méritait. Il m'a pris ma femme et il projetait de me jeter comme un Kleenex.

Mary regarda le commissaire, la comparaison n'était pas heureuse. Mais les défenses de Briand étaient rompues, il ne restait plus qu'à lui faire signer sa déposition.

— Vous reconnaissez donc avoir tué votre associé ?

Briand ne répondit pas. Secoué par de gros sanglots, il était effondré.

Mary regarda Graissac :

— Voilà, patron, je pense que le capitaine Leroux pourrait recueillir les aveux de monsieur Briand.

Graissac hocha la tête :

— Allez-y, Leroux.

340

Le capitaine Leroux sortit avec ce qui était désormais un prisonnier.

Quand la porte fut fermée, Mary dit au commissaire :

— Maintenant, patron, je souhaiterais interroger mademoiselle Blottereau.

— Vous, dit Graissac, vous avez une idée derrière la tête !

— Peut-être.

— Comment, peut-être ?

— Dans l'état où est Briand, Leroux va lui faire avouer tout ce qu'il voudra. Or, je ne suis toujours pas persuadé que Briand ait assassiné les trois premières victimes.

— Mais s'il avoue ?

— D'accord, dit Mary. Il avoue et la semaine prochaine il y a une nouvelle victime. On aurait bonne mine !

Le commissaire Graissac bondit comme si le fond de son siège s'était tout soudain transformé en pelote à épingles.

— Ah non ! Ah non, capitaine Lester, je vous arrête…

— Ce n'est pas moi qu'il faut arrêter, patron, c'est le coupable !

— Mais puisque nous l'avons sous la main…

— Vous en aviez un autre en la personne d'Adrien Balen si je me souviens bien.

— Laissez ça, dit Graissac agacé. Nous savons bien qu'il ne peut pas s'agir de Balen.

— N'empêche que Leroux l'aurait fait avouer ce qu'il voulait…

— Oublions Balen, vous dis-je. Nous sommes sûrs que Briand a tué Bignon. Alors, pourquoi pas les autres ?

— Pourquoi pas, en effet... Briand est le coupable idéal dont on est sûr qu'il a tué une fois. Il avouera par lassitude, par désespoir... Après tout, il ne risque pas plus pour quatre meurtres que pour un seul.

— Non, d'autant que le dernier est un crime crapuleux, avec préméditation. Les jurés ne vont pas aimer. Tandis qu'avec les quatre... Si on le déclare fou... Vous avez raison, ça peut être plus avantageux pour lui de tout reconnaître.

Il regarda Mary dans les yeux, en hochant la tête d'un air admiratif.

— En tout cas, dit-il, chapeau, Mary Lester ! Vous pourrez dire que vous m'avez épaté.

Et il ajouta :

— Et que vous m'avez bien irrité aussi, d'ailleurs.

— Que voulez-vous, monsieur, dit Mary en riant, sous la bogue, la châtaigne ! Me permettez-vous d'aller voir mademoiselle Blottereau ?

— Faites, dit Graissac avec un geste de grand seigneur.

Il n'y avait plus grand-chose à faire du côté de Céline Blottereau, elle avait répondu docilement à toutes les questions que Damien lui avait posées.

Oui, elle avait fait un faux témoignage pour Briand, oui, elle était sa maîtresse, oui, il lui avait promis de substantiels avantages en récompense de ses services.

— Et pour les autres crimes ? demanda Mary.

— Elle ne se souvient pas… Briand sortait souvent à l'improviste pour aller boire un coup dans un petit bistrot de la rue du Chapeau-Rouge où il avait ses habitudes.

— Tu as essayé de la secouer un peu ?

— Oui, mais elle pleure. Elle est trop choquée. Demain, quand elle aura récupéré, je reprendrai l'interrogatoire.

— Et Leroux ?

— Je crois que la démonstration que tu as faite chez le patron l'a encore plus secoué que le coup de genou que tu lui as mis.

— Parce que tu es au courant ?

— Tout se sait dans un commissariat. Quand même, tu es gonflée ! S'il s'était plaint ?

— Leroux n'est pas du style à se plaindre. Ses comptes, il préfère les régler tout seul. Mais ne t'inquiète pas, je vais me méfier.

— Sage précaution, dit Damien. Méfie-toi d'autant plus qu'il te fait bonne figure. Je le connais, il n'oublie rien.

— Bah, je serai bientôt partie. Et Adrien Balen ?

— Le piqueur ? Il est en taule, en attendant de passer en justice.

— Bien, dit Mary, je vais vous laisser, je vois que l'affaire est entre de bonnes mains.

— On se verra avant que tu ne partes ?

— Sûrement, lieutenant, je ne m'en irai sûrement pas sans te saluer.

28

Mary passa au bureau qui lui avait été attribué pour taper son rapport. Puis elle sortit et traversa une nouvelle fois l'Erdre sur le pont métallique en dos d'âne pour gagner l'île de Versailles.

Le vent était doux, et il y avait comme du printemps dans l'air. Elle flâna en traversant le jardin japonais, admirant les arbres taillés et les massifs dénudés qui seraient si beaux dans un mois ou deux.

Sa mission se terminait. Bientôt elle quitterait Nantes et elle ressentait une curieuse sensation de vague à l'âme à cette idée.

Le tramway vert et blanc passait au long de l'Erdre. Elle l'attendit à la station Saint-Mihiel et elle se laissa porter jusqu'à la station Commerce où elle descendit.

Elle suivit le cours Franklin-Roosevelt et passa devant le marché aux fleurs où officiait madame Balen. Elle observa un moment la mère d'Adrien, une accorte sexagénaire vive et enjouée, coquettement coiffée et maquillée, la taille ceinte d'un tablier de grosse toile bleue. Mary lui acheta un joli bouquet et remonta en flânant en direction de la place Graslin. Le trajet qu'avait dû faire Cédric Bignon après avoir garé sa superbe Jaguar dans le parking du Commerce.

Il avait dû fermer ses portes à clé avec la télécommande et jeter un regard amoureux sur la carrosserie de la belle anglaise sans se douter qu'il la voyait pour la dernière fois.

Arrivée en haut de la rue Jean-Jacques, elle pénétra dans l'entrée de Sophie Maillard et monta lentement les marches, son bouquet à la main, et sonna. La sonnerie retentit longuement dans l'appartement sans que personne vienne ouvrir.

Ainsi avait dû sonner Cédric Bignon avant de redescendre et de marcher à la mort.

Un sentiment curieux habitait Mary Lester. Était-ce parce qu'elle mettait ses pas dans ceux de Bignon qu'elle n'arrêtait pas de penser à lui ? Bizarre... Du vivant de l'agent immobilier, elle ne s'en serait pas fait un copain.

Au pied de l'immeuble, il y avait une pharmacie. Elle y entra et demanda à une employée si elle avait vu la vieille dame du premier sortir. Elle s'attendait à s'entendre répondre que le passage était tellement intense qu'elle ne s'en souvenait pas, mais à sa grande surprise la fille lui dit qu'une ambulance avait stationné dans la matinée devant la porte de l'immeuble et qu'il était possible que cette personne fût partie à l'hôpital. Mary remercia et, sitôt sortie, téléphona à l'hôpital, aux urgences, où on lui dit qu'en effet, madame Maillard avait été hospitalisée dans la matinée. Elle reprit le tramway à la station Commerce et s'arrêta au CHU.

Là, après diverses recherches, on l'orienta vers l'unité de cancérologie où madame Maillard avait été transportée.

— Vous êtes de la famille ? demanda l'infirmière responsable du service.

— Non, j'ai fait la connaissance de madame Maillard tout récemment et j'ai été émue par sa solitude.

— Elle a été hospitalisée plusieurs fois et jamais personne n'est venu la voir. C'est triste la solitude quand on est vieux et malade…

— Je lui ai apporté des fleurs. Comment va-t-elle ?

L'infirmière eut un sourire triste.

— Pour tout vous dire, c'est la fin. Elle ne sortira pas d'ici vivante. Lors de sa dernière séance de rayons il aurait mieux valu qu'elle reste à l'hôpital, mais elle ne voulait rien savoir. Il fallait qu'elle garde… Je ne sais plus quoi. Un chat, peut-être ?

— Peut-être, dit Mary en souriant.

Drôle de chat !

— Excusez-moi d'avoir été si brutale, dit l'infirmière, mais comme vous n'êtes pas de la famille…

— Merci, dit Mary.

Madame Maillard gisait sur son lit d'hôpital, les yeux clos. Des perfusions étaient plantées dans ses bras maigres et blafards où les veines se détachaient comme des tuyaux bleuâtres. Sous la peau mince de son visage, on devinait la tête de mort. Le crâne était entièrement nu, les cheveux avaient dû tomber sous les effets de la chimiothérapie. Les yeux clos, elle respirait régulièrement.

Le bruit de la porte se refermant sous l'action d'un mécanisme à ressort lui fit ouvrir les yeux.

— Je vous ai réveillée ? demanda Mary.

— Non, je ne dormais pas. Qui êtes-vous ?

— Vous ne me reconnaissez pas ? Je suis le capitaine Lester, je suis allée chez vous avant-hier, à propos de la mort de monsieur Bignon.

— Ah oui, dit la vieille dame, je me souviens.

Elle reprit, après un temps de réflexion, comme on annonce une évidence à laquelle on ne veut pas croire :

— Bignon est mort !

Puis elle ajouta, comme si ce fait la surprenait :

— Bignon est mort avant moi !

Elle émit un petit rire grinçant et demanda :

— Sait-on qui l'a tué ?

— Oui. Son associé, Bernard Briand.

— Monsieur Briand ?

— Oui. Vous paraissez surprise.

— Il était gentil, monsieur Briand. Il venait me voir, il m'apportait des gâteaux, des chocolats… Il me demandait de lui faire visiter le musée, comme il disait en parlant de l'appartement.

Elle dit de nouveau, dans un souffle :

— Il était gentil…

Briand n'avait pas menti. Il entretenait effectivement les meilleurs rapports avec Sophie Maillard. En fait, les deux associés faisaient le siège de la vieille dame, chacun jouant un rôle dans son registre. Une méthode bien connue des flics : l'un faisait le bon, l'autre le méchant.

— Elles sont jolies, vos fleurs, dit Sophie Maillard en regardant le bouquet.

— C'est pour vous, dit Mary.

— Pour moi ? dit la vieille dame. C'est trop gentil.

Une larme perla au coin de ses yeux noirs.

— Il y a bien longtemps qu'on ne m'a pas offert de fleurs.

— Je vais demander un vase à l'infirmière pour les mettre dans l'eau.

— Vous êtes gentille, redit la moribonde.

Elle fit un geste gauche pour attraper le verre d'eau qui était sur la table de nuit et Mary s'empressa de l'aider à boire, en lui soulevant la tête et en portant le verre à ses lèvres desséchées.

— Merci, dit Sophie Maillard en se rallongeant avec soulagement, comme si le simple fait d'avoir dégluti trois gorgées d'eau l'avait épuisée.

— Je voudrais vous demander quelque chose.

— Oui ?

— Pourquoi avez-vous tué madame Pagès ?

Sophie Maillard ne parut pas surprise par la question.

— Ah… fit-elle.

Mary avait sorti un petit magnétophone de sa poche et l'avait posé sur le lit, face à la bouche de la moribonde qui ne s'en étonna pas.

À ce moment la surveillante glissa un visage souriant dans l'entrebâillement de la porte et demanda :

— Tout va bien ?

— Oui, dit faiblement Sophie Maillard. Je meurs, tout va bien.

Mary se leva et demanda en aparté à l'infirmière :

— Pouvez-vous rester un moment ?

— Vous avez besoin de moi ? demanda l'infirmière, qui s'appelait Françoise Bertrand – c'était écrit sur un badge accroché à sa blouse blanche.

— Oui, dit Mary en sortant sa carte de sa poche. Je suis de la police. Capitaine Lester. Pour innocenter un homme accusé de crimes qu'il n'a pas commis, je dois enregistrer madame Maillard. Je voudrais que vous me serviez de témoin.

— Mon Dieu ! s'exclama l'infirmière en mettant la main devant sa bouche. Qu'est-ce qu'elle a fait ?

— Si je vous le disais, vous ne me croiriez pas, dit Mary. Mais elle va nous le dire elle-même et ce ne sera pas très long.

Elle revint près de la malade qui avait fermé les yeux et paraissait somnoler :

— Je vous demandais, madame Maillard, pourquoi vous aviez tué madame Pagès.

— C'était une mauvaise femme, dit Sophie Maillard les yeux toujours clos. Elle profitait de sa position aux impôts pour me persécuter.

— Vous avez eu un contrôle des impôts ? demanda Mary surprise.

— Oui, cette femme est venue pour contrôler je ne sais quoi... Elle a visité tout l'appartement.

— Et vous l'avez laissée faire ?

— Comment l'en empêcher ? J'ai téléphoné aux impôts, Corinne Pagès faisait bien partie de la maison. Alors ?

— Comment avez-vous fait ?

— Pour la tuer ?

— Oui.

Sophie Maillard fut secouée par une petite toux sèche.

— Je l'ai suivie et je l'ai fait tomber dans le passage Pommeraye.

— Vous l'avez poussée ?

— Non. Je lui ai accroché un pied avec mon parapluie. Elle est tombée dans l'escalier.

À cette pensée, un semblant de sourire détendit son visage émacié.

— Et après, qu'avez-vous fait ?

— Comme elle était étendue par terre, je me suis penchée en faisant mine de lui apporter de l'aide et je lui ai enfoncé mon aiguille dans le cœur.

Elle étouffa un petit rire :

— Personne n'a rien vu !

— Oh ! fit l'infirmière stupéfaite.

Mary lui pressa le bras, lui intimant l'ordre de se taire.

— Et ensuite ?

— Je suis rentrée chez moi, dit Sophie Maillard le plus naturellement du monde.

Elle ouvrit les yeux et dit à Mary :

— Elle n'a pas souffert, vous savez, c'est presque une trop belle mort pour une si mauvaise femme !

Elle referma les yeux et redit :

— Elle me persécutait, elle disait que les impôts allaient saisir mes collections…

Puis elle ajouta :

— Je souffre plus qu'elle pour mourir… Ce n'est pas juste !

L'infirmière tétanisée ne pensait plus à partir.

— Et Angèle Puy ? demanda Mary. Pourquoi avez-vous tué Angèle Puy ?

— Elle aussi, c'était une mauvaise femme. Elle venait chez moi soi-disant pour m'aider et elle m'a fait supprimer mon RMI parce que l'aide sociale n'est pas faite pour des gens qui ont un si bel appartement. Voilà ce qu'elle m'a dit.

— Et comment l'avez-vous tuée, elle ?

— Je l'ai suivie dans le tram et je lui ai enfoncé l'aiguille dans le cœur à travers le dossier du siège.

— Et personne n'a rien vu ?

— Non, il y avait beaucoup de monde dans la voiture. Je suis sortie à la station suivante.

Les yeux de l'infirmière lui sortaient de la tête.

— Qui était cette Angèle Puy ? demanda-t-elle dans un souffle.

— Une assistante sociale, dit-elle de la même façon.

La surveillante fit mine de se lever mais Mary la retint.

— Attendez, ce n'est pas tout.

L'infirmière retomba sur sa chaise. Mary demanda :

— Et monsieur Leterrier, comment l'avez-vous tué ?

— Monsieur Leterrier ? Celui de l'Agence nationale pour l'emploi ? Il était méchant. Je lui ai enfoncé une aiguille dans l'œil.

— Oh ! fit de nouveau l'infirmière.

Et elle ajouta à voix basse :

— Quelle horreur !

— Pourquoi ? demanda encore Mary.

— Quand j'ai été licenciée de chez Peignon, je me suis inscrite à l'ANPE. C'est ce Leterrier qui était chargé de mon dossier. Je l'ai rencontré pour qu'il me trouve un nouvel emploi et il m'a ri au nez en me disant : « Vous ne vous êtes jamais regardée dans une glace ? Vous voulez que je vous trouve un emploi dans un commerce ? Mais vous avez une tête à faire fuir les clients ! » Je venais de finir ma chimiothérapie et j'avais perdu mes cheveux. C'est vrai que je n'avais pas belle allure avec ma perruque qui avait glissé et qui était toute de travers... Je suis partie en pleurant et lui, il riait derrière son guichet. Il riait, madame !

En repensant à l'horrible scène, son masque s'était fait tragique, douloureux, et de grosses larmes mouillèrent ses joues parcheminées.

— Je l'ai attendu trois jours de suite au parking où il garait sa voiture, et un soir qu'il n'y avait personne, je me suis approchée et j'ai frappé au carreau. Il a baissé la vitre pour me demander ce que je voulais et là, je lui ai enfoncé l'aiguille dans l'œil ! Et puis je suis rentrée chez moi. Après j'étais tranquille. Il n'y avait plus que ce salaud de Bignon qui venait me harceler. C'est pour ça que, lorsque vous m'avez annoncé qu'il venait de se faire tuer, j'ai été si contente, contente ! Il n'aura pas mon appartement, il n'aura pas mes collections !

Elle se tut, exténuée, mais son visage irradiait une joie profonde. Elle s'en irait, mais les méchants qui avaient pourri ses derniers jours étaient partis avant elle.

— Où avez-vous trouvé toutes ces épingles ? demanda Mary.

— Chez Peignon, il y en avait plein chez Peignon.

Puis son menton s'affaissa sur sa poitrine et l'infirmière alertée lui prit le poignet.

— Elle dort, dit-elle rassurée. Mais quelle histoire

Elle regarda autour d'elle pour voir s'il n'y avait pas de caméra cachée, pour voir si tout à coup madame Maillard n'allait pas se relever en criant : « Coucou, c'était pour rire ! » Mais non, on était bien à l'hôpital, dans le service des soins palliatifs, pour les malades qui arrivaient au bout de la route.

Mary prit le magnétophone et dit dans le micro :

— Enregistré au CHU de Nantes le vingt-quatre janvier deux mille trois à seize heures trente en présence de madame Françoise Bertrand – infirmière surveillante.

Puis elle sortit de la chambre en compagnie de l'infirmière qui lui demanda :

— Et maintenant, que va-t-il se passer ?

— Je ne sais pas, dit Mary. Je vais faire mon rapport et le transmettre à ma hiérarchie. La personne qui était soupçonnée de ces crimes sera blanchie…

— Et madame Maillard ?

— Si j'en crois ce que vous m'avez dit, elle comparaîtra bientôt devant le juge suprême. La justice des hommes n'aura pas à statuer sur son cas.

— Qui aurait cru ça, dit l'infirmière, une femme si gentille !

— C'est une leçon à retenir, dit Mary, rien n'est plus redoutable qu'un mouton enragé. Et Dieu sait si ces quatre-là l'ont fait enrager, cette pauvre madame Maillard !

— On dirait que vous la plaignez, dit l'infirmière.

— Bien sûr que je la plains ! Je ne voudrais pas me retrouver un jour dans sa position, obligée de faire ce qu'elle a fait avec un courage extraordinaire. Mais ceux que je ne plains pas, ce sont les salopards qui ont profité d'une situation dominante pour lui faire subir ce qu'elle a subi. À sa place…

L'infirmière la regarda avec inquiétude :

— Ne me dites pas…

— Que j'aurais fait comme elle ? Qui sait si je n'aurais pas fait pire ! Le pardon des offenses n'est pas dans mes gènes. La seule idée de tendre la joue droite après avoir pris un pain sur la gauche me met hors de moi.

L'infirmière vit la flamme qui passait dans les yeux de Mary Lester lorsqu'elle prononça cette phrase. Elle recula d'un pas et elle dit avec une moue :

— J'ai l'impression qu'il ne doit pas faire bon vous marcher sur les pieds !

— C'est un exercice que je ne recommande à personne. En tout cas, je vous remercie de m'avoir assistée. Il se peut que, par la suite, vous soyez appelée à témoigner. Mais je crois que c'est une affaire que tout le monde aura intérêt à oublier au plus tôt.

Lorsqu'elle quitta l'hôpital, il faisait un temps radieux. Elle marcha tranquillement en profitant de la douceur de l'air, ravie d'être sortie de l'atmosphère oppressante de l'hôpital.

Elle reprit le tram à la station Commerce pour regagner la station Saint-Mihiel.

Cette fois elle traversa le pont du même nom et remonta le quai Henri-Barbusse jusqu'à la place Waldeck-Rousseau.

Les péniches transformées en habitations, en restaurants, en boîte de nuit flottaient paisiblement. Les bateaux-mouches bardés de leurs rangées de projecteurs attendaient le retour des beaux jours.

Il y avait affluence au commissariat. Les justiciables allaient et venaient dans les couloirs, canalisés et dirigés par la jeune femme en uniforme qui s'occupait de l'accueil.

Mary passa incognito et gagna son bureau. Fortin n'y était pas. Elle accrocha son duffel-coat à la patère, posa son magnétophone sur la table et entreprit de retranscrire la conversation avec Sophie Maillard sur l'ordinateur.

Il lui fallut une petite demi-heure. Puis elle sortit les feuillets sur l'imprimante. Cinq pages de texte, avec des dialogues, comme au théâtre.

L'ancienne comédienne aurait-elle apprécié d'avoir une déposition en forme de dialogues ? Elle n'était plus en état d'apprécier grand-chose, elle flottait dans cette zone imprécise qui n'est plus tout à fait le monde des vivants et pas encore celui des morts.

Le téléphone sonna, c'était le commissaire Graissac.

— Ah, vous êtes là, capitaine ?

Il paraissait surpris de trouver Mary à son bureau.

— Oui, monsieur.

— Pouvez-vous venir à mon bureau ?

— Tout de suite, monsieur, dit Mary.

Elle n'était jamais si docile que lorsque les ordres allaient dans le sens qu'elle souhaitait.

29

Il y avait foule dans le bureau du commissaire Graissac. Les deux prévenus étaient là, la tête basse, ainsi qu'un quinquagénaire ventripotent qui fumait des cigarettes jaunâtres, dites « maïs », qu'on présenta à Mary comme l'avocat de Briand ; et puis Fortin, qui, à son habitude, essayait de passer inaperçu dans un coin, et enfin Leroux dans un angle opposé, le chapeau vissé sur la tête, un trognon de cigare aux lèvres, pour une fois l'air satisfait.

Mary salua à la ronde et, s'approchant de Graissac, lui dit en aparté :

— Je voudrais vous dire deux mots en particulier.

— Maintenant ?

— Oui, monsieur, tout de suite.

— Ah...

Graissac parut décontenancé.

Il se leva et, s'adressant à l'avocat :

— Maître, si vous voulez bien m'excuser quelques instants...

— Je vous en prie, dit l'avocat avec condescendance, en prenant un dossier qu'il affecta de consulter.

Graissac rejoignit Mary dans le couloir et lui demanda :

— Eh bien ! Qu'est-ce qui se passe ?

Mary lui tendit les feuillets qu'elle venait de taper :

— Tenez, lisez.

Graissac protesta :

— Vous croyez que c'est bien le moment ? Qu'est-ce que c'est que ça ?

— Lisez ! insista-t-elle.

Graissac, agacé, s'approcha d'une fenêtre, ajusta ses lunettes de lecture et entreprit de parcourir les feuillets. Au milieu du premier, il s'arrêta :

— Qu'est-ce que c'est que ça ? redemanda-t-il.

— Des aveux, monsieur.

— Des aveux de qui ?

— De Sophie Maillard.

— Et qu'a-t-elle à avouer, cette Sophie Maillard ?

— Les meurtres d'Albert Leterrier, d'Angèle Puy et de Corinne Pagès.

Graissac en resta un instant la bouche ouverte, puis il demanda :

— Rien que ça ?

— Oui, monsieur.

— Foutaises, dit Graissac, Briand a tout avoué !

— Eh bien, il s'est vanté ! dit Mary. C'est Sophie Maillard qui est l'auteur des trois premiers crimes.

Graissac resta interdit devant l'assurance de Mary Lester. Puis il réagit :

— Où est-elle, cette Sophie Maillard, si vous êtes si sûre de sa culpabilité ? Pourquoi ne l'avez-vous pas arrêtée ?

— Elle est à l'hôpital, monsieur, et je crains qu'elle ne soit pas transportable.

Graissac la regardait par-dessus ses lunettes, puis son regard revenait aux feuillets qu'elle lui avait confiés.

357

— Où avez-vous été me pêcher ça ? demanda-t-il d'un ton incrédule.

— Je ne voulais pas vous en parler devant l'avocat, monsieur. Par la suite, ça aurait pu vous mettre en porte-à-faux.

— Vous êtes sûre de votre coup ? demanda Graissac avec force.

— Absolument, monsieur. J'ai enregistré la confession de madame Maillard sur mon magnétophone…

— Ça ne vaut rien juridiquement, dit Graissac, vous devriez le savoir !

— Sauf s'il y a un témoin, dit Mary.

— Et vous avez un témoin ?

— Oui, Françoise Bertrand, infirmière surveillante au groupe des soins palliatifs au CHU. Elle a assisté à toute la conversation entre madame Maillard et moi, elle confirmera ces aveux que j'ai reproduits *in extenso*, dès qu'on le lui demandera.

Elle ajouta :

— Quand vous lirez cette déposition en entier, vous verrez que madame Maillard donne sur les meurtres des détails qui ne trompent pas.

— Mais alors, qu'est-ce que je fais, moi ? demanda Graissac.

Il paraissait soudain désemparé par cette profusion de coupables.

— De quoi j'ai l'air ? Briand a fait sa déposition, il est prêt à la signer…

— Retournons au bureau, patron, et laissez-moi faire !

Mal convaincu, Graissac la suivit. Il ouvrit sa porte, laissa passer Mary, la referma et vint s'asseoir derrière son bureau.

Il prit la déposition de Briand et la tendit à Mary. Elle la parcourut des yeux et la rendit au commissaire.

— Ainsi, monsieur Briand, vous êtes prêt à signer vos aveux ?

— Évidemment, dit l'avocat d'un air à la fois agacé et las. Nous vous l'avons dit. Pourquoi traîne-t-on de la sorte ?

Il regarda Mary de haut :

— Qui êtes-vous, mademoiselle ?

— Capitaine Lester, maître. En charge de cette enquête avec le capitaine Leroux, sous la direction du commissaire Graissac.

Leroux regarda Mary, étonné qu'elle ait cité son nom.

— Pourquoi monsieur Briand a-t-il menti ? demanda Mary.

Ces paroles calmement énoncées firent l'effet d'un coup de tonnerre.

Tous les regards convergèrent vers Mary qui se tourna vers Briand :

— Monsieur Briand, je sais que vous avez tué votre associé. Mais les autres ? Pourquoi avouer des crimes que vous n'avez pas commis ?

— Quel jeu joue-t-on ici ? demanda l'avocat en croisant les bras.

Il toisait tour à tour Graissac, Leroux et surtout Mary, d'un air de mépris souverain.

— Je ne vois pas où vous voulez en venir, dit-il. D'ordinaire les policiers recherchent les aveux. Vous les avez, ces aveux, alors ?

Il regardait durement Mary.

— Vous êtes un avocat habile, maître…

— Maître Trouin ! dit sèchement le gros homme.

— Vous êtes un avocat habile, maître Trouin, reprit Mary sans se laisser démonter.

— Je vous remercie de m'en donner acte, fit l'avocat en la toisant de plus belle, comme pour lui faire mesurer toute la différence qui séparait un misérable flic d'un ténor du barreau.

Il en fallait plus pour impressionner Mary Lester.

— Vous acceptez, ou devrais-je dire vous conseillez à votre client de se laisser accuser de quatre meurtres, dont trois qu'il n'a pas commis.

— Je ne vous permets pas ! tonna maître Trouin. Mon client…

— … a avoué, je le sais.

Elle s'adressa à Briand :

— Mais pourriez-vous me raconter les circonstances de la mort de Corinne Pagès, par exemple ?

— J'ai dit tout ce que j'avais à dire, cria Briand, je n'y ajouterai pas un mot !

— Vous n'ajouterez pas un mot car vous ne sauriez que dire, fit Mary. Vous n'avez aucune idée de la façon dont Corinne Pagès a été tuée. Et ça vaut également pour les meurtres d'Angèle Puy et d'Albert Leterrier.

Maître Trouin faisait des effets avec des manches qu'il n'avait pas. Il brassait de l'air comme un moulin à vent en tonnant :

— Je n'ai jamais vu ça ! C'est une offense à la défense !

Fortin paraissait pétrifié, Leroux aussi. Quant à Graissac, il regardait en coin du côté de Mary pour voir comment elle allait s'en tirer.

— Et vous, maître Trouin, vous préméditiez une offense à la justice.

— C'en est trop ! glapit l'avocat. Retirez ça, ou expliquez-vous.

Son regard cherchait celui du commissaire Graissac d'un air de dire : « Qu'est-ce que c'est que cette bonne femme ? Allez-vous la faire taire ? »

Mais on ne réduisait pas Mary Lester au silence aussi aisément. Surtout quand elle avait la certitude d'avoir raison.

— C'est ça, expliquez-vous, ordonna Graissac qui sentait que Mary allait trop loin.

Elle regarda l'avocat avec un sourire un peu crispé tout de même et elle dit d'une voix calme :

— En laissant sciemment accuser votre client de crimes qu'il n'a pas commis, et dont vous auriez pu prouver ultérieurement qu'il était innocent, vous auriez eu beau jeu au procès, maître Trouin. En faisant état de pressions policières et, qui sait ? de brutalités imaginaires commises pour obtenir des aveux, vous n'auriez pas manqué de semer le doute dans l'esprit des jurés. Et peut-être auriez-vous obtenu l'acquittement de votre client pour le crime qu'il a vraiment commis.

Maître Trouin se drapa dans une vertueuse indignation :

— Vous me prêtez des intentions, mademoiselle...

— Des intentions que vous n'aurez pas l'occasion de mettre en pratique. Car j'ai ici la confession de la personne qui a commis les trois premiers crimes.

Leroux faillit en avaler son cigare.

— La confession ? demanda l'avocat.

— Oui, et c'est bien le mot qui convient. Je l'ai recueillie tout à l'heure au chevet d'une vieille dame qui va mourir dans les jours ou dans les heures qui viennent. Elle s'appelle Sophie Maillard et elle habite rue Jean-Jacques-Rousseau, un appartement que la société *B&B Immobilier* avait acheté en viager.

Elle tapa sur les feuillets du revers de la main et dit :

— Tout y est, les détails des exécutions, car il s'agit littéralement d'exécutions soigneusement préparées, les lieux et les motifs. Pour tout vous dire, j'ai enregistré cette confession en présence d'une infirmière du CHU qui m'a servi de témoin.

Elle regarda de nouveau Briand et dit :

— Monsieur Briand, voilà votre conscience soulagée de trois crimes affreux. Vous devriez me remercier.

Mais Briand ne souhaitait remercier personne. Il était pris dans un tel maelström qu'il ne savait plus quelle contenance il convenait de tenir.

— Monsieur le commissaire, demanda maître Trouin à Graissac avec condescendance, quel crédit pouvons-nous prêter à cette prétendue confession ?

— Si ce que le capitaine Lester affirme est vrai, dit Graissac, et il n'y a aucune raison pour douter de ce qu'elle affirme, cette confession dégage indiscutablement votre client des trois premiers chefs d'accusation.

Pour les motifs qui l'ont poussé à tenter d'induire la justice en erreur, je n'en ferai pas mention.

L'avocat, d'un mouvement de tête qui pouvait passer pour un remerciement, fit signe qu'il avait entendu.

Le commissaire revint vers Briand :

— Monsieur Briand, êtes-vous décidé à reconsidérer vos déclarations et à reconnaître le meurtre de votre associé Cédric Bignon ?

— Oui, et qu'on en finisse ! dit Briand d'une voix lamentable.

Le commissaire tendit le rapport à Leroux en lui disant :

— Faites-moi retaper ça.

Leroux fit une grimace. Taper des rapports n'était pas son activité préférée.

Mary sortit sur ses talons :

— Leroux, dit-elle, donne-moi ça, je le ferai plus vite que toi.

— Avec plaisir, dit Leroux.

Lorsqu'elle revint, quelques minutes plus tard, elle tendit le document à Graissac qui le lut aux accusés.

Il n'y eut pas de commentaires, ils signèrent sous le regard soucieux de l'avocat.

Puis Leroux les emmena et Mary resta seule dans le bureau de Graissac.

— Comment avez-vous déniché cette Sophie Maillard ? demanda le commissaire.

— D'abord, dit Mary, depuis le début je recherchais une femme aux cheveux gris qui avait été vue par madame Dubois en train de porter assistance à Angèle Puy. Ensuite, en comparant les noms figurant sur les dossiers dont avaient à s'occuper Leterrier à l'ANPE et

Angèle Puy en tant qu'assistante sociale, j'ai retrouvé un nom commun aux deux : Sophie Maillard. Enfin, en rendant visite à Sophie Maillard, j'ai été surprise de voir sa tignasse rousse. Lorsqu'elle m'a dit qu'elle était traitée pour un cancer, j'ai compris qu'elle avait perdu tous ses cheveux et que cette tignasse était une perruque. Or madame Maillard avait travaillé chez Peignon, costumiers. Elle pouvait donc avoir d'autres perruques, dont une grise…

— Et la dame aux cheveux gris était donc retrouvée.

— Voilà, dit Mary. Je l'ai retrouvée, sur son lit de mort probablement. Elle le sait et elle n'a pas hésité un instant…

— À soulager sa conscience, fit Graissac.

— Je ne dirais pas cela, sa conscience n'est pas embarrassée par ces crimes. Elle les considère comme une œuvre de bonne justice.

— Elle ne regrette rien ?

— Sûrement pas.

Le commissaire hocha la tête en silence.

— Vous ne pensez pas, dit-il, que la présence d'un flic de garde à sa porte…

— Si vous voulez, mais là où elle va s'évader bientôt, aucun flic ne voudra la suivre.

Elle sourit et ajouta :

— Même pas Leroux !

Elle regarda Graissac dans les yeux et ajouta :

— Patron, ce serait du temps perdu.

— Peut-être, dit Graissac. Et maintenant ?

— Je vais retourner voir ma maison, et mon chat.

Elle tendit la main à Graissac en lui disant :

— Monsieur le commissaire, ça a été un plaisir de travailler sous vos ordres.

Graissac lui serra la main en disant :

— J'en ai autant à votre service. Vous rentrez sur Quimper ?

— Oui, dès ce soir. J'ai hâte de me retrouver chez moi.

Elle ne parla pas de Lilian Rimbermin, mais il faudrait bien qu'il rentre du Bordelais celui-là ! Il n'allait tout de même pas passer sa vie dans les arbres !

— Et transmettez mes amitiés au commissaire Fabien.

— Je n'y manquerai pas.

Fortin l'attendait dans la Twingo.

— Tu es encore là ? demanda-t-elle.

Il avait l'air ennuyé.

— Je peux rentrer avec toi ? C'est trop bête, il y a un camion qui a embouti ma caisse !

— Alors tu es à pied ?

— Ben oui, fit-il penaud.

— Eh bien ! Roule mon grand, finalement, tu n'es pas mal comme chauffeur !

Elle mit le casque de son baladeur sur ses oreilles, se renfonça dans son siège et, les yeux mi-clos, elle laissa Mozart l'emporter dans un monde merveilleux.

FIN

L'Île-Tudy/Nantes
Décembre 2002
Janvier 2003

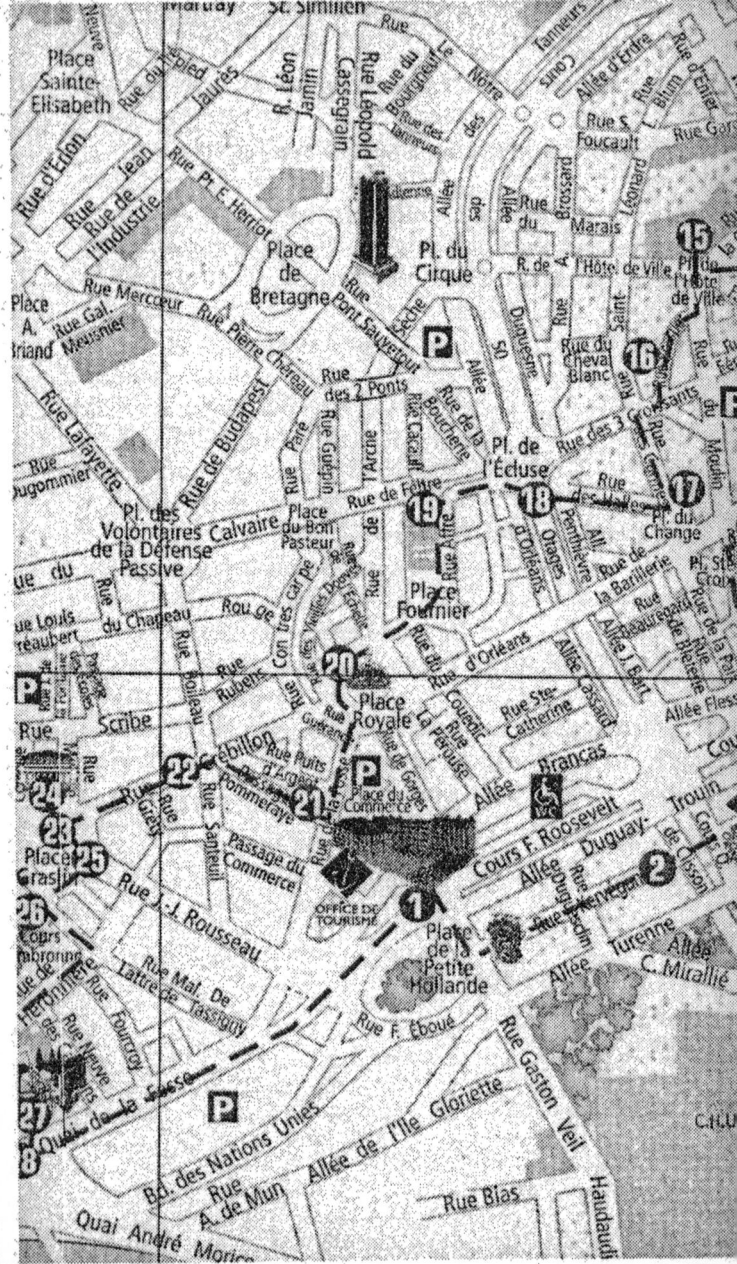

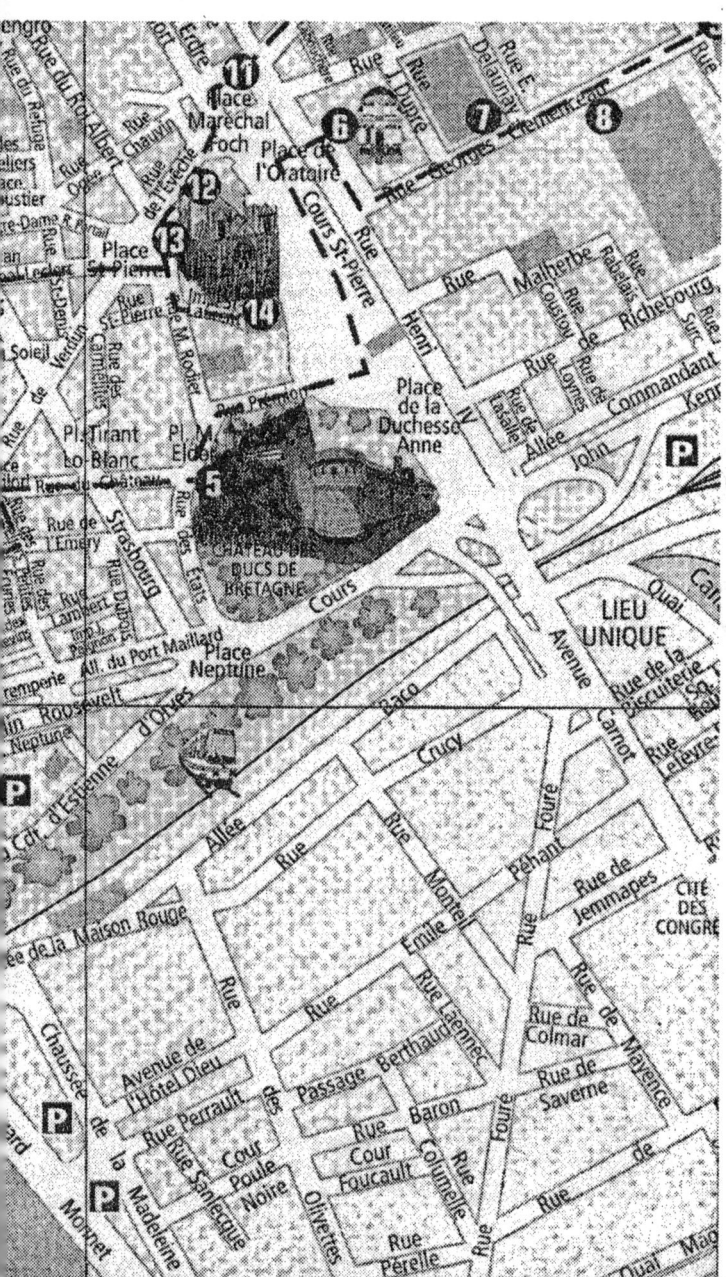

Composition et mise en pages
Nord Compo à Villeneuve-d'Ascq

*Cet ouvrage a été imprimé par
CPI Firmin-Didot à Mesnil-sur-l'Estrée
en février 2020*

Certifié PEFC

Ce produit est issu de forêts gérées durablement et de sources contrôlées.

PEFC™

10-31-3068   pefc-france.org

Numéro d'éditeur : 11959525
Numéro d'imprimeur : 156633
Dépôt légal : février 2020

Imprimé en France